魏禧文学思想考论

李联 著

北方联合出版传媒（集团）股份有限公司
万卷出版公司 VOLUMES PUBLISHING COMPANY

图书在版编目(CIP)数据

魏禧文学思想考论 / 李联著. -- 沈阳 : 万卷出版公司, 2020.11
ISBN 978-7-5470-5426-0

Ⅰ. ①魏… Ⅱ. ①李… Ⅲ. ①魏禧(1624–1680)-文学思想-思想评论 Ⅳ. ①I206.49

中国版本图书馆 CIP 数据核字(2020)第 171831 号

出版发行: 北方联合出版传媒(集团)股份有限公司
万卷出版公司
(地址:沈阳市和平区十一纬路 25 号 邮编:110003)
印 刷 者: 长沙市精宏印务有限公司
经 销 者: 全国新华书店
开本尺寸: 170mm×240mm
字 数: 200 千字
印 张: 13
出版时间: 2020 年 11 月第 1 版
印刷时间: 2020 年 11 月第 1 次印刷
责任编辑: 张冬梅
责任校对: 高 辉
策 划: 张立云
装帧设计: 潇湘悦读
I S B N 978-7-5470-5426-0
定 价: 68.00 元
联系电话: 024-23284090
传 真: 024-23284448

前言

一个很偶然的机会，我读到赵园先生的《易堂寻踪——关于明清之际一个士人群体的叙述》，我当时也在研究明清之际的士大夫生活，赵先生的书如一粒火种，一下子点燃了我对“易堂九子”的研究热情，尤其是对魏禧的敬仰和感动。那一段时间凡是关于“魏禧”和“易堂九子”的文字，我几乎都搜罗囊中，占据第一手资料很重要。

我发现，作为“清初三大家”之一、“易堂九子”之首的魏禧，在清朝名重一时，然近年对其研究似与其时不称，对魏禧的文艺思想研究还缺乏综合性、系统性。我希望能够追本溯源地对魏禧的文艺思想进行分析。

本书一共分为四章，从文本的详切解读入手，秉着“知人论世”的治学传统，力求展示魏禧真实的思想面貌，第一章主要对其生平及文学活动进行考索。对其生平进行认真的考索，其家风和少年经历，比如父亲的爱国、不屈、明辨等对其思想是有深刻影响的。在动乱之际的隐居翠微峰也是魏禧一生的重大决策，它既包含着乱世之际魏禧的生存智慧，又有其独特的人文附着。此章还对诸子所建之“易堂”进行了解读，通过阐述“易”所包含的精神内涵，我们不难理解明清易代之际遗民为何对《易》如此推崇，同时也明白，遗民读《易》，读的是世之治乱兴衰中的忧患，读的是当代历史中的德业日新，读的是本人命运中的刚健不息。所以对于如何取名为“易堂”也就不难理解了。当时“四大公子”之一的方以智对易堂的赞颂，认为“易堂真气，天下罕二”，也扩大了易堂的影响，本文也对“真气”做了阐释，并在第二章第五节的“美学思想”中进一步对“真”做深入解读。

为了对魏禧的文本及流传情况有全面的了解，此章对魏禧的文本录存及流传进行梳理，并对相关评论进行综述，对造成近代对魏禧研究有所缺失的原因进行分析。

第二章是本文的重点，对魏禧的文学思想进行述评。第一、二节论述魏禧的文学创作理论。魏禧提出著名的“积理练识”理论，承认生活是创作的基础，通过读书、实践，不断积累素材，进行提炼，才能达到一种质的飞跃。尤其说到读书方法，认为不能因循守旧，写文章更不能因循，他提出了“善变为法”，主张既要遵法，又要出法。魏禧承认学无止境，所以学习还要虚心善疑，这样才会不断进步。魏禧的这些言论，借历史来论今，联系现实探索“经世致用”的道路，用“有用于世”的文章为现实服务，表现了他朴素的辩证唯物主义思想和尚实尚真的精神。

第三节论述魏禧的文学思想核心，也就是“经世致用”思想。他主张讲究实学，痛斥八股学风，这是明清易代之际遗民反思后深刻认知的要求，洋溢着时代的精神。虽然魏禧所说的文章的“理”“道”，没有离开儒家的礼教观念、道德规范，但究其重点，立论的主旨却还在“世道民生”方面。这些观念与白居易的“文章合为时而著，歌诗合为事而作”，王安石的“务为有补于世”，到清初顾炎武也提出的“经世致用”等进步主张，是一脉相承的。

第四节论述其深刻的思想根源。在民族危亡、复国无望的政治背景下，魏禧通过对明亡的总结和对时代的认识，认识到国家非一人一姓之公器，认识到现在的矛盾不是兴明灭清问题，而是如何解民族于倒悬，救人民于水火之中。此种开明的民族意识和爱民思想，是其致用思想的深刻根源，是对家国时势的识鉴，具有“痛定思痛”的内涵。

在此基础上，魏禧还对“真”“法”“本”“气”等范畴做了阐释，具有初步的辩证思想，对推动清初散文创作、摆脱模拟化倾向、真实反映时代风貌、联系现实社会起着一定的作用。第五节对魏禧文学思想中的美学范畴做了简要论述。

第三章对魏禧文学思想的时代性与地域特色做简要分析。魏禧的文学思想不仅体现了强烈的时代精神，作为江西宁都的学者，也尤其具有独特的地域特色。通过对其人文环境和自然环境的考察，挖掘魏禧与同时代学人不同的个性特征。这不仅是对魏禧研究的拾遗补阙，也是认识其品格、志趣、思想的重要途径之一。

第四章对魏禧的字号及卒年进行了考证，这对全面了解一个作家是必要的，还考证了魏禧的交游经历，这也是其文学创作及思想的一个重要部分，应给予重视。

希望拙作能起个抛砖引玉的作用，关于魏禧及易堂九子的研究永远不会被湮没。本书完成，最要感谢我的博士生导师涂光社，恩师貌虽苛厉，心犹五尺之童，有童话数本，讷于言而敏于行，无欲则刚，有千载之清风。三年春风化雨，润物无声。我忝列门墙，役于人事，志壹而力不足,再加生性笨拙,学术毫无根底。然师授业解惑,不厌其烦。吾乏自信,师尝说,他固钝拙,然勤能补拙。激励我笨鸟先飞。一日为师,终身为父。寸草之心难报春晖!

还要感谢准备书稿过程中,给予我鼓励和帮助的宁都县教育局原局长、当代作家谢帆云老师,赣州市实验中学原校长、邱邦士的族孙邱国坤老师,他们对“易堂九子”的情怀让我感动,每次的殷切问候对我都是一种激励。

感谢我的亲人和朋友,为我遮风避雨,分忧解难,负重前行,无怨无悔。他们是我永远的动力和明灯!

本文参考文献中的未谋面的师友们,在这里也要由衷地感谢,如果我还能得窥学术之堂奥的话,那是因了你们的坚实的铺垫。

感谢所有向我微笑的人,是你们给了我勇气和力量。

目录

MU LU

第二章 魏禧文学思想述评

第三章 文学思想的时代性与地域特色

第四章 相关考辨

引　言

一、研究的背景及意义

魏禧作为“清初三大家”之一、“易堂九子”的领袖，几乎所有的中国文学史、散文史、批评史和文论选对其都有介绍，尤其对他文论方面的成就给予肯定。比如，近代学者邓之诚在《清诗纪事初编》中说魏禧“成就独大”“传节义事，尤善持议论，多人所未发”“坚卓不移，气象万千”“诗乃似杜”。[①]邬国平在《中国文学史新编》中肯定“清初三大家”（魏禧、侯方域、汪琬）文论主要围绕理识、才气、法度展开而各抒己见，均有建树，在明清之际起承前启后的作用，而且对魏禧的评价

① 邓之诚.清诗纪事初编[M].周骏富辑.清代传记丛刊[M].台北：明文书局，1985：20-221.

是三人中比较高的，说“积理而练识”是“当时文学主潮中的一个铿锵有力的音符”，以为其“积理”“练识”是一种“至醇至清之境”，肯定了魏禧对文章作法之变的认识和求变求新的文章“家数”。[①]王镇远在《中国文学批评通史》中，认为“宁都三魏”中魏禧“文名最高，所作凌厉雄杰，尤长论策”“魏禧是清初关心世务，提倡实学的思想家”，并总结道：“魏禧在清初古文三大家中其理论较多反传统色彩，他从切合实用的立场出发，要求文章具有现实感与独创性。”[②]日本学者青木正儿在《清代文学评论史》中对魏禧的文论评价极高，认为魏禧将八家古文之绝妙——“文贵简洁”发展成“删题”“可谓已达极致”。[③]朱东润先生在《中国文学批评史大纲》中认为魏禧论文“殊见识力”，尤多“见解独到处”，并说：“朝宗（侯方域）之文，文士之文也，其所得在此，其所言亦止于此。魏禧等诸人（易堂九子），则有所谓志士之文，其持论往往突过朝宗。”[④]最近几年，社会科学院的赵园先生将视角转向明清士人，对“易堂九子”多有研究，有著作《易堂寻踪》《明清士大夫研究》等。

与其相反的议论也出现在文学史中。比如，章培恒在其文学史中对魏禧就是贬多于褒。他认为，“魏氏无甚奇才，好发议论，文章没什么趣味”“传记中的人物大抵有事迹而无个性”。认为魏禧招致四库馆臣不满的原因是“集中有不少文章好谈奇异之事，议论驳杂”，仍有“明人使才好奇的余习”。[⑤]陈平原在《中国散文小说史》中也说到魏禧明人习气的问题，认为其“才情多而学识少，文章畅达有余而深厚不足”“魏氏的《大铁椎传》等均文字简洁，叙事生动，明显借用小说笔法。此等文字，虽为

① 王运熙、顾易生主编.中国文学新编[M].上海：复旦大学出版社，2001:210.

② 王运熙、顾易生主编.中国文学批评通史新编[M].上海：上海古籍出版社，1996:372.

③ [日]青木正儿.清代文学评论史[M].杨铁婴译.北京：中国社会科学出版社，1988:74.

④ 朱东润.中国文学批评史大纲[M].上海：上海古籍出版社，2001:296-301.

⑤ 章培恒、骆玉明主编.中国文学史[M].上海：复旦大学出版社，1996:436.

人所激赏，却非古文正宗，也不为时人所接受。此三家之模仿唐宋，讲求事理，大致体现了清初文章之由纵横而渐归醇厚，由浮华而渐入雅驯的发展趋向。其模仿唐宋，接续唐顺之、归有光之迹，本与桐城主张相近，可因其轨辙未正，文章不纯，不为桐城所推崇。至于'积理''练识'，魏禧等只是表达了一种愿望，比起同时代或后世诸多学者之文来，侯、魏、汪之'事理'实在贫乏得可怜，说到底，此三家仍是'文人之文'"。①

到目前为止，对魏禧还缺乏综合性、系统性的研究，就手头能查阅到的资料来看，近 20 年来，研究魏禧的论文有 38 篇（重要篇目附在参考文献中），论著者主要集中在江西一带。这 38 篇论文中，从哲学角度、历史角度、军事角度及伦理角度进行论述的占 11 篇，对魏禧人物及版本的介绍占 9 篇，文论研究 5 篇，从文学角度对个别篇章进行研究的 13 篇。

近年有关魏禧的硕博论文，能查阅到的只有 4 篇：苏州大学赵向南的硕士论文《清初十作家传记研究》；江西师范大学廖华生的硕士论文《清初士人：道德追求与社会责任——以宁都魏氏一门为例》；江西师范大学支金平的硕士论文《魏禧论兵探析》；山东工艺美术学院张云龙的博士论文《清初散文三大家研究》。多半只对某一文体或者思想进行单独分析，割裂了文学思想的体系。

还魏禧的历史本来面目，更深入地解读他的文学思想，尽量让一个文学史上重要的历史人物全新地站立在我们面前。

二、研究方法、思路

从景仰其人、追踪行迹的清代学人，到当代地方乡贤的研究者，固

① 陈平原.中国散文小说史[M].上海：上海人民出版社，2004：184.

然熟知其特殊的地理和社会环境，但未能对其文学思想的形成做深入细致的探讨，而文学史论的学者所关注的又多限于魏氏的著述，忽略自然、人文环境的综合考察。本书试图将两方面结合起来，进行全面系统地研究。

由于是对古代文学家思想的考察，首先要尽可能还其本来面目。本书秉承“知人论世”的学术传统，力求切近地展示魏禧真实的思想风貌。对基本问题做了一些新的考论。比如，对魏禧的字号及卒年考证，对其交游考证，首次对“易堂”所以名“易”做了阐释，探究其精神内涵。

入奇绝之“避地”以拒清，择峻洁耿介之士交游，不仅是对魏禧研究的拾遗补阙，也是认识其品格、志趣、思想的重要途径之一。

作为易代之际的遗民，魏禧有与其他遗民学者相同的共性，作为江西宁都的学人，地域风格对其的影响也不容忽视，通过对其人文环境、自然环境的考察，对其文学思想的时代精神与地域风格进行了阐述，了解其文学思想的个性特征。

本书试图从文本的详切解读入手，追本溯源地从其创作实践、思想基础、思想核心再到美学追求条分缕析，逐一解读，通过比较进行综合性考察，全面展示魏禧的文学思想。

第一章 生平与文学活动考索

一、家世家风及少年经历

魏禧，江西宁都人，生于明熹宗天启四年甲子春正月十三日（1624年3月2日），卒于清康熙十九年庚申十一月十七日（1681年1月6日），名禧，字凝叔（或冰叔），号叔子、裕斋，世称“勺庭先生”。《魏叔子年谱》称：

其先世出宋秦公了翁后。传至远四公、以仕宦留居江西建昌。遂为建昌人。后迁居广昌之株溪，始开广昌族。七传至祥公，自广昌迁居宁都。魏氏世有通人，为邑望族。累传至松隐公。松隐公讳金秀。高祖希简公讳良宗，松隐公之子也。明嘉靖间岁饥，捐谷万石赈之。朝廷旌其门，赐冠带。公建圣旨门，凿石镂人物丹绿之。门内建高堂广室，落地千柱。邑人呼曰“圣旨门魏”。曾祖抑所公讳于厚，祖鸣宇公讳嘉谟，游南太学病卒金陵。配刘氏、黄氏。父讳兆凤，以其生舍前草结实如凤因名。而字曰圣期。为人忠孝岳岳多大节。晚更取葛天氏之民语，自号曰天民。明诸生。崇祯初诏举孝友廉洁。学使者陈公懋德以天民应。既又举为师儒。因巡按叶公成章上其名。天子遂下县聘。天民以时方重资格。朝廷多党人，虽出志不得行。俱不就。配曾氏，生子三。长名际瑞，字善伯。季名礼，字和公。次即先生也。①

由此我们知道，魏禧的祖上是地方望族，曾得到过皇帝的赏赐。魏禧的父亲魏天民，虽然也是名重一时，毕竟是志不得行，没有做成更大的官。魏氏家教极严，门风整饬。在《魏叔子文集·征君传》中附录了《书三子析产后》云：“治家之道以俭为先，然不可概论者。生事葬祭，尽人子之情，报罔极之德，不可俭也。问遗赠恤，周朋友之急，敦亲戚之谊，不可俭也。”彭士望《魏征君兆凤墓表》亦云：“征君少孤……孝友仁厚，童而有之，长益砥志，立名义崭崭然，欲以天下自任，尤矜恤疾苦无告者。”相邻无论老少远近贵贱都把他当成可以依托之人，甚至有些人死后，他们的子孙都可以在天民这里得到照顾，自己的女儿的亲事也是天民一手操办的。据《魏叔子文集·邱维屏传》记载，邱维屏 18 岁的时候娶魏禧的姐姐，“父如泰，直谅好学，先征君与为至交，故特以吾姊字邦士也。或谓：‘邱生贫甚，君女不思啖饭处乎？’征君曰：‘在我耳。’分僮婢田宅钱财嫁之。”我们可以看出征君乃至性之人。天民的身体力行对三子是一种潜移默化的影响。甲申之变后，“天民率诸子号哭竟日不食”，魏禧等人谋起兵勤王的时候，“先征君亦慷慨激昂破产助之”“首输三百金于册”。朋友劝他先观望一下，给自己留条后路，天民义正词严地说：“力可竭则竭。何计

① 温聚民.魏叔子年谱[M].商务印书馆，1936.

后事？且此何事，顾独观望格例乎？”丙戌（顺治三年，1646），天民走匿山中避乱，剪发为头陀，隐居在金精之翠微峰。“绝意世务，独力行于家训。”天民曾自置一口棺材对儿子们说，用它装殓。诸子变色。天民又说，死后不得用成礼，毋帛衣，毋书铭旌。毋受吊。十一年甲午春二月，天民死。葬在祖坟旁闲穴，此穴已经禁葬二百多年了（彭士望的墓表谓“三百年”，疑误，因为魏禧诗集中有“祖坟二百载，其间表虚碣”）。

天民死后的第二年，曾孺人也去世了，在十二年乙未（1655）夏六月十六日。曾孺人应该是一个典型的贤妻良母，对孩子们很是慈爱，魏禧说“一日不能离膝下”，尤其魏禧身体孱弱，这份关爱自然就更多一些。“少小多病躯，父母独爱怜”，当兄弟们晚上睡得晚一些的时候，“先妣以先生（指魏禧）体孱迫之寝”（《先叔兄纪略》，《魏季子文集》卷十五），魏禧在诗集中有诗句“老母多笃爱，抱疾乃深讳”“恐忧不孝身，反复斥奴婢”。曾孺人的去世，使魏禧肝肠寸断，诗句中不止一处哀号，“生子三十岁，但如弃路衢”“长号复短号，抽裂于肝腑”“人生唯此事，一跌不复起”。

天民除了自己身体力行之外，对孩子们有独特的教育方法。季子在《纪略》中曾经记录这样一件小事：

先征君训诸子和极敬礼，不少宽假。尝侍先征君，议事公所列数百人，吾兄弟年少坐堂下末坐。因相与私语。先生容偶怠，不自觉也。先征君堂上色不怿，伯兄目及之曰：“吾侪宁有失乎，何大人有是色。”归至庭，先征君默坐不语。三子跪请，乃诫曰：“凡人贵读书当知礼义，如在广坐中人不识汝为吾子而察其举止言语间知其中必有严惮之人。在今某侍父而有慢容，何谓读书乎？”于是复霁颜论古今，夜分乃罢。

而孩子们对父亲的训诫，“确罕有陨越”。这些都成就了后世的

"宁都三魏"(指魏际瑞、魏禧、魏礼)以至"小三魏"(指侄辈的魏士杰、魏士效、魏士俨)。

在三兄弟中,魏禧小时候是"不乐嬉戏"的,每每出外游闲之时,魏禧"独劝业不辍,尝嗜古论史,斩斩见识议"(《纪略》)。魏禧十岁的时候,开始学习制举文字,并"思求友,二十年来孜孜矻矻,若非此则食不甘寝不寐"(《跋归震山先生全集》)。《纪略》中记载魏禧十一岁的时候"补邑弟子,冠其曹""长而名公钜卿年五六十者,咸以等辈礼之",① 魏禧妻谢氏的祖父谢公是当时的宿儒,"先生十一岁童子与七十余老人终日语不倦"。魏禧的交往对象自己曾说是"或以笃行令德,或污身辱名而志不滓,皆次第相与为石友"(《彭躬庵七十序》),都是志行纯笃者,这点魏禧颇为自负。十四岁从师授业于杨一水先生,"诸弟子中禧最晚进。父事先生以诤子自任。十四岁常面诤先生,先生大悦,奇之,自是无大小事必尽言"(《杨一水先生墓表》)。尔后一水先生又将自己的两个儿子"以父执事"魏禧。② 也就是这一年,魏禧得羸疾,以至"行必以药裹"(《脉学正传叙》)。十五岁的时候,父亲天民先生析产。授产给兄弟后,交代四点,其一要节俭,但是也不尽然,有"易于俭而不宜俭者",即"生事葬祭尽人子之情,报罔极之德,不可俭;问遗赠恤,周朋友之急,敦亲戚之谊,不可俭也"。其二次年差饷要先年完纳,于国家利即于自己利。其三祭田近祖坟,这样便于照料,此乃仁人孝子之用心也。其四建祠要在城中,兼读书其中,这样小敝见而修理,缓急可以避寇,此为长便之计(《集首征君传》)(附录《书

---

① 魏禧.魏叔子文集·曾青藜序叔子文集[M].中华书局,2003.

②《宁都直隶州志·儒林》:"杨文彩,字治文,号一水,世用长子。崇祯戊辰选贡,入北雍祭酒。吴公称为天下文章第一。同乡陈大立、罗文止、杨维节、揭祝万皆下之。前后教授弟子数百人,魏禧最晚进,文采深奇之。性和易,虚怀乐善。尝书训子弟曰:'无所与于人,而感且深者谦以待物;无所弗于己,而业日广者厚以存心。'所著《文耻斋文集》,另有《尚书绎》书稿。"

三子析产后》)。魏兆凤对于三个儿子的关于财产的分割与用财的训示,对他们的影响不可小觑。以魏兆凤的理论,世俗所讲的薄产不足以遗祖孙,兄弟无争不必析产等都非通论,由父辈主持的这种条分缕析的析产,并非出于不得已,而是寓教其中,魏禧兄弟有这样一个明智怀德的父亲,影响了他们的思想情操。魏禧没有子嗣,但是季子之子则重演了"三魏"相让的故事(指当时征君析产的时候,季子才九岁,曾经说"宁损我,毋以损伯兄"《季弟五十述》),而季子的这两个儿子,又分别为他们的儿子析产,俨然已成家风。在邱维屏死后,其妇(也就是"三魏"的姐姐)也为他们的儿子析产,并命季子作序(《邱氏分产序》),关于经济情况,在这里不做更多的分析,只是这种不厌其烦的析产,让魏氏兄弟对财产问题有着脱俗的思路,魏禧在《里言》中说:"与常人共财,当自损以让人;与贤人共财,均平而已,此方是忠厚尽处。"这里面关乎道德与尊严,从下面对徐枋及李天植的叙述来看,是一致的。这也是魏禧等人光明磊落的一面,与朋友的亲密交往,并不曾忽略人我分际和冷静的分寸感,这是魏禧的真实的基础。邱邦士说魏禧古文"明断善论"似乎与其家风家教不无关系(《邱邦士文集·杨先生墓志铭》)。

十五岁的时候,魏禧的妻子谢氏来归。魏禧说自己"十五有室,已合礼于齐眉"(《礼斗表》)。魏禧之妻谢秀孙是诸子妇中比较特殊的一个,在乾隆六年的《宁都县志》和近人编纂的《翠微峰志》中都有介绍,当然主要是因为最后的殉节,成为"烈女"而青史有名,但是《翠微峰志》还记录了谢氏粗通文墨,有《季兰诗词稿》流传于世,想来未必不解风情,闺房之间也是能有所唱和的。魏禧的文集诗集中与"内人"有关的一些文字,足以让人想到其伉俪情深。魏禧羁旅他乡之时,经常见景思人,想到妻子的病,"汝病春常剧,凭谁验药方?"(《春早发翠微余欲轻装内人劝余重茧曰寒思吾言却寄二首》),月明之夜思念妻子(《中园杂兴》),看到溪上的桃花,会想到病中的妻子

(《寒雨见松间桃花感内人病》),到西湖逢七夕也想念妻子的形影相吊(《七夕寄内》)等,感人至深。本来是很正常的夫妻之情,不知道易堂的诸子们为什么这么不高兴,甚至他们集体上书,都认为魏禧白璧微瑕主要表现在"服内太笃,待之太过",似乎就是对女人太过于好了。也许这影响了魏禧的英雄形象,似乎诸子们认为男人不应该这样儿女情长,他们可能以为魏禧竟然居山十六年不出,就是留恋闺阁。

十九岁时,魏禧与曾子灿读书于莲花山。甲申崇祯十七年(1644),翻天覆地。这一年是魏禧一生的分水岭。《纪略》中说:"甲申流贼陷京师,天子死于社稷。先生闻辄号恸,日往公庭哭临,食不甘味,寝不安席,谋与曾公庭遴起兵勤王。"魏禧谋起兵勤王未果,其后移家翠微峰。魏禧等的隐居翠微峰似乎是历史的偶然,其实也是必然。从地理环境和人文环境来看,这里也有着魏禧的生存智慧。

二、隐居翠微

翠微峰是理想的避地

易代之际,兵荒马乱,形势危急,魏禧在《告玄帝文》和《同林确斋与桐城三方书》中说:"今者士豪不靖,群小兴戎。斗城有累卵之危,介士无全身之策。""夜戒城堞,风露凄寒。"在这种情况下,"丙戌辟乱,奉父母家于翠微山"。"昔者甲申变,禧与父兄谋,破产二千余石,营金精斗绝而居之。后七年,宁都城破,家得全。"一般人的诸多对策中,也会有"避"这一选择。自保当找偏僻之地,宁都是一个比较适合避难的地方。季子说:"宁都居赣上游,地遐僻,四方士罕至者。"

"南昌彭躬庵士望……尝语:'天下将大乱,吾欲得遗种处。'予乡人曰:'则莫若吾宁都矣……'"而在这处所,当选一处易守难攻之地。宁都州的诸多山峰中,像翠微峰那样奇险而高耸的也有,如"果盒山……周围石栏俯视如在天际上""金牛山……奇峰峭壁""官人山,唐季黄巢之乱官兵避兵于上""凌云山在宁都州北一百三十里，高数百尺，与大名山相连,蜿蜒数十里左右,石峰插峙,下有龙湫,其深叵测""东阳峰在宁都州西八里,近金精山高峻插天山,腰横阔二三里""县北百二十里有卢穆岩,崛起千仞,山腰石户如瓮,广袤十丈,左壁一室,持炬从窦入,深广爿之顶有泉甚清冽""青阳岩在宁都州西南十里,亦称青阳洞,悬崖峙壁"……但作为避敌之所,翠微峰的危绝是其他山峰不能比的。魏禧的《翠微峰记》有云:

此峰迤逦竟里,旁无援辅,自下仰之,如孤剑削空,从天而仆。上则岐而三之,中高右缩左展,结屋者,必山翼。山中灌木郁勃阴森,见者疑有虎豹,然自猿狖飞鸟而外,则皆不能至焉。

有西北善兵者,至门而窥,去谓人曰:"就使于瓮口御其门,使三尺童子折荆而守之,虽万夫谁敢进者?"

彭士望《翠微峰易堂记》也描写道:

巅环周二里许,下视城郭,溪阜陵谷,村圃畎浍,人物草树屋宇,圜匝数百里,远近示掌上。

山远望驯伏,近巉削,浑成一石,隐不见屋,乍至,非望见扶阑,疑无居人。现年俱荆榛填合,罕人迹,山绝壁无路,不可登。

最利守,上击下,石卵大,转激腾跃,势莫可当。擂木石,具斧凿,山尽为炮。掷稚尾炬,塞径口,立焦灼。孔出,伏暗桥侧,挺斧交下;仰攻，桥石厚，径转侧不得动。鸣金众聚，静逸以待。闭重关垒塞，一弱女子可抗千劲卒。

翠微峰这种较理想的乱世避地形势，会使入驻于此的九子们产生一种命运与共之感，从而增加了诸子间的亲密的心理情感共鸣，而相濡以沫。人与人之间的依存被这种形式极度地强化了。

翠微峰有独特的人文附着

它有自己独特的地方，《江西通志·山川略》记载："金精山在宁都州西十里，峰头皆石，望如阵云，为邑西镇山，道家第三十五福地……俯视城郭村落如棋布。山中奇峰不可枚数，其著名者凡二十。"其中有三献峰和翠微峰，翠微峰乃金精山第一峰。魏禧《翠微峰记》云：

翠微峰距宁都城西十里，金精十二峰之一也，四面削起百十余丈。西面金精者，苍翠袤延如列屏，东面城，大赤如赭。中径坼，自山根至绝顶，若斧劈然，或曰长沙王吴芮之所凿也，张丽英飞升，盖即其处，相传自上古来无或登而居者。

彭士望《翠微峰易堂记》说：

予意翠微形势，当出神仙奇怪人。又，首坼千余尺，似经凿治，非王者力不能办，岁久壅蔽，疑为古金精，至今邑令长犹望祀。

这些表述评介足以说明它的独特，也一直是魏禧引以为豪的，在魏禧《游京口南山诗引》中说：

辛亥四月，予客扬州……游南山，经鹤林、招隐洞、夹山、八公诸胜。予家金精第一峰，奇石四十里，严洞窈冥怪诡，视南山无足当意。

那“予家”二字便有一种“曾经沧海难为水，除却巫山不是云”的自得与豪迈。

就壮观程度而言，翠微峰景致或许稍逊韶关丹霞山，但它却有两千多年的文化积淀。如今的翠微峰到处可见附会西汉初年张丽英飞升成仙的遗迹。由此，翠微峰有了仙山福地的美誉和深厚的人文附着。

张丽英的传说见录于《宁都县志》(1986 年版)。故事大意是：张丽英是汉初一樵夫之女，住在石鼓峰下，生有异质，发奇光。偶食鲜桃一颗，顿忘饥渴，形态异然，从此不食不睡，在金精洞修炼。长沙王吴芮征闽过此，闻其异，派人入山求聘。丽英说：“此山中通洞天，若能凿开，吾当从你。”于是芮发大兵凿石壁，洞穿如瓮，见丽英披发仰卧石鼓之下，人们以为她已死。忽然紫云郁起，丽英升地腾空对芮说：“吾乃金星之精，下治此山，岂尘凡所能近耶？”说完不知去向。想来拒清的魏禧选择此处，也是神往这种对浊世的超越，追羡此间仙凡悬隔的境界。

历史见证着魏禧的生存智慧

季子说过，他们避地翠微峰对邑人有示范作用，“方流寇之初炽也，是时承平日久，人不知乱，且谓寇远难遽及，先生独忧之，寻山石结寨以卫家室。经营措注皆有成法，邑人仿效之，得免寇壤之难。时年二十一也”[①]。除此之外，在翠微峰的维护上，也有伯子的一份功劳。《伯兄墓志》云：“宁都乱民据城市，称义兵。庚寅春赣檄兵十万围攻之，城破屠掠几尽。结寨而居者科重饷，祸且不测。伯独身冒险任其事，屡濒于危。翠微得全。”

魏禧对此也是很骄傲的，在一些年之后，他曾对方以智的三个儿

① 魏礼.魏季子文集·先叔兄纪略.卷十五，四库禁毁丛书[M].(清)林时益·绂园书塾，6-215.

子说起他的保全之策，“昔者甲申之变，禧与父兄谋，破产两千余石，营金精斗绝而居之，后七年宁都城破，家得全。益（林时益）于乙酉，兵未入境，遽同彭躬庵挈家南走，从侨居焉，婚友见者，无不背面相笑，后五年江城屠且尽”。显然翠微峰的选择，魏禧是最主要的决策者。《清史稿》有云：

（魏禧）多奇气，论事纵横排奡，倒注不穷。事会盘错，指画灼有经纬。思患预防，见几于蚤，悬策而后验者十尝八九。流贼起，承平久，人不知乱，且谓寇远猝难及。禧独忧之，移家山中。山距城四十里，四面削起百余丈。中径坼，自山根至顶若斧劈然。缘坼凿磴道梯而登，因置闸为守望。士友稍稍依之。后数年，宁都被寇，翠微峰独完。

选择翠微峰应该是魏禧“悬策而后验者十尝八九”的一个例证。魏禧在兵学上很有造诣，曾经写过兵书《兵迹》，在《文集》中也有《兵谋》《兵法》篇。

据近人所编《翠微峰志》，这一带的山峦，直到近世仍被宁都人作为逃避战乱的所在。1951 年拍的一部电影《翠岗红旗》就是以翠微峰为背景的，颇为壮观。

易堂九子假翠微峰而增色，翠微峰因九子而益彰。

三、关于易堂

易代之际的“易堂”

如果说隐居翠微峰隐含着魏禧的生存智慧，那么建筑易堂就含有非同寻常的意义了。

《魏季子文集·先叔兄纪略》《魏叔子文集·同林确斋与桐城三方书》以及《魏叔子年谱》中都有记载，先是魏禧与彭士望、林确斋等订交，丙戌年居翠微峰，彭士望、林时益、李腾蛟、邱维屏、彭任、曾灿与魏禧兄弟于是在翠微峰讲《易》，"是冬筮'离'之'干'，遂名其堂为易堂"。所谓"易堂九子"也从此而来。从文字中我们得到的信息是因为两个原因取名为易堂，一是讲《易》于其中，二是卜卦而得名。"易堂"之名是九子共同研究的结果。为何偏偏讲《易》呢？九子是否都对《易经》很有研究呢？不然。魏禧在《周易辨叙》中说："《易》者为义，变易而不易也，故取象于日月，日月有定位，而昼夜寒暑之推迁，其变无有穷极。""且夫理数象占，皆《易》之为道，然守一者遗二，主此者非彼，故其说皆可以明《易》，而执其说皆不可以明《易》。辟诸人身。"可见魏禧并不主张成为《易》方面的专家，以免学得不精而挂一漏万。九子中唯李腾蛟、邱维屏学《易》。名为"易堂"者，更为深刻的原因在于：一是"易"取象于日月，而日月为"明"，且占卜为"离"卦，"离"象征光明，符合魏禧当初志图恢复的愿望；二是名为"易堂"更符合易代之际的遗民读"易"行为。

明清之际遗民读《易》者非常多，遗民《易》学中，方以智的《易》学尤有家学渊源，以"会通""三教"为特色。张尔岐著有《易经说略》，孙奇逢著有《读易大旨》，黄宗羲著有《易学象数论》；南方遗民中，治《易》者尚有钱澄之、吴云（舫翁）等。《碑传集补》卷三十六记高懋贤"三旬九食，忍饥讲易，无忧悴之色"。屈大均对《易》更有狂嗜，"认为缩减言之精粗大小奇正方圆曲直，无非易者"[1]。刘宗周说："圣人于道体，指出一易字，大是奇特。只此一字，将天地间有无、动静、终始、大小、常变之故，一齐托出，天地间更有何事不该其中！"[2]戴名世序

① 屈大均.六莹堂诗集序·翁山文外[M].北京：文物出版社，1982(2).

② 黄宗羲.子刘子学言[A].黄宗羲全集[M].杭州：浙江古籍出版社，1985(2)：304.

明末名臣倪元璐的《儿易内仪以》说:“大抵贤人君子,遭世末流,胸有郁勃感愤,借《易》以致其扶阳抑阴之意,是亦处于忧患之所我为也。”“以经世之才,不得尽用,而托于学《易》以写其忧患之心,此《儿易》之所为作乎!”① 朱彝尊在《易璇玑序》中也提到:“宋之南渡,君臣多讲《易》义。”②

首先,易代之际总是会有新的思想意识,《易》学常常是其中的一支。比如汉魏之际,两汉《易》学家苦心经营的相术《易》学开始式微,逐渐为玄学《易》所代替。这是由于连年战争,使得这种封建社会的不稳定性折射到意识形态领域,表现为思想异常活跃,儒家独尊的地位从根本上动摇,被压抑数百年的老庄之学便开始复兴。朝代的更迭大多有动乱和战争,有思想的冲击,有信仰、忠诚的考验。异族入侵,人们从不同的方面探讨亡国的教训,思想界进入一个比较激进,也比较自由、活跃的阶段,“一时才俊之士,痛矫时文之陋,薄今爱古,弃虚崇实,挽回风气,幡然一变”③。故清初在“薄今爱古,弃虚崇实”的风气的影响下,汉《易》又被重新重视起来了。

其次,《易》集中体现了一种忧患意识。“《易》之兴也其于中古乎?作《易》者其有忧患乎?”(《易·系辞下》)作者在肯定了作《易》者的忧患之后,又从总体上论断了《易》书:“是故其辞危,危者使平,易者使倾,其道甚大,百物不废,惧以始终,其要无咎,此之谓《易》之道也。”(《易·系辞下》)整个易传所凸显的正是这种忧患意识。它标志着一种根源于高度历史自觉的社会责任感和敢于正视承担人间忧患的悲悯情怀。九子便是带着这种深沉的历史感和强烈的现实感,不顾艰难困苦,奋斗不息。

---

① 戴名世.儿易序[A].戴名世集[M].北京:中华书局,1986(3):82.

② 朱彝尊.曝书亭集[M].上海:上海书店,1989(34):420.

③ 皮锡瑞.经学历史·经学复盛时代[M].北京:中华书局,1998:289-290.

再次,《易》包含的德业日新意识使九子“以果行育德”。《易·乾坤文言》以及《系辞》关于人文化成思想的大量论述中,把“德”和“业”作为对举的范畴,认定“易道”所追求的人文价值的最高理想,就是“盛德”和“大业”。“盛德、大业至矣哉!富有之谓大业,日新之谓盛德,生生之谓易。”又说,“易其至矣夫!夫易,圣人所以崇德而广业也”。(《易·系辞上》)《易》的思想特点,首先是德、业并举,正如整个六十四卦体系是“乾坤并建”一样。《系辞》开宗明义即由“乾以易知,坤以简能”推衍开,“易则易知,简则易从,易知则有亲,易从则有功,有亲则可久,可久则贤人之德,可大则贤人之业也”。“德”和“业”,成为人类“可久”“可大”的追求目标,“德”是内在的道德修养,“业”是外在的功业创建,前属内圣,后属外王,两者不可偏废,必须互相结合。而《易》的人文思想更偏重于以德创业,以德守业。由六十四卦卦象引出的《大象辞》,强调的是“君子以果行欲德”“以振民育德”“以反身修德”“多识前言往行以畜其德”(《蒙卦、蛊卦、蹇卦、大畜卦》的《大象》)……充分显示了这一倾向。《易》从“天地之大德曰生”“生生之谓易”的大原则出发,提出了德业日新思想,“富有之谓大业,日新之谓盛德”(《易·系辞上》),“富有”也有赖于“日新”。不断地开拓创新,不断地推陈出新,是最高的品德。

第四点,《易》阐发了民为立国之本的道理。殷纣王无道失国,周武王继之而立,这是一场改朝换代的革命。对于这场革命,《易》给予充分肯定。《革·象》说:“天地革而四时成,汤武革命,顺乎天而应乎人。革之时,大矣哉!”由于天地四时的不断变革,从而才使万物新陈代谢生生而不穷,说明没有变革就没有自然界的永恒发展。人类社会也是这样,商汤赶走夏桀,殷纣王无道,周武王取而代之,这就叫革命。这种革命既顺乎天道规律,又迎合了人心所向,是革而当革,无任何过错。于是《象》又说:“革而当,其悔乃亡。”并赞叹说:革卦的意义,真是伟大啊!这里边就提出了一个极其重要的思想,即天道规律究竟用什么去衡量？要用民心去衡量。一个君王的政教合不合于天道，一个王朝的存在与否，决定性的因素是民心之向背，《易》将其概括为“顺乎天而应乎人”。这样一来，所谓人道要与天道相协调，天人合一，并不是一句空话。因此说，《革》“顺乎天而应乎人”这句话，明确地告诉了封建统治者，民为立国之本，社会的治乱兴衰以及君位的存亡，均系于下民。这个道理，在《观》卦里说得更加清楚。明清之际的遗民们对此也有阐述。认为国家不是私人的国家。顾炎武、黄宗羲对亡国和亡家做了分析。魏禧在1663年的《留侯论》也有分析。这篇文章为张良做辩护，反对指责他不忠，因为在推翻秦朝（秦早先曾灭掉张良的故国韩）过程中，张良与刘邦合作，帮助刘邦建立汉朝。魏禧辩论说，这种做法不仅代表人民和国家的利益，而且也是一个忠君的报复行动，报复那个造成自己国家灭亡的政权。“人有力能为人报父仇者，其子父事之，而助之以更其仇。岂得为非孝子哉！……且夫天下公器，非一人一姓私也。天为民而立君，故汉必不可以不辅。”

第五点，《易》提出了刚健有为、自强不息的人生精神。《乾·象》说：“天行健，君子以自强不息。”《大有·象》：“其德刚坚而文明，应乎天而实行，是以元亨。”《大畜·象》又说：“刚健笃实，辉光日新其德。”人应该像太阳那样，日复一日地运转，天天向上而光辉日有所新。有了这种奋进不止的精神，才可有为于天下，尽人事而听天命。君子应有责任感，不放弃自己的主观努力，故言“志不舍命”。就是说，人既要了解和尊重客观规律的变化，也要发挥主观战斗精神加以引导和驾驭，在条件允许与可能的范围内，使其向着有利于自己的方面发展。《易》这种刚健有为自强不息的战斗精神，陶冶了我们的民族的思想品格，在历史上曾鼓舞了许多进步的思想家、政治家去励精图治。

《易·系辞》说：“明以天之道，而察于民之故。”经纶治国，知天而更要知人。将天地人称作“三才”，三之为言参，即强调人应该参与天地的变化。刚健有为自强不息，就是《易》所提倡的人生哲学，理想的境界是“穷理尽性，以至于命”（《说卦》）。不断地求索，通过知识的积累，以达到认识自然界和人类社会以及自身，从而去掌握变化规律。只有具备了这种思想修养，才可以称之为“穷神知化，德之盛也”（《系辞》）。终极的目标，还是天人相合，这种相合已经是一种完全自然的和谐了。《乾文言》说：“夫大人者，与天地之合其德，与日月合其明，与四时合其序，与鬼神合其吉凶。先天而天弗违，后天而丰天时。天且弗违，而况于人乎，况于鬼乎？”

魏禧的刚健有为、自强不息表现在他的积极用世上。《碑传集补》卷三十六《王岩传》中提到孙默“将归隐黄山，遍乞天下名人为送行之文”。王岩规劝其人道：“古之隐者入山唯恐不深其声影幽墨，唯恐人知，即其托迹所在，未尝使人识而名之……吾愿孙子息交游，远名誉，勿复征送行之作，而果与归去，使人莫测其归也，孙子乃庶乎真隐矣。”魏禧却不这样认为，其在《送孙无言归黄山序》曰“（广陵）乃天下豪俊非常之人都会”“余以为无言倘能以其交游之力，从屠孤贾炫中物色天下非常之人，虽使无言居三十六峰深绝处，余犹将作招隐之诗，劝无言出居通都大市，不得与衣草食木者同其灭”“吾终愿无言之为广陵有而不为黄山有也”。这也反映了九子的思想。彭士望在《与谢约斋书》说其自期不在夷齐之“忍饥固穷，而妄意禹、稷”，即“禹父殛而不辞救溺，稷躬耕而不辞救饥”；《与贺子翼书》亦说“不徒以独善自画，其于世教、人才、民生、国恤、须以为饥渴性命，磨砺讲求，归之实用”（文后附录邱维屏语曰“唯恐人洁身自了，忘却世界”），还说“即不能见之行事，亦当托之于书，托之于人，寄其薪尽火传之志”。

魏禧并不绝对反对出世，只是不要出尔反尔，遮遮掩掩。以上对于孙无言之隐，魏禧亦是劝其“欲归则速归，毋持两端”。在《熊见可七十有一序》中，对熊见可之子颐之高节敬重之余，“爱其才，勉之为有用之学，毋徒以洁身为自足，颐深然之”“余与见可与颐十年来头颇如此，长困草土，岂不亦可悲矣夫！”后颐“志在四方，颇能得投间抵隙之用”。对于如金堡者“结交贵游，出入公庭”类，魏禧是不赞同的，即使如方以智这样魏禧敬仰的人物，并且因为方以智说过“易堂真气，天下无两”而使魏禧自豪一生的人也不例外。在《与木大师书》中谓其“接纳不得不广，干谒不得不与，辞受不得不宽，行迹所居，志气渐移”。关乎遗民气节则丝毫不含糊，认为“以师之人，处师之时”往往“挂鞋曳杖，灭影深山”。只有这样，“后世莫不高其行”。所以中肯地希望“大师深观古人之迹，近察一身之故，昭濯既往，显示将来，以不许二十年出妻屏子之素节”。

从以上的分析，我们不难得出这样的结论，明清易代之际遗民对《易》的推崇，让你感觉遗民读《易》，读的是世之治乱兴衰中的忧患，读的是当代历史中的德业日新，读的是本人命运中的刚健不息。所以对于如何取名为“易堂”也就不难理解了。“易堂”的出现不是偶然的，它是历史的必然，自此之时，翠微峰因为有了“易堂”而真正成了江南名山，翠微峰因九子而益彰，成了真正的仙聚之地。

易堂真气，天下无两

让九子更为自豪的是，互为增色益彰的翠微易堂由于另一个人物的感叹而得到确认。《清史稿》中有：

当是时，南丰谢文洊讲学程山，星子宋之盛讲学髻山，弟子著录者皆数十百人，与易堂相应和。易堂独以古人实学为归，而风气之振，由禧为之领袖。僧无可尝至山中，叹曰：易堂真气，天下无两矣！

方以智《游梅川赤面易堂记》，首记其访易堂而感叹道：“在此蓬莱中，与门人、子弟，昼耕夜读，岂容易得哉！”“又奇者，诸公或土著自城依岩，或流寓种植自给，二十年来，各携全家居峰顶，读书怀古，敷衽啸歌，扶义古处，有茹肝澡雪之风。山川以人发光，良不虚哉！”①

无可，就是在顺治十六年（己亥），魏禧三十六岁时僧服至翠微的方以智。当九子地处赣南，姓名不为世人所知之时，作为明末四公子之一的方以智已经是声名借甚，交游则一时才俊。从《方以智年谱》中我们可以发现，走访易堂，只不过是方以智此一时诸多交往中的一次而已，但诸子追忆其感叹的“易堂真气，天下无两”却是几乎到了百转千回的地步。可见，诸子们很是在乎这个真气的。

方以智对易堂的评价是“真”。而魏禧、季子与彭士望说起易堂时，也标一“真”字。季子《吴瓶庵赠言序》（《魏季子文集》卷 7）一篇后彭士望的评语，说“真气”二字，“此吾易堂立言之旨也”。季子也说“人之有真气者乃有奇气”（《邹幼圃来翠微峰记》《魏季子文集》卷 12）。魏禧的说法是“天下之害由于无真气，柱朽栋桡而大厦倾焉”（《徐桢起诗序》）。

翻看中国文史流派，你会发现除了魏晋时期的“竹林七贤”由于“相与友善，游于竹林”而得名外，真正算一个团体的性质的还得是易堂九子了。这种士人团体的组成，自然与战乱造成的地域分割有关。彭士望与林时益、邱维屏与魏氏兄弟本来就是亲戚，林氏的幼子又做了彭氏的女婿。彭士望之子娶魏季子之女，林时益之女适邱维屏之子……甚至九子的后人间，后人与门人之间也互为婚姻。如魏禧的嗣子就娶了魏禧门人赖韦之女，战乱使得人们在相对狭小的空间密集生存，而有助于亲族关系的推演。岂止是无可被九子的真气打动，今人陈寅恪在《赠蒋秉南序》中说：“一日偶捡架上旧书，见有《易堂九子集》，取而读之，不慎喜其文，惟深羡其事，以为魏邱诸子值明清嬗蜕之际，犹能兄弟戚友保聚一地，相与从容讲文论学与干撼坤岌之际，不谓为天下之至乐大兴不可也。”易堂诸子之所以能够

① 方以智.浮山文集后编[M].卷 2，清史资料[M].第 6 辑，1980—1989:40-42.

生死与共，虽异姓而胜似骨肉，是因为他们身上有共同的东西，那就是最重要的一种真气——节气，也是魏禧所说的“刚气”。诸子是遗民团体，“节行文章为海内所重”(《清史稿》)，表现在当国家、民族面临生死存亡时，有“国家兴亡，匹夫有责”的气节与操守，遇到艰苦困难时，有坚定不屈的毅力与锐气，在国计民生问题上，有除恶务尽、树德务滋的品德修养。魏禧说：“夫君子立言，必取其关于世道民主，虽伏处岩穴，犹将任天下之责。”(《郑礼部集叙》)“才足任天下者……必刚气以为之本。无刚气而自托和平……临大节不能守，当大难不能济，遇大疑不能决，至于见善而用之不力，见恶人去之不尽。人于文章亦然。”(《俞右吉文集》)这种刚气是他们真气的基本。一切的“真”来源于这种“气盛”。

易堂的真气还表现在诸子之间相互砥砺的士节中。彭士望在《易堂记》中说，诸子“方初聚时，俱少年朗锐，轻视世务，或抗论古今、规过失，往复达曙，少亦至夜分，不服则栋色庭诟，声震厉，僮仆睡惊起；顷极欢颜笑语，胸中无毫发芥蒂”。魏禧说他们与彭士望“山居争论古今事，及督身所过失，往往动色厉声张目，至流涕不止，退而作书数千言相攻谪。两人者或立相受过，或数日旬日意始平，初未尝略有所芥蒂”(《彭公庵七十序》)。魏禧说“朋友有过，吾苟闻之，如负芒棘于背，如人骂己姓名，夜有所得，则汲汲然不能待诸旦”(《里言》)。即便如方以智这样的大师，作为诤友，魏禧亦对他进行劝谏。

这些热血男儿在相互攻谪论辩的时候，几于剥皮拆骨，披肝沥胆。但是没有“能受尽言”，就不会有“言无不尽”。彭躬庵说，“吾侪所谓上殿相争如虎，下殿不失和气者也”(《魏季子文集·先叔兄纪略》)。这份“真”正是易堂的作风———求知求真的至诚与执着！

除了攻讦他人之过，“真气”还表现在勇于“自讼”。邱维屏曾认为魏禧“饰非拒谏”，以书札相规劝，言辞激烈，“魏禧乃刊布其书闻天下"(《祭魏叔子文》《树庐文钞》卷九)。魏禧的自讼还包括自己的好色,态度之坦白,有绝非寻常道学所能者。他说自己"生平未蹈邪淫事,而邪淫念触地而发""每能凿空作淫想"(《述梦》)。说得一派天真。

其真还表现在他反对"虚美",认为即使"尊亲如祖父,亦不可以奉以虚美,使吾亲为声闻达情之人"(《答孔正叔》)。并且把"虚美"提到"袭伪乱真,取罪千古"的高度加以痛斥,认为"吾辈立言,自有本末,即此便是立身大节,不可以为迂且小忽也"(同上)。诸子们为后世留下的浩繁诗文,为他们的主张做了最好的注脚,难怪我们今天读来仍感情真切,自有一种大朴无华、真水无香之美。

他们既反对君子的"虚",也反对"小人"的"伪"。"虚"就是空疏,不识时务,不求事功;"伪"就是有术而无学,言清而行浊。彭士望对其提出补救的办法是"核名实,黜浮伪,专事功,省议论"十二字,他认为这才是"有用之实学",这就是学问上的"真气"。而他们更是高度评价宋明理学史上的节义之士,相互间也是以节义相标榜(美学思想中对"真"有进一步的论述)。

四、弃举业,为古文

魏禧隐居翠微峰后,二十四岁时便弃举业,为古文辞。《曾清藜序叔子文集》云:

叔子爱苏明允,故其文特雄健,而又不肯学古人专家,步趋其形容。摹其声咳。往往好出高论奇议,凌厉古人。及壬癸以来,则多和平呜咽往复而不尽,又几于欧阳文忠所为。然其精悍之气逼出眉宇。不可得而驯伏也。

魏禧弃举业，认为制科“负朝廷如此”，以至亡国。“朝廷以八股取士，摹其口语，正如婢代夫人。即令甚肖，要未有所损益。绳趋矩步，使人耳目无所见闻，是制科之不善也。”（《内篇二集自叙》）三十三岁时，魏禧始授徒于水庄。“近年绝意事务，授徒翠微山中。用以遣日，以糊予口。然不能不教人作举子业。出处无据，自笑模棱耳。”（《与金华叶子九书》）可见魏禧为糊口而授徒，而当时能学者皆为作举业，时代所趋也。但是魏禧也“约法三章”，有三条是不能强教的，“曰，人之所不能；曰，事之所难行；曰，己之所未尝为者”。魏禧自嘲地说：“伊川先生言人有三不幸，余谓当以学业粗成为人经师为四不幸。”

为了不误人子弟，魏禧在授徒之余，自己编写教材，乃作《童鉴》。“以学虑救良知能之穷者也。”

古者龆龄就传，教以入孝出悌谨信亲爱之节，暨夫洒扫应对进退之文，而又与之歌诗以发舒其志意。与之习礼以固束其筋骸，与之读书以开广其识趣。务使欢欣鼓舞知有名教之乐。而良知能日引月长，如春草之润泽而滋荣也。后世易之。乃专举子业，自总角时即以仕宦人舆第赫鸾金帛充牣扬扬夸里中态。谓丈夫志当如此。亲与兄既以是程子弟矣。子弟率之将不暇爱身而曲以求副乎亲之所爱；不暇敬身而曲以求副乎兄之所敬。穷年兀兀，凡所为俯而读仰而思者，惟仕宦为究竟。揣摩既得，则又子以诏子，弟以诏弟。宁世世业业不知爱亲敬兄，而不容不知举子业。不能举子业，以隳壤仕宦门户也。幸有一二豪杰之士，蝉蜕尘浊，寻绎圣教，而大义微言非久辄乖。其他忠臣孝子，名德伟功所垂为不朽盛事可资人观感慨慕者，则又独使于弱冠以后博学宏揽之流。而童子无闻知焉，豫教不早，成德何冀。此魏凝叔《童鉴》所为作也。（宋之盛《髻山文钞》）

可惜的是，《童鉴》现在我们已经无福看到了。

五、文本录存与相关评论

对魏禧著述文本录存与流传的梳理

魏禧虽然为古文大家，但是《四库全书》不收，也许是文中的内容颇含民族思想为清廷所忌，在《清代各省禁毁书汇考》中有“江西省凡十七次共奏缴四百五十二种”[①]，在第十七次奏缴中，郝硕奏缴一百六十八种，其中有“彭躬庵集二部十本；邱邦士集六部十七本；三魏全集十六部一百九十一本”。存世的魏禧诗文，大部分收在《宁都三魏全集》中。《宁都三魏全集》最早的版本是在康熙三年开始陆续刻印的家刻本，称“易堂藏版”（即“康熙本”），道光二十五年又由绂园书屋仿此本翻刻，称“易堂原版”（即“道光本”）。此后未再刻过。由于魏禧在世时就以古文名世，所以自清初以来就有各种《魏叔子文钞》，这些选本自清以来各种书目均有著录，其中一些至今存世，都是刻本。它们一般经过编选者的校改，影响较大。我手中的一个版本即是民国二十五年版的王文濡先生的编选本。1999 年江西师范大学文学院的姚品文在江西省图书馆发现了一部《魏叔子文钞》手抄本（即赣图本），有一些书目未为研究清初散文或魏禧的学者所言及，所幸的是 2003 年中华书局出版姚品文等人校点《魏叔子文集》就是以“赣图本”作为重要参校本，有助我们对魏禧散文全貌，特别是其版本情况有更多的了解。我研究魏禧的主要版本就是用的这一套。《魏叔子文集》是魏禧的诗文集，包括文二十二卷，《日录》三卷，凡三

① 雷梦辰.清代各省禁毁书汇考[M].书目文献出版社，1989：87.

十三卷。魏禧的著述，据其侄魏世杰所撰《兵迹》十二卷及蒙学课本《童鉴》二编等。以上诸种，除《兵迹》收入《豫章丛书》，余者未见。然魏禧生平最主要的部分已经收在《文集》中（重要文本附在后文辑录表中）。

有关评论综述

魏禧的一生，是在明末清初最黑暗、最动荡的岁月中度过的。在五十余年的生涯中，他"任天下于一身，托一身于天下"，表现出对国家、民族命运的高度责任感。

魏禧在近代之前的评论都是极高的，在《南天痕列传》中说"禧有才略""居家肆力为古文辞，凌厉雄健，不屑抚拟前人""议论伟如也"。[①] 在《留溪外传》中有"叔子所为文，博大高浑，厚朴崇实，不事浮华，立言必求为天下仪表，善为长短论说以动人，尤喜为忠孝传赞，以激励学者"[②]。《思复堂文集碑传》评论叔子为"叔子为文宗，尚简淡，不至摹古家法能人咀含，尤杜口绝讲学，人以此多之"[③]。

《听松庐文钞》评论说：

冰叔先生尤深于史，举数千年治乱兴衰得失消长之故，穷究而贯通之，而又验之人情，参之物理，本胸中所积而发之于文，故其势一往而不可御，其行文之妙盖得力于史记老苏者居多。[④]

---

① 凌雪修纂.南天痕列传[M].周俊富辑.明代传记丛刊[M].台北：明文书局，1991(24).

② 陈鼎.留溪外传[M].周俊富辑.明代传记丛刊[M]，台北：明文书局，1991(18).

③ 邵念鲁.思复堂文集碑传[M].周俊富辑.明代传记丛刊[M]，台北：明文书局，1991(3).

④ 张维屏辑.国朝诗人徵略初编[M].周俊富辑.明代传记丛刊[M]，台北：明文书局，1991(60).

数百年来，魏禧以其贯穿爱国主义思想的诗文和刚直不阿的民族节操，赢得了世人的广泛推崇。当时著名学者方以智就曾经说过“易堂真气，天下罕二”。这是对以魏禧为领袖的易堂九子们的文风和民族节操的盛誉和讴歌。比魏禧稍后的清代著名文人尚熔赞道：

昔者宁都魏叔子，以经济有用之文学，显天下百余年。——叔子见道之宏，持节之固，育才之多，能使当时之贤人君子生死无异词。[①]

张维屏在分析了清代前期和中期各家散文后认为：

文气之奇推叔子(禧)，文体之正推方望溪(苞)，而介乎奇正之间则恽子居(敬)也。诸家为古文，多从唐宋八家入，惟魏叔子、恽子居从周秦诸子入，而得力于《史记》。

又说：

“著书万卷，我无一字，叔子集中笔铭也。大造不言所利，大臣不居成功，断大道理，不意于寸管见之。”言魏叔子诗，苍古质朴，然亦有风致绝佳者。如《春日绝句》云：“棕鞋藤杖笋皮冠，落日春风生暮寒。竹外桃花花外柳，一池新水浸阑干。”

魏叔子句云：“车轮辗白日，客路接青天。面饼频餐惯，风沙一路添。”北道风景，宛然在目。又“花阴零碎月”，五字幽隽；“雨脚压天低”，五字状景亦真。[②]

① 汪丹编.历代序跋名篇选译[M].北京：中国青年出版社，1998：1.

② 张维屏辑.国朝诗人徵略初编[M]. 周俊富辑.明代传记丛刊[M]，台北：明文书局，1991(60).

同样是张维屏在《松心日录》中又说：

国初古文诸家，余尤嗜魏冰叔、朱竹垞两先生之文。冰叔之文多议论，竹垞之文多考证。冰叔之文肆多于醇，竹垞之文醇多于肆，而其方言有序、言有物则一也。侯朝宗文以气胜；魏叔子文以力胜；汪钝翁以法胜；朱竹垞文以学胜。[①]

李慈铭在其《越缦堂读书记》中对魏禧的评价也是很高，“国朝古文推方望溪魏叔子为最”“古文自韩柳欧三家外，应推本朝魏叔子为云门嫡嗣”。吴衡照在其《莲子居词话》卷三中曾记载吴仪一事，涉及魏禧：

魏叔子古文负重望，舒凫（吴仪一）独面折之。谓规友笞婢细故也，而曰省刑书，剌剌千余言不已，失事之权衡。论岳鄂王事，而曰宜铸高宗像，跪于墓，乖君臣之义。用字如肱触其背，类非史家法。座客以为狂，叔子独叹服也。

彭士望在魏禧五十一岁寿序中说（《魏叔子五十一序》《树庐文钞》卷7）易堂中人“求文章卓然有用能自成就，以布衣久隐畏约，抗行天下，惟叔子一人而已”“为人一本于忠厚，天真烂漫”“而远近士归之如流水，望之如泰山乔岳，三百年布衣之盛，未尝有也”。这里的信息告诉我们，魏禧在当时是马首是瞻似的人物，能够批评魏禧的人，别人就会认为他很张狂（当然《莲子居词话》的文字，主要是评论吴仪一之直率，也侧面看出魏禧之大度）。

沈德潜在《明诗别裁集》卷十一中有李沂的《赠魏叔子》：

魏生嵚嵚目如电，董子祠傍忽相见。豫章国士天下闻，生不逢时且贫贱。东西奔走非无故，侧身海内求英彦。即今屠钓岂无人，常恐

① 陈友琴.关于清代重要诗人的评介[J].河北师院学报，1982(1).

摧颓筋力变。握手数语露肺肝，别我西归寻考盘。子之往兮各努力，岁暮雨雪江风寒。

可知魏禧交游目的很明确，“求英彦”，也为了扩大一点自己的影响，可以“天下闻”，是一石二鸟的事。

李沂在其《秋星阁诗话》中谈到魏禧之虚心，喜闻过：

江右魏叔子，当今文章巨公，人或指其未安处，援笔立改，皆予所目击者。盖虚受益，满招损，心虚而后学进，学愈进，心愈虚；虚心者为学之门，亦为学之验也。

这种“闻过则喜”、虚怀若谷的学者胸襟，魏禧自己也曾说过，最害怕当先生日久，“渐成堂上一呼阶下百诺之势”，这时先生很容易“自以为是，不思闻过，亦无有以过告之者”。所以魏禧将易堂诸子当成“磨镜匠”，为何？“先生如镜子，诸生各来取照，然积久尘昏，镜子自体不明。若不得人磨洗。安能照人？”

由此我们知道，魏禧在清初“海内皆重”“天下闻”。在叔子年谱中曾记载庚戌康熙九年：

魏禧游吴越，人传颂其文章，谓南宋以来所未见，求之者无虚日，削版待之，朝成夕登即日流布，海内所推，士无识不识者皆知有宁都魏叔子。

诸如此类评价在有清文论中很多，不一而足。

应该看到，魏禧的文章，尤其是他的古文，无论当时还是后世都有人指出其不足，李慈铭在《越缦堂读书记》中说：“魏叔子颇有才力，而学无原本，尤伤拉杂。”（包世尘的《艺舟双辑》也有此话）“魏根底笔力俱胜，而气稍霸。”方浚师《蕉轩随录》卷五对各位时贤所为古文进行评价：“魏叔子失之杂，侯壮悔失之空，汪钝翁间露时文气。”

嘉庆时举人王庆麟在《书〈魏叔子集〉后》中肯定了魏禧的文学造诣，“观叔子之文，最长人识见”，又惋惜叔子的浮躁急成：

使叔子足不下金精山，不爱浮誉，不受大腹贾金钱滥作文字，不急欲成集；益之岁年，演漾平迤，时而出之，庶几乎儒者之文矣。[①]

魏禧的文集在康熙三年甲辰年冬十月由其侄即兄子世杰为之编次，梓行于世。而在这之前，兄弟之文皆“遍质海内”。《纪略》云：

初，予兄弟学古文于山中。友人偶钞一策置行箧中，武进邹程村祈谟见之，叹曰：“今乃有如是文字乎？”于是携去。注乡贯姓名，逢人辄称说。今吾兄弟文得以遍质海内君子者，盖自程村始也。

叔子之文并不是自己爱浮华而结集，而是自然而成吧。再者，魏禧的下山，不仅是为了宣传自己，而是“私念闭户自封不可以广己造大——交天下之奇士”“恒惧封己自小，故欲一游吴越就诸君子以正所学”。至于受人钱财，在清人笔记及后世笔记中都没有记录，一是魏禧对自己是非常严格的，以至于经常反省自己到剥皮扒骨的地步，“自念出游以来，未尝有所企求，而沾沾怀干泽之情；未尝见一要人谒一名士，而汲汲有务名之心。名利之际，可易言哉”。二是名人此事不能说没有，应酬之作总是少不了的，似乎不能算是诟病。魏禧自己也承认：

出处取与间，常兢兢恐失山中面目。而交游势不得不杂，文字应酬不得不多，乖违本志遂亦不少。杜子美云：“在山泉水清出山泉水浊。”每念斯语，辗转生愧，始信浮沉之际大是难为。壁厚益当因明训加毙也。

① 王庆麟.书《魏叔子集》后[A].续古文观止[M].南昌：百花洲文艺出版社，1995：345.

王庆麟亦是中肯之言也。

瑕不掩瑜，魏禧的学识、气节、虚心皆足以让他享誉当时，名垂千古。然而近代，对魏禧的评论就大不一样了。梁启超始对易堂九子的评价除了“人格高节”外，“文章也带许多帖括气”。梁启超讨厌《魏叔子文集》的地方很多。这对后世对魏禧的评价有很大影响，除了魏禧的文论还多次被人提起之外，其他均不足为道。这样的弊端就使我们所知道的魏禧是文字的，而不是性情的。其实，从本质说，魏禧，乃至其他易堂诸子们，涉世并不深，或者说很浅，但是他们却是性情中人。诸子们所居的清明纯净之境（也许是他们的有意创造），字里行间隐藏不住的赤子般的真挚与热情，最为世人所称道的光明俊伟的人格，都提醒我们不能遗忘。

造成这种状况的原因是多方面的，我认为有以下几点：

（一）九子著作对清廷多有干犯，或露反清复明之志，或载与当时抗清斗争坚决的爱国志士往来赠答之文，故被乾隆朝列为禁书，其中《三魏全集》《邱邦士文集》均遭全毁之难。据乾隆四十三年上谕，对禁书令民间限期缴销，限满后如有隐匿藏留违碍悖逆之书，发觉后将藏者从重治罪，并以承办之督抚是问。以今日所见易堂九子尤其宁都三魏之著作，仅其十一而已。

（二）受近代学者尤其是梁启超、陈寅恪等人的影响。在近代学坛上人们对他们的言论和主张几乎是“唯马首是瞻”。梁启超在《中国近三百年学术史》中谈到“易堂九子”，说：

他们的学风，亦砥砺廉节，讲求世务为主，人格都很高洁。但他们专以文辞为重，颇有颜习斋所谓“考纂经济总不出纸墨见解”者。他们的文章也带有许多帖括气，最著名的《魏叔子集》讨厌的地方便很多，即以文论，品格比《潜书》《绎志》差得远了。

陈寅恪将其生平著作托付给蒋天枢代为出版时，曾撰《赠蒋秉南序》，里面说到《易堂九子集》，“取而读之，不甚喜其文，唯深羡其事”[①]。到当代钱仲联先生选编明清八大家时，排除了魏禧，“清初旧有所谓‘三大古文家’者，指侯方域、魏禧、汪琬三人。侯氏虽工文，晚节不终；魏禧遗民，古文则难压倒时人；汪琬局面更小，故这里亦不选入”[②]。

（三）批评魏禧者，固然有一定道理。然而以偏概全之弊也是有的。比如梁启超所说的“帖括气”，指的就是八股文之风。在这一点上，陈平原的解释是有说服力的，他在《中国散文小说史》中说：

八股毕竟是流行五六百年的重要文体，几乎所有的读书人都曾与之格斗。即便是今日常被提及的反八股斗士，也都曾在科举场中厮杀过，故其文集中不难找到对时文截然不同的评价。更何况一旦为人师表，不敢“误人子弟”，总该认真教习时文才是，顾炎武《日知录》中提及“父师交相谯呵，通经好古之少年，唯恐其不得颛业于帖括，而将为坎坷不利之人”。这种博取功名之心，乃人之常情，没必要“几于不共戴天”。论文极诋八股的章学诚，留别诸生时谆谆教诲如何积学习文准备举业；康有为上疏请废八股前不久，还在广州万木草堂大讲“八股亦不必废，作者能上下古今，何尝不佳”。在科举考试取消以前，寻找一点不受时文污染的文章高手，只能说是近乎神话。

其实梁启超等人的文章也并没有完全摆脱这种文体的影响。钱基博甚曾指出梁启超文章之纵横跌宕，“有袭八股排比之调”“严复文章之文理密察，有用八股偶比之格”。[③]说起与《潜书》（唐甄撰），

① 陈寅恪.赠蒋秉南序.见寒柳堂集[M].上海：上海古籍出版社，1980：162.

② 钱仲联.明清八大家文选丛书序言[M].苏州：苏州大学出版社，2001.

③ 钱基博.现代中国文学史[M].岳麓书社，1986：409.

《绎志》（胡承诺撰）的比较来，还是刘师培在《清儒得失论》中说得客观：

当明清之交……唐甄、胡承诺、陈瑚、陆世仪辈，亦能求民以言，明得失之迹，哀刑政之苛，虽行事鲜所表见，身没而言犹立。若王源、魏禧、刘献廷、术流杂霸，观其披图读史，杯酒论兵，系情民物，穷老而志不衰。①

各有千秋。钱仲联先生毕竟是在整个明清阶段遴选八家，没有将魏禧纳入有他的理由。

（四）由于时代、阶级的局限性和封建正统文艺观的束缚，叔子在文中的“尤喜为忠孝传赞”，虽说在当时是为了激励世人，但到近代时就很容易被扣上“封建文人”或是“替吃人的礼教张目”的帽子，我想梁启超所说的讨厌的地方多，多半指的是这些吧。魏禧不是圣人，他自有其时代的局限性，但不应当将魏禧的其他文学成就一笔抹杀。

（五）研究方法的单一束缚了对魏禧的全面研究。或是就其文论作评，或者是就一篇传记论其传记，就数首诗论其诗，这样往往是窥一斑，而难见全豹。魏禧跨天启、崇祯、顺治、康熙四朝，但他的遭际既与曾降清、仕清的钱谦益、吴伟业不同，也与黄宗羲、顾炎武、王夫之的经历不尽一致，无论思想意识还是学术成就在这一类遗民中都是很有代表性的。

谢文洊《日录序》说：“呜呼，不读是书，亦孰知其本也哉？”魏禧一生的著述融史论、文论、传记、诗歌于一体，通过对魏禧的全面了解，从而更深刻地解析其文学思想，这是必要的。

① 刘师培．清儒得失论[A]．刘师培论学杂稿[M]．北京：中国人民大学出版社，2004：260.

作家的作品及文学思想和其本人的生活经历及所处的时代有密切的关系,因此,要真正对其文学思想进行评述,就必须"知其人""论其世",也就是孟子提倡的"知人论世",对这一原则,章学诚在《文史通义·文德》篇有明确解释:"不知古人之世,不可妄论古人之文辞也。知其世矣,不知古人之身处,亦不可以遽论其文也。"

本书在对魏禧文学思想进行评述之前,先对魏禧的生平和文学活动进行考索,你可以看出来,魏禧提出的文学思想是有其时代背景的,在易代之际,有良知的学者就会考虑到国家兴亡的问题,像魏禧这样的遗民,是当时许多遗民的一个代表,曾经参加抗清斗争,后失败,满腔热血,不能用之于君,便发之于文。

易代之际的"避地",实际代表了当时遗民的一种对策,似乎是不问世事的隐居,实则是拒清的气节。宁都的翠微峰不仅是理想的"避地",更有其独特的文化附着,代表九子们的奇绝孤傲。易代读《易》,读的是忧患意识,读的是德业日新,读的是积极进取。这都是当时时代的反映。

弃举业制古文,应该是魏禧思想高度的一个标志。能够反思明亡的原因,反对科举制度,是他得以提倡"有用于世"思想的基础。

方以智所赞扬的"易堂真气",更多的还是指一种节义,但这是他们文章气盛的根本。魏禧很注重"品",没有修养的"真",何来文章的"用"。

魏禧文学思想述评

魏禧的文学思想，主要体现在文学评论中，他的文学理论和文学实践是紧密联系在一起的，这也是我们为什么在谈论他的文学思想之前先要对其思想及交游做以考证的原因。在当时的社会时代背景下，魏禧提出了"有用于世"的文学理论。

一、魏禧文艺创作理论之"积理练识"

在著名的《宗子发文集序》和《施愚山侍读书》中魏禧提出了"积理练识"的理论，关于"积理"，他说：

文章之能事，在于积理。……文章格调有尽，天下事理日出而不穷，识不高于庸众，事理不足关系天下国家之故，则虽有奇文，与《左》《史》、韩、欧阳并立无二，亦可无作。……天地事物之变，可喜可愕，一寓于书。人生平耳目所见闻，身所经历，莫不有其所以然之理，虽市侩优倡大猾逆贼之情状，灶婢丐夫米盐凌杂鄙亵之故，必皆深思而谨识之，酝酿蓄积，沉浸而不轻发。

其中的"理"不是程朱所说的唯心主义的"理"，而是指事物之理，即上面所说的"事理"与"天地事物之变"。"积理"是基础，目的是为了"练识"，何谓"练识"？在《施愚山侍读书》中，他说：

所谓练识，博学于文，而知理之要；练于物务，识时之所宜。理得其要，则言不烦而躬行可践；识时宜，则不为高论，见诸行事而有功。是故好奇异以为文，非真奇也。至平至实之中，狂生小儒，皆有所不能道，是则天下之至奇矣。

这里的"博学"与"物务"，其实就是"积理"，可贵的是魏禧提到了"躬行可践"，不能在书房里空想，而要到实践体验中去取得，目的是知理要，识时宜，通过对历史经验、生活常识、社会实践等的储备、提炼、加工，上升为独特的个人感受，达到一种真知灼见。这期间还要有一个升华、提炼的过程，也就是魏禧说的"练识如炼金，金百炼则杂气尽而金光发"。

以下，将通过文章的创作过程对"积理练识"进行阐述。

"藏器于身，待时而动"

《易》说："藏器于身，待时而动。"魏禧劝告友人"留意一切有用之学"。善于"积理"最主要的途径之一，乃博览群书，发古人所未言，补其未备，持循变通，当能待时而动，有用于世。所以魏禧的文集中大量论述读书。

一是论读书的重要性。

读书可适用。魏禧总结了易代之际的现状,“惟今天下民穷士贱,无复有能振收之者,加以兵事方兴,黔首涂炭,诗书益不足用”(《答周左军书》)。读书无用当然也就无从作文,没有文章,便没有了载道之器。所以士人先要从读书起。然而读书的目的不是为了经世,那么也就与没读一样了。《左传经世叙》中这样说:“读书所以明理也,明理所以适用也,故读书不足经世,则虽外极博综,内析秋毫,与未尝读书同。”魏禧认为读书要读有用的书,什么才是有用于世的呢?

古今治天下之理,尽于《书》,而古今御天下之变,备于《左传》。

禧少好左氏,及遭变乱,放废山中者二十年,时时取之读之,若于古人经世大用,左氏隐而未发诣,薄有所会,随笔评注,以示门人。

禧尝指谓门人,学左氏者,就会三桓七穆口诵如流,原非所贵;其不能对,亦无足惭。此盖博士弟子所务,非古人读书之意。善读书者,在发古人所不言,而补其未备。持循而变通之,坐可言,起可行而有效,故足贵也。

(以上皆为《左传经世叙》)

此段发人深省。

世人多认为豪杰是不读书的,魏禧不这样认为,他说:“世固无不读书之豪杰,特不肯以读书名耳。”列举了刘邦的《大风歌》、项羽的《垓下》、曹操的《短歌行》,不读书怎么会写出如此慷慨淋漓的诗作呢?只是不要只为读书而读书。《脉望斋文集叙》中引用程子的话说:“今人少有能读书者,如读《论语》,未读时如此人,既读时亦如此人,即是未曾读。”魏禧对门人说,“世上无有不宜读书之人,贤者固益其贤,下愚读之纵不能益,决不至损。或谓人有读破万卷不辨一事者,此读书无用处也。余谓此人脱令不读书,遂能辨事否?”

读书可以改变人的个性。读书要从小开始，魏禧尤重视儿童之教育：

摭古奇童子为《童鉴》二编以示子弟，大约不下五六百人，其德业光明俊伟至于蕃祉老寿不可胜数；而初终易辙，不克大成立于时，声施后世者，亦往往而有。则岂非聪明之气易销铄而不足恃，器识远大者非学问积累难于成功，而当时父兄之所以教化长养之者，或非其道与？（《童鉴》已失，文中所引来自《日录》）

魏禧举张汤一例：

深恨丞之不善教以陷其子。

盖汤有过人之才，使丞知教术，见其子磔鼠堂下传爰书时，不使书狱而就儒者学，柔以诗书，渐摩以仁义，消其残刻之心，而变化其狱吏之气，则汤岂必以酷吏死哉？是以古奇童子克成大器者，莫不有父兄师友教道之力，辟犹治三钟之金而使干将莫邪为之锻，剪羁千里之马而任良造父御之也。

又说：

少年胸中，最怕只办才人名士自处，便生之各种疾病，到要紧处，平日口中笔下所得力，毫不济事。又名路不可令早涉，早涉则心务外而酬应日多，向里学问日少。（《复沈甸华》）

既然如此，那么老师自然就更重要了，“天下治乱风俗之淳漓，人心忠教廉耻之存亡，莫不由于教化，故师道为甚重”（《端友集后叙》）。魏禧自己授徒的时候，曾经立下三条规矩，“不勒为教条者三：曰人之所不能；曰事之所难行；曰己之所未尝为者”。如果希望影响后进，则当自己不断进取，方能滋润他人。“天地闭塞，人才寥寥，一二志士，当厚自培养，以供后进挹注，若源之不浚，数流而竭，己则枯槁，乃思润物乎？”(《答陈元孝》)做学生的，自然应该虚心接受，所以，读书听言当自省者四：

不虚心，便如以水沃石，一毫进入不得；不开悟，便如胶柱鼓瑟，一毫转动不得；不体认，便如电光照物，一毫把捉不得；不躬行，便如水行得车，陆行行舟，一毫受用不得。(《日录》)

读书可长志识。魏禧认为，人读书就如农夫耕田一样：

夫耕者必强耒利耜反覆其土。故孟子曰“深耕易耨”。耕不深则草荄不尽，土膏不发，虽有土化之法，燎山之沃，而不入，则苗不秀，秀不实。是以《诗》曰：“载芟载柞，其耕泽泽。”又曰“畟畟良耜，俶载南畝”。汝其以人情物之理为田，以私与习为草荄，理义以为种，《六经》、史以为耒，良友苦口之言己之强力以为耜，昼夜三反不懈不有以为之耕。(《耕庑说》)

又说：

《传》曰：“人之有学，如玉之必琢而成器。”玉不琢，其璞不毁；人不学，则失其质。故质美者譬诸苗，不深其耕，择种而播之，土化而耘耨，则庶草藩而苗以萎死。故曰：“苟为不熟，不如荑稗。”

如果不学，还不如那些杂草呢。魏禧还说有些名士晚年的时候，“萎尔荒悖，尽失其故”(《赖古堂集叙》)。诗文越趋丑陋，“失其故声，总缘不读书，不虚心，将学问二字俱废却耳”(《与曾庭闻》)。所以，“欲长志识，必须读书，不但经世之方于此学，望见古人胸次高阔，操行真笃，劳心苦身，勤勤恳恳，皆不为一身一家起见，便可淘洗肠腹卑俗私吝之气”(《答门人》)。“学问在求实地，日见己所不足，则不进于古人不止。”(《与王汲公艮绳》)学无止境，总有一颗虚怀若谷的心，才能日渐长进。

读书可知己之不足。人要有自知之明，知道自己不足，方能取别人之长，补自己之短。才能主动去读书，也知道自己应该读什么。《日录》中记载魏禧对自己所欠缺知识的论述，“吾少工时文，遂术增熟，稍一放手，时弱之调，便凑笔下。又天资短，不能多读古书，读辄就遗忘，以故疏薄，不能博洽出入不穷。又不晓星纬，九州，形势，声律，飞走、植、潜之性，不能情状物审”。魏禧一生读书，应该和知自己不足有关吧。

读书可以温故知新。“人一日不学问，则誊写胸间宿意，文不新鲜。此非必捃拾事故，翦辞缀调，用所日新得。但多读古人书，便自沉浸变换，发生不穷，如春花叶，本著故树，入人眼目，辄增鲜妍。”(《读兄弟书》)“胸无新得，数见高人无益。”(《与李咸斋》)如果胸中没有新意，即使见高人也无益。

二是论读书方法。

“古人文，开卷便益神智。”(《与王若先》)博览群书，开卷有益，似乎是老生常谈了，魏禧说他自己“文无专嗜，惟择吾所雅爱赏者”。

读书要讲求方法，否则，虽然读了，“胸中学问如杂卖货郎，色色都有，然富人出一金，便并两耳小鼓俱被买却”。看到别人学识“博奥，乃是盗入龙宫，珠贝狼借，直无着手处耳”(《与涂宜振》)。所以魏禧认为，首先，读书当涵咏。要“用力诵读揣摩，当有好日，圣人所谓先难后获也”(《与门人王愈融》)，“用心专动，得一理，辄日夜思之，欲措诸实事，得失何如”。如此，“颇晓古人用意处”“故所学稍得用，不倚记诵也”(《与世杰》)。其次，好文还要与人共赏，古代陶渊明就主张奇文共赏析，魏禧也如是说，“奇文无共欣赏者，如痒极不得搔，此若搔，此苦难向异体人说”(《与彭躬庵》)。

其三，读书还不能因循守旧，做古人的奴婢：

读古人书，好附和，好翻驳，皆病也。能以敬畏古人之心而披其疵，则几矣。(《日录》)

同样的意思，又说：

读古人书，与圣人交游，最不可为苟同，又不可苟为异。二者之失，总是胸无定力。学问中便有时势趋附，非谄即矫耳。(《日录·里言》)

善为文者，以《六经》为寝庙，《左》《史》为堂奥，唐、宋大家为门户。然读《左》《史》则欲去其诬滥不经，唐、宋大家则欲出其偏见卮言，与文士之溪径，才人之气习，夫非以求胜古人也。后之学者必有以胜古人，而后古人可学而至。故曰：智过其师，方能如师。卑卑而守之，循循而效之，虽声实并至，其去古人则已远矣。(《答孔正叔》)

读书要循序渐进，"如餐饭，日有常数，假说因病绝粒，病止须次进食，未有因病废食，则岂可因事废学"(《寄兄弟书》)。

尽管魏禧认为世人皆宜读书，但读书会因人心不同而不同。比如，在《阴符昌言序》中，他将梁溪王础臣的《阴符钩玄》改为《阴符昌言》，认为"昌言者，其义正大，其气昌明，谋于心而安，用于身而泰，施之国家天下，则人情大顺，福祚毕至"。可后世却将这本"治世之书"读成了兵书，"而又施其用兵之术以用世，于是可使父母妻子同室而异心，可使曲室帏床森然有兵刀之状。白日之下，魑魅飒起而搏人，卒之我不以此虞人，人亦以此虞我""以阴求阴符，冬日而抱冰者也；以阳求阴符，冬日而蕴火挟纩者也"。

所以魏禧痛恨那些杀身毒世者，并认为这种人是不必读书的：

有两种人却不可读书，一种机巧之人，原有小慧，又参以古人智术，则机械变诈，百出不穷，不至害人杀身，断不罢手。一种刚愎之人，既自以为是，加之学问充足，则骄满之心，漫天塞地，必至一言不受，一非不改，即不杀身亦成绝物，终身无长进日子矣。(《日录》)

三是论如何读史。

魏禧认为读书为文都要留心史鉴，并有《史论》一卷。这也是有其时代特征的。明亡之后，批评当时史学环境者颇有其人，尤以明末遗民为多。《清史稿》卷 501 说道："明末遗逸，守志不屈，身虽隐而心不死，至事不可为，发愤著书，欲托空文以见志。"黄宗羲说："当是时，人士身经丧乱，多欲追叙缘因，以显来世。"[①] 对于明代的一些历史著作，也多认为是不足信的。比如，朱彝尊就说太祖实录不足征信，及"革除建文之事，置天下于无何有之乡""实录既没其实，由是志詹事府太学者，题名多所阙疑。文献不足，依谁之咎与？"[②] 潘柽章著《国史考异》云《实录》与《会典》亦舛误，抵牾，至于"版籍漫漶，沿革之不可考者多矣，为之三叹"[③]。张岱自序其《石匮藏书》，曰："有明一代，国史失诬，家史失谀，野史失臆，故以二百八十年总成一诬妄之世界。"[④]

正史之所以杂伪，《明史》卷 143 论赞中说得很直接，"忠义奇节，人多乐道之者。传曰：'与其过而去之，宁过而存之。'亦足以扶植纲常，使懦夫有立志也"。宁滥，宁过而存，虽以朝廷谥典的庄严性，虽以史实的严肃性，仍不能不服从于道德目标、现实政治利益。

实录不可考的东西，在野史，虽"真赝错出，莫可辩证"，却"流为丹青"，实属无奈。[⑤] 不仅无奈，钱氏最终也没能将学术态度进行到底，其作于易代后的《建文年谱序》将以前全盘否认的野史传说几乎全盘认可了，并自说对赵氏所为年谱非但不忍"援据史乘，抗词驳正"，且

---

① 黄宗羲.谈孺木墓表[A].黄宗羲全集[M].杭州：浙江古籍出版社，1989(10)：261.

② 朱彝尊.书传会选跋[A].曝书亭集[M].上海：上海书店，1989(42)：512.

③ 潘柽章著，吴炎订.明史考证抉微[A].国史考异[M].北京：中华书局，1985：65.

④ 谢国桢.增订晚明史籍考[M].上海：上海古籍出版社，1981：9.

⑤ 钱谦益.致身录考[A].牧斋初学集[M].上海：上海书店，1989(22)：759.

"读未终卷"而"泪流臆而涕渍纸，唏嘘烦酲，不能解免"。[①]理由就是其在《有学集》卷14《建文年谱序》中所说的"当沧海贸易禾黍顾瞻之后，欲以残编故纸，慭遗三百年未死之人心"。

基于此，明遗民多本着"国可灭，史不可灭"[②]的目的，从历史的真实性出发，著史者、读史者、论史者就非常多。魏禧虽未著史，然而非常注重读史、论史，这与他以天下为己任，"任天下于一身，托一身于天下"的文学思想是相连的。在《日录》卷二中，与朱秋崖论文曾经说：

为文当先留心史鉴，熟识古今治乱之故，则文虽不合古法，而昌言伟论，亦足信今传后，此经世为文合一之功也。论古文须如快刀切物，迎刃而解。又如利锥攻坚木，左右钻研，如不得入，而引证古事，如与人构讼者，但审鞫两家干证，十已得九，故引古得力，则议论不烦而事理已畅，此要法也。

有志道学者，只看性理语录，史书置之高阁，即或涉猎，几等稗官小说而已。

熟读史鉴，可以"信今传后"，乃经世之功；否则，和那些记录街谈巷语的稗官野史没什么差别。

那么如何读史呢？

伊川（注：程颐）每读史到半，便掩卷思其成败，然后再看，有不合处，又更思之。其间有幸而成，不幸而败者，不得狗其已然之迹与众人之论，此正是怕心粗处。愚尝谓道学先生读史盖如此，恐今日自负才气，淹通史学者，未必如是也。

① 钱谦益.致身录考[A].牧斋初学集[M].上海：上海书店，1989，(22)：684-685.

② 黄宗羲.谈孺木墓表[A]，黄宗羲全集[M].杭州：浙江古籍出版社，1985，(10)：300.

魏禧并不因人废言，对程氏的理学虽不以为然，却赞赏这种读史的态度，“古鉴虽古人陈迹，然百法具备，识时务者，但须拣择用之”，而不喜那些不识时务，以为“补古人之所无，自己平添一段故事”者（《与彭中叔》）。

魏禧引用彭躬庵的一段话，解释如何读史，“躬庵尝言，读史有三要，曰设身，曰论世，曰阙疑，其高者尤能于无文字处得古人要害。余服膺斯说”。又用了涂宜振的例子说其与涂谈起二十一史的时候，涂“若倒瓶水而泻之地，其为论曲尽一人之终结，比类旁徵，杂取以证其说，而归于不可易”（《涂宜振史论叙》）。魏禧又用自己的例子来说明读史后的反思，他为《十国春秋序》作序，于是掩卷而思的结果就是对于现实的思考，也是一种经世致用的思想，“士不幸生其时，当思所以自奋，毋徒碌匕以苟全性命为自得”“夫能以智力争城略地，而不知定天下之有规模，能屈志协力以得将士之用，而不能深仁厚泽以得民心。呜呼！此有志之士所为掩卷长太息者也”（《十国春秋序》）。概而言之，读史的目的是为了鉴今，以警后世。

“正性情，治行谊”

士当立品，“士不立品者，文虽贵实贱”（《上某抚军》）。魏禧强调立品。其实主要是对读书人的修养的要求。

一是心怀天下，方能境界远大。

“盖人必有与天下相痌瘝之情，然后封己自全之私可以洗剔超拔。”（《与涂宜振》）“古人读书，要当洗涤私吝，所经营者在天下后世之远。若徒孳孳衣食身家，少得便足，不识何以自异于市井屠夫酒媪也。”（《与袁公白》）这种文学思想反映在其史论中，比如读《三国志》时，对当时人才的感叹，除了诸葛亮之外，当推鲁子敬为第一。何也？

“是时英才辈出，止知各为其主独子敬能见大体。”这种大体则是心怀天下的一种境界(《与王乃明》)。

魏世效在《耕庑文稿·答伊顺行》中说到读书人当以天下为念：

> 尝忆甲寅乙卯之际，东南沸腾，功名之士或振衣弹冠相庆或揭竿而起，即欲置身于青云之上则生享太平。呜呼！惑矣！夫任天下之下事者以四海生民为念非为一身之显荣尊遂计也。故无意于功名而功名随之，当世安之，史第传之。何者？其识与量足以包天下而洞悉其微，亦非流俗所能窥测。

魏禧认为“人不患无才，患无志，有志而以真心勤力行之，便是才也。人最难得本体忠信，可以倚仗，则大有大用，小有小用，特不可不自知，不量才力，辄耻小职，厌卑事耳。”(《答门人》)就像是“天下皆称竹亭之文为不朽，不知不朽者何在；知竹亭之才有用于世，而不知其何以用也”。魏禧说：“天下奇才志士，磅礴郁积于胸中，必有所发，不发于事业，则发于文章。”这是由于其有志。“今古人遍天下，莫不自命不朽，然志识卑陋，不出米盐杵臼之间，及夫临文，拘牵万状，首尾衡决，是其终身所经营，意皆在于速朽，而顾求为不朽之文。”(《王竹亭文集序》)

器有大小。魏禧在《赠西陵林山木叙》中做了形象的比喻。他将豪杰分别比作“蛟”和“龙”，这两者的不同就在于“器大”“器小”。“器大”之豪杰，“志在济人而已，故循分守常，遵时而不敢妄作，是以动而有功”。就像是“龙潜于渊，水波不扬，窈冥若无物。其出也，兴云致雨，润泽万物，五谷果蔬卉木之属咸赖生养”；而“器小”之豪杰，“逞志妄作，犯时而遂天，视人命如草芥，以侥幸于功名”。这样就好比“蛟”“伏处而扬波。其出，乘风雨，溢山泽，山崩裂，拔木发屋，破坏田亩蹊遂，人物尽被其害而不能致雨”(《赠西陵林山木叙》)。

魏禧授徒新城的时候，曾经作馆教条件，第一条就是立志。

古今天地内止有此身，安肯碌碌甘为人下，温饱安逸毕世而已。上者忠孝信义为俊杰奇伟之人，次亦谨言慎行不失乡里长者。至于文章，首当明理练识，为有用之学，徐攻格调，争衡古人也。(《日录》)

立品需动心忍性。“欲作人必须吃苦，处人必须吃亏，否则无以动心忍性。汝欲立志，先将好虚胜，好便宜，自利私之念极铲除。”(《论世杰》)孔子云：“岁寒然后知松柏之后凋也。”“人不极之严威之甚，岁月之久远，亦安得有定论哉？”所以魏禧认同孔子的“岁寒然后知松柏之后凋也”。可贵的是魏禧认为“贫贱患难之中有岁寒，富贵安乐之中亦有岁寒”。别人不理解，魏禧解释，在特殊的时代背景下，“刀锯鼎镬森列罗布，蹈义于前，趣死于后，而天下士激发而起，其无所知名者，甘死如饴，百折而气不挫。往往崛出于通都大邑穷乡僻壤之间”。但是在富贵和平时期，就不容易造英雄了，但这比贫贱患难时更容易试出人的禀性，“及其既久，禁网少疏，时和物阜，富贵安乐其以凋众木而试松柏，当更甚于贫贱患难”(《答杨友石云》)。对此文，李咸斋有“戚戚”，他认为人应该做松柏，而不只是做芝兰，“松柏有苍然剥蚀意，不肯与芝兰同芳润也”。

人必须立志，否则文章即使再好，也是“不过如鹦鹉之能言，孔翠之羽毛已耳”“文虽贵实贱，士不适用者，文虽切实浮”(《上某抚军书》)。人的志向远大与否在文章中就会看出来，“禧少负志，壮而无所发，不得不寄之文章”“然人之邪正，识见之大小明暗，志气之卑俗与否，非文章无由自见”(《复都昌曹九萃书》)。文如其人，所以人要有志向方能写出境界远大、于世有益的文章来。

二是补偏救弊，闻过则喜。

魏禧对蒋公郁和何吉士两个人推荐袁公白先生，认为其“人品经术，不可多得。二兄当数与往返，不可以所志殊途，视为不急。为须同己者相资，然补偏救弊，全在异己，益其所长，辅其所短，乃成大器”(《与蒋公郁何吉士》)。《复谢约斋书》云,彭躬庵曾说"经义气节,总属虚美",即刑名富强,智谋才武,有济于世,经义气节反不如其实用。而谢约斋曾说:"刑名才智,区分有利于一时,遗害后世不小;经义气节之士,虽未必见用于当世,而启迪万世人心,维持万古纲常者,功甚大。"

魏禧认为"两者之说,皆所谓钩金舆羽,比量重轻,骤而视之,似为大反,细而求之,实无异同"。为何作如此说?"程山,易堂大抵于体用中各有专致,彼此勤之,皆欲出其所见以辅所不足,非苟求相尚也。"

魏禧认为,治学不能偏颇,比如:

一方之用,必兼佐使,一药之味,必借炮制,矫其偏而去其毒,然后食之者,有益而无损。吾辈为学立言,自多偏至,虽其是者,不能无弊。朋友讲益,所谓佐使炮制以成是药之功,免是药之罪者……

言己所明以竭忠告于人者,又往往出于性情之偏至,于是禧之言日益多,人之言于禧者日益少。此禧生平所大不幸也。

所以要接受异己之人对自己的劝诫。否则,"用己而拒人,则虽万乘可为独夫,而通儒谓之绝物"(《复邱邦士书》)。

魏禧赞赏邱邦士,"弟文谬为当世所赏,然能知吾疵病者,惟先生耳。每于论次,增长一分学识"(《与邱邦士》)。这是谦虚也是胸襟。谈到自己居山二十年而贬服出游,就是怕自己孤陋而寡闻。"苟无同志胜已,相与讲论,匡其不逮,则不可成一事,故每欲得十己百己而请益。穷山闭户垂二十年,今乃贬服毁形,为汗漫之游,正谓此也。"(《与熊养吉》)

说起来容易,但是世间的君子却往往不能受有理之规谏。在这点上反不如常人。

其何故也?盖君子自是而好名,无理横逆,其非在人,其是在我;我能容之,则我之是愈彰而名益高矣。有理规谏,其非在我,其是在人；我若受之，则我之非益确而名有损矣。不知有过受谏，便增一美，疎而不受，反增一恶，欲获名而名愈败也。陆宣公曰："仲虺之诰成、汤，不美其无过，而美其改过；吉甫之颂仲山，不赞其无阙，而赞其补缺。"知言哉！（《日录》）

所以人要有自知之明方能虚心闻过，魏禧就曾经说自己比不上而康，他说："而康，我之畏友，居丧尽礼，哀亲之嗜而废其口，我不如而康；谨讷无佻达便给之习，我不如而康；志乐淡泊宁静，我不如而康。"（《复邱而康书》）

古人云，日当三省吾身。魏禧也是此观点，他用了一个很通俗的比喻：

人处俗，辟如行烂泥中，时时自拔足，警顾而视，乃不陷矣。俗熏陶人，如于室中焚烧病草，气著衣带，出市而臭，然不自闻。故处俗不自洒濯，亲严师畏友，兴观古人过人之行，虽美天质，萎释必尽。（《答门人》）

所以魏禧说："勿以才高悟敏，谓天下理不足穷，事不足辨，人不足胜。"（《与胡心仲》）那么要怎么做呢？魏禧认为"吾辈今日最要闻过，去一短，便增一长。毁誉之来，有因而至者，有绝相反者，惟明智自知之"（《与友人》）。自满者多是天资卓荦者，他们"师心自用，其弊为野战无纪之师，动而取败"，想要"卓然并立于古人"难啊（《宗子发文集序》）。《与诸子世杰论文书》中魏禧告诫世杰："汝勇于学吾文，亦要知吾文所不工处。"所以魏禧认为：

学者百病可医，只作伪护过二端，乃是终身不起之症。或曰：掩过与护过同乎？曰：不同。掩过者辟如盗物不承，尚有惧王法畏公议意在，良心未泯也。护过者如慈母之护骄子，唯恐人之伤之。譬如盗物，本是偷窃无耻，却说出许多道理来，既似不算偷窃，又似该得偷窃，不

惟无罪，且当有功，将此过加上十层铁步障矣。此真坏一己之心术，而乱天下之学术者也。(《日录》)

改过，诤友的规益也是必要的。魏禧认为人就如镜子一样，时间长了，自然“自体不明”，若“不得人磨洗，安能照人”？尤其是做老师的，最容易蒙尘，何也？魏禧说：“门人从学者，必皆才智行履不如先生，于是言莫予违，渐成堂上一呼，阶下百喏之势。他人亦以其既为人师，奉以虚体，每事多说向好处，久之先生自以为是，不思闻过，亦无有以过告之者。”魏禧三十授徒，若如此算来，如果没有“胜己之友时相规益，不知尘昏何等矣”(《日录》)。

有错误应该改过，“吾闻君子之过如日月之食，过而不改，是谓过矣”。只要改过，还是人人仰之的(《与友人论坟书》)。但有时错误与优点只一墙之隔。比如，“学人病痛有与质性好处近似者。今如柔，美德也，性懦者近柔，吾欲克去懦处，却疑损了柔德，或竟认懦为柔，照察不精，便无从下手处”。此时，就要求我们，“论事断理，须从相同处分得开，相异处通得合。听人谈论，于吾所谓是者不可遽尔赞叹，所谓非者遽尔辩驳，须要仔细体认一番”(《日录》)。

彭躬庵曰：“王文成谓持志如心痛，防过如猫等鼠，等此同妙。”“心不足者以学补之，学不足者以心补之，二者如环无端，自有相生之妙。人于习气过失最重处，一言一动便须立定成心，等待他来，有如病人防死，临阵防箭，乱世防贼一般。”(《日录》)这几个比喻尤为精当，写出了心与学的关系。

“自写性情，发抒怀抱”(《赖古堂集叙》)

魏禧认为写文章应该尊法古人却不应因循守旧。

魏禧在《日录》中引用伯子的话说，“古人一字不轻下，一语有几层曲折，四面玲珑”。魏禧说自己“吾吮毫久不就，就也不异人”。

魏禧认为“天下事坏于因循而成于断，自国达家，无不皆然。古之人其身一日不死，则惶惶然进德修业，若建鼓而求亡子，盖惧夫少须臾，而吾所欲为终已不可为也”(《顾氏崇祀录序》)。反对因循，还要不模仿古人，“株守古人之法，而中一无所有，其弊为优孟之衣冠”(《宗子发文集序》)。比如游记，共推柳子厚，以此文类似柳某文为能，然“柳记虽工，亦记一家之言耳，而必以慕效为能则陋矣。季子缘物绘情，自有天真，吾正谓其不必似柳然后工也”(《李季子文序》)。魏禧主张可以尊法古人，但不能盲目地遵从，“学古人之文者，纵不得抗衡古人，亦当为其子孙，不当为奴婢。譬如豪仆失主人，则怅怅无所之。子孙虽历世久，必有其肖其祖父之处”(《溉堂续集叙》)。因为古人“亦往往有所庛议”“古人之文，自《左》《史》而下，各有其病。学古人者，必知古人之病而力洗涤之。不然者，吾既自有其病，而又益以古人之病，则天下之病皆萃与吾一人之身，其尚可以为人乎哉？”(《八大家文钞选序》)“尊法古人，至其所独是独非，每不能自贬，以徇古今之众”(《八大家文钞选序》)。

向古人学习，而没有古人的痕迹，卓然自立，这就是达到境界了。

切不喜学何人，人何篇目，故文成都无专似。

平时无论何人何文，只将他好处沈酣，遍历诸家，博采诸篇，刻意体认。及临文时不可著古人一名文在胸，则触手与古法会，而自无某人某篇之迹。盖模拟者，如人好香，遍身便配香囊；沈酣而不模拟者，如人日夕住香肆中，衣带间无一毫香物，却通身香气迎人也。

吾辈生古人之后，当为古人子孙，不可为古人奴婢。盖为子孙则有得于古人真血脉，为奴婢则依傍古人作活耳。(《日录》卷二)

这个比喻很形象，学习要神似而不仅仅是形似而已。

魏禧说，易堂的诸子便是“独尚理识，每用古文法，自写性情，以发抒其怀抱，不汲汲求肖于汉、魏三唐”。文能传世，要有三个条件，“曰记览之博也，曰见识之高也，曰历年之久也。记览博则贯穿经史，驰骋诸子百家，无所不读，言有本而出之不穷。见识高则不依傍昔人之成见，不汩没世俗之说，卓然能自立。历年老则积久而变化生，攻苦而神明出”（《赖古堂集叙》）。

魏禧认为尊法古人，可以借古事而生发议论，作翻旧为新之法。“盖发己论则识愈奇，证古事则议愈确”。苏洵擅长此法。魏禧喜苏洵，但他并不盲目追随，而是挑出他的毛病，“吾尝读苏洵《辨奸》，深服其智，而惜其不幸不见用于时。及观《权书》《高帝》一篇，则幸其不用；其不幸而用，害将与安石等”“洵贤者，工于文，智足以文其辨，其害于人心尤甚，故吾恶之。吾非恶智，恶其凿也”（《书苏文公高帝后》）。对于唐宋八大家，魏禧也是将优点和短处罗列出来，告诫学子们若是不加分析地一味继承，则重蹈覆辙。他说：

吾好穷古今治乱得失，长议论，吾文集颇工论策。吾每谓古人格调已尽，无复更有。唐宋八大家，率皆割取甘腧，特出意煎烹，登俎成味，譬犹蜂来百花为蜜，娄生聚五候之馔为鲭。

唐宋八大家文，退之如崇山大海，孕育灵怪。子厚如幽岩怪壑，鸟叫猿啼。永叔如秋山平远，春谷倩丽，园亭林沼，悉可图画；其奏札朴健刻切，终带本色之妙。明允如尊官酷吏，南面发令，虽无理事，谁敢不承。东坡如长江大河，时或疏为清渠，潴为池沼。子由如晴丝袅空，其雄伟者，如天半风雨，袅娜而下。介甫如断岸千尺，又如高士溪刻，不近人情。子固如坂泽春涨，虽漶漫而深厚有气力，《说苑》等叙乃特紧严。然诸家亦各有病，学古人者知得古人病处，极力洗刷，方能步趋；否则我自有病，又益以古人之病，便成一幅百丑图矣。

"学八大家而不善,其病何如?"曰:"学子厚易失之小,学永叔易失之平,学东坡易失之衍,学子固易失之滞,学介甫易失之枯,学子由易失之蔓。惟学昌黎老泉少病,然昌黎易失之生撰,老泉易失之粗豪,病终愈于他家也。"(《八大家文钞选序》)

所以:

为儒者之文,当先去其七弊:可深朴而不可晦重,可详复而不可烦碎,可宽博而不可泛衍,可正大而不可方堵,可和柔而不可靡弱,语可以不惊人,而不可袭古圣贤之常言,其旨可原本先圣先儒,而不可摇笔伸纸,辄以圣人大儒为发语之端。(《甘健斋轴园稿叙》)

叔子法之至者,是变化,"无进境而有变境……则人乐其日新而不穷"(《溉堂续集叙》)。他认为:

法譬诸规矩,规之形圆,矩之形方。而规矩所造,为椭,为挈,为眼,为倨句磬折,一切无可名之形,纷然各出。故曰规矩者,方圆之至也。至也者,能为方圆,能不为方圆,能为不方圆者也。使天下物形,不出于方,必出于圆,则其法一再用而穷。言古文者,曰伏,曰应,曰断,曰续,人知所谓伏应,而不知无所谓伏应者,伏应之至也。人知所谓断续,而不知无所谓断续者,断续之至也。

今夫山屹然,终古而不变,此山之法也。泻水与盂,盂方则方,盂圆则圆者,水之法也。山以不变为法,水以善变为法。今夫山,禽兽孕育飞走,草木生落造云雨,色四时,一日之间而数变。今夫水,泻于平地,必注于龟,流其所不平,泻之万变而不失。今夫文,何独不然?故曰:变者,法之至者也。此文之法也。(《陆悬圃文序》)

魏禧认为不能只用一种方法，还要多种方法互为表里，方可成。

一法虽善，不能独行，必与他法为表里。辟之作室，欂栌斗桷，栋梁，必大小相灌输扶持，一室之规模成，而后一椽一桷始有所附。故原其始，非一人独见所能办；要其终又非众人之各见所可成。（《答曾君有书》）

然而反对因循守旧并不是求异。真正的见识高是“不依傍昔人之成见，不沽没世俗之说，卓然能自成立”。但是往往卓然不群者由于自己见识高，所以“必不屑与人为类，然古今传文有必异乎众人之见者，有不必异乎众人之见者。不必异而必欲求异，是犹济深渊者，人安舟楫，而吾必泅水以渡；逾崇岭者，人履径术，而吾必缘峭堑以行也，其不溺且颠者几希矣。故高明之文，其不足传者，好奇而不轨于正故也”（《赖古堂集叙》）。“好议论以刺讥于人，翻古人之成说，则虽极文章之工，取适于己而有误于人”（《八大家文钞选叙》）。在《与毛弛黄论于太傅书》中魏禧又反复重申论古人者，不可苟为同，尤不可苟为异。“苟同者，老识卑暗愚不肖不过，不足自显名而已；苟为异者，志识高明，学问能钩深索隐，则附会穿凿之处必多，足眩人听闻移其心术者必甚，此贤者之过，流毒所以无穷。”

综上所述，魏禧认为作论有三不论二不可：

前人所已言，众人所易知，摘拾小事无关系处，此三不必作也。巧文刻深，以攻前贤之短而不中要害；取新出奇，以翻昔人之案而不切情实，此二不可作也。作论须先去此五病，然后乃议文章耳。（《日录》卷二）

因循守旧的结果就是令今人的文字不可信。魏禧在《日录》中详细阐述道：

传曰“言者心之声”，故邪正能否皆于文字可见。然古人文字可信,后人文字不可信,何也?古人原无文字格例,但据胸中所有,发舒而出,故各肖生平。后人则习古人文字已多,有格可肖,有法可学,是以邪人能为正语,拙人能为才语,虽知言者不能辨。近世有于八股定人人品福泽,此人固神识,此文亦必发于性情,不由模拟者得者,千万之中未可一二遇矣。

更甚者,不仅文字不可观,连人都不足观了。《日录》进一步论证:

古人文章无一定格例,各就其造诣所至、意所欲言者发抒而出,故其文纯杂瑕瑜犁然并见。至于后世,则古人能事已备,有格可肖,有法可学,忠孝仁义有其文,智能勇功有其文,孰者雄古,孰者卑弱,父兄所教,师友所传,莫不取其尤工而最笃者,日夕揣摩,以取名于时,是以大奸能为大忠之文,至拙能袭至巧之论。呜呼,虽有孟子之知言,亦孰从而辨之哉!

真正好的文章,发乎性情者,应该让人余味无穷。《日录·杂说》中与彭躬庵论文时说,“文之感慨痛快驰骤者,必须往而复还。往而不还,则势直气泄,语尽味止;往而复还,则生顾盼。此呜咽顿挫所从出也”。做古人奴婢者是不会有这样的真性情的。

“勤学虚心,事事有得”

做人谦虚,方能听取不同意见,邱邦士曾经给魏禧写信,痛陈其病,在邱邦士的文集中并没有选入,然而魏禧却选到自己的文集中,见其襟怀。邱邦士在文中说:

“足下好进谏,本自不拒谏,而常自拒谏,足下好攻人之非,本自不饰非,而常自饰非。拒谏饰非者,大恶也。不拒谏而常自拒谏,不饰非而常自饰非者,尤恶之恶也。”“天下事伸一己之见,即万分人非而我是，君子已不胜大惧。”“足下书简所及，为人谋则必忠，交朋友则必信，一篇之中三复流连莫非此意。至于根究朋友之过，真如秦越人视病，虽在垣一方未始不见。独疑未得见足下一书痛陈己病……”

足下书简所及，虽或疏外之友，始交之日便作训诲之词曰“宜如此，宜如此”。虽少假借奖许，亦必曰“将如此，充之可进于此”。足下岂以为再少假借进许之，将令自满耶？亦稍自视尊矣，不则实无足当足下意耶？且足下所与议论之人，必尊行而降服足下者，亲昵而惟足下是从者，追随而请问于足下者，其他则问遗谒候之牍而已。岂世果无足当足下议论者？抑有之未暇求耶？抑又偶然耶？

即使以现代人的角度看，邱邦士对魏禧的批评也是很尖锐的。

《日录》中有馆规，其四谈到广益。“诸生毋蓄疑而不问于师，毋耻不能不问同辈，勤学虚心，自然事事有得。”对于自己，作为老师，魏禧也希望学生能够指出自己的缺点。“仆谬长一日，自知阙失多端，其过言过行及讲论差谬处，诸生见及，有能直指其非者，仆谨虚己听受，敬而爱之，亲于子弟矣。”

何谓真虚心呢？《日录》有解释：

人于文字上虚心求益，只算得聪明，于行己上受善改过，方谓虚心。或谓：二者俱是要好心，何以分别？曰：要求文字好者多，要求行己好者少矣。责善于文，辟如人好酒，只饮恶酒，我却以美酒换去，虽夺其旧物，而饮之倍甘，于他好酒本意实不相悖，故从之也易。责善于行，辟如人好酒，我却陈说酒害，禁他不许复饮，虽养德保身，其利百倍于换美酒之功，却与他好酒本意大相拂逆，故从之也难。或曰：今人于文字亦恶人讥弹，不肯一字受善，何也？此所谓宝虫匡丸而弃苏合，只是痴到极处耳。

《日录·杂说》中谈到两个了不起的人物，“吾向交程山先生，和平春容，能使躁气者当之而平，胜心者当之而伏。及交药地大师，能使才人见之自失，愚者见之自喜”。这也是魏禧努力的最高境界。

《日录》又说，好学都有自己的弊端，比如“好仁易失之懦，好义易失之忍，好礼易失之伪，好智易失之诈……”如何解决这样的矛盾呢？魏禧提出就是勤问。“古人言学必兼问，问亦学也。能问则虚心受善徙义而无蔽矣，故师友之功，与君亲并重。”当你不虚心的时候，“为文有骄心怠气，疎慢苟足之情，皆不可以入室，及其至处，工候所到，自然臻之”。

不仅要虚心，还要善疑，如此方有进步。《与谢约斋》中说，“人不学不知困，不疑不能悟”。《杂问·引》“语曰：‘信而好古。’读古人书不疑，不足以信也，予不敢废己所疑以信古人，尤不敢自信其疑。”《杂问·序》中有介绍，“魏叔子先生教授生徒，以史鉴之可疑难处之事课业诸生，积为《杂问》一卷。余读而喜之，以为造士之法，此其一端也。”

之所以要虚心好问善疑，就是因为学无止境啊。《日录》说：

人道我近日文十有八好，然不敢自信。试看所言，那件真能行得，人生学问，何日是住脚时。

所以叔子要求他的学生们：

于我言行，心中不然处，便须直说，必有一人受益。如汝说得是，则汝益了我；说得不是，则我又益了汝。

只有做到积累，方能最后厚积薄发。也就是魏禧所说的“积理练识”。前人对此多有论述，在此文中就不具体阐述了。比如，魏禧最著名的论断：

人生平耳目所见闻，身所经历，莫不有其所以然之理，虽市侩优倡大猾逆贼之情状，灶婢丐夫米盐凌杂鄙亵之故，必皆深思而谨识之，酝酿蓄积，沈浸而不轻发。譬之富人积财，金玉布帛竹头木屑粪土之属，无不豫贮，初不必有所用之，而当其必需，则粪土之用，有时与金玉同功。(《宗子发文集序》)

能够把人生的经验扩大到“市侩优倡大猾逆贼”“灶婢丐夫”，这是魏禧的进步性。《答友人》中又重申，“二十年来好交天下士，然不能交行伍屠沽，此间失却无数真才”。

《初蓉阁诗叙》中说，“物之取精多而用之少者，其发必醇；取精少而用之多，其发必薄。《三百篇》人不尽作，作不过一二，皆自言其胸中之所有。胸中所无有者，弗强道也”。厚积薄发者，一二句便可窥一斑而知全豹。如魏禧在读到“沧江如此急，乱石自中流”的时候惊叹好诗，友人追问何以“初见二语，何遽如是”。叔子答“瓶水冻知天下之寒。盖天地山川古今无穷之故，作者欣慨愉戚苍凉忼壮之情，皆可得于言外”，就是这个道理。

虽然可以说出来，但做到又谈何容易。魏禧自己承认没有达到这一境界。“文章要在积理，吾所见地如是，非曰能至。《日录》是吾积理之书，后辈足可玩味。要如窭人数家珍，先代留遗不无好玩，而瓦釜，脚折铛，亦充十指所伸屈。”(《日录》)所以在看那些“大文微巧之妙”“似只信手凑泊，天机相触，然非工苦积久，不可妄希”。《答曾君有书》中说，“天下事口言之与手习相去有若迳庭，有若南北万里之背而驰者”。这是苦练的过程啊，要“苦”要“久”啊。

这样一说，积累人生实践就很重要了。《日录》中说：“聪明人最有好议论，然不如老成阅历之人议论更精，说得便行得也。尝听阅历人极平常语，细思之字字稳当有深味，或于他日他事乃悟其言之妙。”“做大事要三资具备：曰识，曰力，曰才。无识不足料变，无力不足持久，无才不足御棼。造识之道有三：曰见闻，曰揣摩，曰阅历。见闻者，读古人书，听老成人语，及博闻四方之故是也。辟如剪花，花样多，剪得快。辟如医药，药方多，医得稳。”

辛卯十月，魏禧作《与季弟书》言季子之踈褊，傲皆出于刚德，族祖石床见而评曰：“和公少年席文兄之荫，身少阅历，不为人所指摘，故如此。若阅历多则指摘多，指摘多则踈褊，傲当渐去矣。”庚子年魏禧又记“今既十年，斯言果验。信乎人不可无阅历也。语曰‘闭户造车，出门合辙’今古几人哉？”《与胡心仲》中提出建议，“见得便做得，方不谓口耳知解文学”。

从魏禧关于“积理”与“练识”一系列的论述中，我们看到，魏禧承认生活是创作的基础，通过读书、实践，不断积累素材，进行提炼，才能达到一种质的飞跃。尤其说到读书方法，认为不能因循守旧，做古人奴婢，要以敬畏古人之心批其疵，读史极力推重程颐的读史方法，经常“掩卷思其成败”，不被古人牵着鼻子走。他强调读书人的“品”，认为人“不患无才，患无志”。不仅读书不能因循守旧，写文章更不能因循守旧，他提出了“善变为法”，主张既要遵法，又要出法。如果能“浩然自快其志”，不一定要遵循古人法度，这不啻为“经世为文合一之功也”。魏禧承认学无止境，所以学习还要虚心善疑，这样才会不断进步。

魏禧的这些言论，借历史来论今，联系现实探索“经世致用”的道路，用“有用于世”的文章为现实服务，表现了他朴素的辩证唯物主义思想和尚实尚真的精神。

二、魏禧文艺创作理论之“化工与画工”

魏禧重“化工”，轻“画工”，讲究文章的真实自然和作家的个性风格。他主张创作要由感而发，情胜于文，“辟如手掬花片，迎风洒之，红白踈密，落地自成文章，虽洒之百遍，终不同复”（《墓表志引》）。不要闭门造车，以文生情。在真实的基础上，他要求高度的艺术技巧。他说：

日读西汉文，殊叹息。大须熟读唐宋八家，乃见其妙。文似古朴，法不易见——非如八家起伏转折、路途可寻耳——拙处愈俊，生处愈韵，朴处愈华，直处愈曲折，粗处愈文雅。前辈尝云：西汉风韵。今人当以庞厚当之，流为痴重肥室，失之远矣。

从此我们可见魏禧对那种不露人工结构之状，不显斧凿缝缀之痕，却又峰回路转、错落有致、前呼后应、自然天成的艺术手法之妙，极力推崇。对清初创作上的选材芜杂、结构臃肿、立意不清、文笔拖沓、缺乏艺术功力的现象却是极为不满，并身体力行去扭转的。

风格多样的文章

由于作家的个性特点，所以会形成不同的文体特征，“简劲明切，作家之文；波澜激荡，才士之文；迂徐敦厚，儒者之文”（《与邱而康论文》），皆不可偏废。魏禧在《文瀫叙》中讲道：

水生于天而流于地，风发于地而行于天。生于天而流于地者，阳下济而阴受之也；发于地而行于天者，阴上升而阳畜之也。阴阳互乘，有交错之义，故其遭也而文生焉。故曰：“风水相遭而成文。”然其势有强弱，故其遭有轻重而文有大小。洪波巨浪山立而汹涌者，遭之重者也；沦涟漪瀫，皴蹙而密理者，遭之轻者也。重者人惊而快之，发豪杰之气，有鞭笞四海之心；轻者人乐而玩之，有遗世自得之慕。要为阴阳自然之动，天地之至文，不可以偏废也。

“风水相遭”是苏洵以兴会论文的一种比喻说法。苏洵认为，文之生成，唯水与风，这两者是缺一不可的。这种自然生成的“至文”远非那种雕章琢句的“刻镂组绣”之文可比。

苏氏此论，显然受陆机“应感之会，通塞之纪，来不可遏，去不可止”(《文赋》)、韩愈的“当其取于心而注于手也，汩汩然来矣”(《答李翊书》)以及殷璠“文有神来、气来、情来”(《河岳英灵集序》)诸论的影响，但又有发展。而魏禧比苏洵又全面具体得多，他又生出遭之轻重的问题，我们可以看出魏禧还非常强调文章的个性风格，认为这是天地至文，自然之动，不管何种风格，都不可偏废。我们还可以通过前文魏禧品评唐宋八大家文章的优长得失，得出作家创作个性风格的重要性。意在尊推作家创作的个性，求得其异同以突出作家的创作风格及贡献。魏禧的四十一篇杂记小品文给人总的印象就是这种平易自然中见委婉曲折的美学风格。比如，《翠微峰记》《燎衣图记》《吾庐记》等，真是“沦涟漪瀫”“皴蹙而密理”。

魏禧还指出作家的风格与经历有关。认为“文章视人好尚，与风土所渐被”(《曾庭闻文集序》)，作家的气质、性情、好尚等与文风相关，而风土人情、自然景观等客观环境也会使作家受到熏陶、感染，从而发生潜移默化的影响。所以魏禧又说：“古之能者，扩资历山川、名都、大邑，以补风土之不足，而变化其天质。”(《曾庭闻文集序》)并且还以司马迁为例，司马迁作为北方的龙门人，纵游江南诸省后，“其文奇恣荡轶，得南借江海、烟云、草木之气多也”。又以曾灿之兄曾庭闻为例，小时候曾庭闻与魏禧是私塾的同学，长大后，“与吴中名士游，其文斐然一变”，而“近二十年则出入西北塞外，尝独身携美人，骑马在西北，其文又一变”，以至“句格法昌黎，而苍莽，勃萃，矫悍，尤多秦气”，说明他的创作因自然条件、风土习俗改变而致文风变化。《与李翰林书》中用蜀地作例，“蜀之山峭狭而自上，奇险甲天下，故人才不多生，生则必奇”“以蜀之人居江南而游天下，其奇且博大也固宜”，说明地域对人的影响。

魏禧还认为文章风格当以醇相论，但文章的醇美不仅要有才气、才思，还应有气势，才能归于醇。他说：“故少年作文，当使才气怒发，奇思绎络，如入梓泽，如观沓潮，如骏马驰坂，健鹘摩空，要令横绝一时，然后和以大雅；洒以平淡，归于至醇，而犹有隐然不可驯之气，不可掩抑之光，斯为至尔。"(《与友人》)这里面包含着才气、奇思，有充实的文章内蕴、厚实的思想、充溢的情感，以率性而为的写作姿态，用大方、雅正的言语来包容冲泄而下的勃郁情怀，这就使文章不芜不靡，而归于清醇。其实这与苏东坡《与二郎侄》之说有相通之处："凡文字，少小时须令气象峥嵘，彩色绚烂，渐老渐熟，乃造平淡。其实不是平淡，绚烂之极也。"这就是通常所说的逸出文法，而又不无不合之文法的出神入化的文章妙笔。

魏禧在论文时，针对不同的文体，认为有不同的写作要求，应区分对待。"奏议有以直切刚果、使人动色惊心为贵者，有和平朗畅、移人情刚志者，批天子之逆鳞，扼权奸之吭而褫其魄，则刚直者人所难为而尤贵也。"(《静俭堂文集序》)并以此标准，认为熊化《静俭堂集》中"奏议为第一"(《静俭堂文集序》)，奏议作为谏议文章可以凌厉激躁，刚健有力，也可以雍容和平，酣畅淋漓，但大多数是以犀利尖锐的话语指斥时弊的，刚直尖刻显得更为重要。魏禧同时也注意到"法度谨严，于碑志最得宜"(《答计甫草书》)，对碑志类文稿则应婉正冲淡，不偏倚，合法度，谨严有加，特别指出汪琬的创作中"醇而未肆"的特点在于两方面：先是人格造成，"非不能肆，不敢肆也。夫其不敢肆何也？盖某公(指汪琬)奉古人法度，犹贤有司朝廷律令，循循缩缩，守之而不敢过"(《答计甫草书》)，太过拘泥于古，文如其人，在观念和具体人格行为中循规蹈矩，未有捭阖纵横的气概与气势。另一原因是学古人成法的同时与文体风格相适宜，互为契合。魏禧指出"某公(指汪琬)文得力在欧、王之间，而碑志最工"(同上)，以至汪琬的碑志文章比其他文章更好。

魏禧在其文集中具体论述了各种文体的写作方法，比如对于书、曲的写法，他说："书虽文，要与面谈相似。吾尝论曲，以只如说话者为妙。盖曲虽按谱，原以代话。时曲全是撦文，失之远矣。”（《书引》）对于悼文呢，又有不同，《文引》中说：

哀死之文，情胜其文，非无文也，情至而文以至焉。不求文而文至，文之至者也；不言哀而哀至，哀之至者也。心痛哭以为哀，则哀情微；必工于文以为情，则文不工。韩氏祭十二郎，工于文以道其情者也，然而情以微矣。哀死之文，以朴为文，以不求工于文为文，凡民且然，况天性之亲？此吾所以不深取也。

作志与传大同小异：

孙、祖父、葬地，尤为难工异同。予往有作，必审位置，定构架，以使之屡变，而变易穷矣。后出入韩、柳、欧阳、王及近代归太仆、易堂吾姊婿邱邦士之作，乃知天下遇物成形，无不可以为体格者，而祖父、子孙、生没、葬地，适足增文章之变，遂欲信笔所遣，不设位置，辟如手掬花片，迎风洒之，红白疎密，落地自成文章，虽洒之百遍，终不同复。（《墓表志引》）

魏禧认为作传志文，“过情失实，势有不得不然”。何也？“盖缘孝子之心，无录先过之义，而作者又多据行状事迹缀缉成文，是以谀墓之作，自唐韩愈已不能无讯。”当时的作传志文者，“纤悉毕备，又从而增饰之，甚或反其生平之所为”。魏禧认为作文者，“毋轻毁人，一点一画，在上在左右，赫然有鬼神临之；匪惟毁人，誉之者，其在上在左右，赫然有鬼神临之”。所以魏禧在传志文的写作上，“虽为书美，然实斟酌轩轾，必不敢以私交私意，大失其情实，以欺天而罔人”（《答友人论传志书》）。为什么呢？“君子为文章，务使显可示于天下后世，幽可质于鬼神”，不可有“不试之誉”“不可奉以虚美”，即使尊亲如祖父，“吾九实一虚，则人将执虚例实，既因一事以没其九，而人情不报，必加谤訕，是求荣而反辱也。故曰，虚誉其亲与自谤其亲等”（《答孔正叔》）。

这一点是不容易做到的，魏禧自己也承认，后世对魏禧的诟病恰也在此。魏禧自己说："交游滋广，情面日熟，请托日繁，其不能如心以出，反之而多愧者，虽他叙论亦时有之，不独传志为然。"

在各类文体当中，传的写法应该是富于变化的，《传引》中说，"传以传其人，纪其事。故详密者，史之体也。班氏为正，子长极文章之则，阙然众矣。文章之体，万变而不可穷莫如传"。不同的人就会有不同的写法，"吾传布衣独行士，举其大而已。仕宦政事足取法得失关国家故者，必详书不敢脱略。驰骋求工于吾文已也，盖以为信史之借手云尔，于表志也亦然"。

多删改与善剪裁

《日录》中说，人人都想要文章不朽，那么就需要有几点要求：

在道理上说得正，见得大，方是世间不可少之文。余览古今文集，若一连三四篇中不见一紧要关系语，便知此人只在文士窠臼中作生活者。然要拣正大道理说，又有二病：一是古圣贤通同好语掇拾敷衍，令人一见生厌，唯恐不完；一是真正切要好语，却与吾生平为人南辕北向，了不相涉，即不必言清行浊，立意欺世盗名，亦未免为识者鄙笑矣。

魏禧认为儒者之文有七种弊端，当先去其七弊：

可深厚，不可晦重；可详复，不可烦碎；可宽博，不可泛衍；可正大，不可方板；可和柔，不可靡弱；可无惊人之论，不可重袭古圣贤唾馀；其旨可原本先圣先儒，不可每一开口辄以圣人大儒为开场话头。七弊去而七美全，斯可以语儒者之文也。(《与邱而康论文》)

因为会犯毛病，所以魏禧反对"今日脱稿，而明日登木，荒谬苟且"(《又与汪户部书》)者。那种"动手成文，朝脱于纸，暮登于木"的人,“狼借芜杂,如满场瓦砾,中有金玉,无从着眼”,应该多做修改,也就是魏禧所说的“稍自汰洗,令天下人见金不见沙”(《答石潮道人》)。

在《伯子文集叙》中赞颂(伯子)“年未三十时,成诗文已十余册,后辄每年删而焚之,存者不及七八寸”。伯子曰:“多作不如多改,善改不如善删。”然其所删,亦颇有可观者。

《日录》中提到,“余作文颇敏,顷刻数纸,特搜剔删削,每句日不休。大较用工作之十三,琢之磨之十七也”。虽然如此,但过失有的时候自己是不能发现的,就如“人不能自见其眉,惟明镜能见之”。所以魏禧往年在山中的时候,每成一文,“必遍视兄弟朋友,攻刺既毕,屡易其稿,逾年然后善录入集”(《又与汪户部书》)。又说自己别无他长,“惟能虚心以受师友之教,即文章小跋,偶经指摘,往往就板划削,今刻集中行墨多空,此其徵也”。魏禧还说到有的时候,太亲近的兄弟之间也不能发现对方的过失,在《与彭躬庵》中说到“诸友离索,先生又复远出,不得时闻谠言,镜子中不知积尘几许”,只能“愚兄弟常自切磋,然俱热眼,爱而忘丑处多耳”。

下得大气力删改的文章,最后剩下的,就应当“如大冬中劲草强叶,知不复枯落”(《与温伯芳》)。善于改文者,当有这样的一种境界:

有移花接木之妙,如上下段本不相干,稍为贯串,便成一气是也;有改头易面之妙,如倒置前后,改易字句,便另成一种格调是也;有脱胎换骨之妙,如原本说寒,将要紧处改换,翻成说热是也。深味此法,于自作文亦增多少境界矣。

而真正的删呢,也是有一定境界的,东房所言:“作文者善改不如善删。”此可得学简之法。“然句中删字,篇中删句,集中删篇,所易知也。善作文者,能于将作时删意,未作时删题,便省却多少笔墨。能删题乃真简矣。”魏禧的“删题”说很有新意。

魏禧举例子来说明删简的好处:

尝论古人文法之简，须在极明白处方见其妙。简莫尚于《左传》，然如“宋公靳之”等句须解注者，不足为简也。门人问：“如何方是简之妙？”曰：“如‘秦伯犹用孟明’，突然六字起句，格法既高，只一犹字读过，便见五种义味：孟明之再败，孟明之终可用，秦伯之知人，不以再败而见弃，时俗人之惊疑，君子之叹服，皆一一如见，不待注释解说而后明。如此乃谓真简，真化工之笔矣。”

魏禧认为，为文，是一个统一的过程，既要有“本领”，又要有“家数”。对“本领”和“家数”，魏禧做了很形象的阐述：

有本领无家数，理识虽自卓绝，不合古人法度，不能曲折变化以自尽其意。如富人作屋，梓材丹雘，物物贵美，而结构鄙俗，观者神气索然。有家数无本领，望之居然《史》《汉》大家，进求之，则有古人而无我。如俳优登场，啼笑之妙，可以感动旁人，而与其身悲喜，了不相涉。然是二者，又以本领为最贵。（《答毛驰黄》）

不仅如此，为文者，还要有真气，有特识，合古法，有变化。“天下文章，最苦无真气；有真气者，或无特识；有特识者，或不合古人法度；合古法者，又或形迹拘牵，不能变化。故天下能者甚多，求其超逸绝群，足与古作者驰骋，便为少有。”（《复沈甸华》）

如何才能既有本领又有家数，还要特识、真气、古法、变化都兼而有之呢？当然此时作者已经有文章的独到的立意了，“然既有好意，须思此意要何方能发得透确”（《寄诸子世效世俨》），这个统一的过程就要求作者在行文的时候善于剪裁，“用何陪宾，用何引证，前后当在何位置，一一要合古人法度，文成乃粲然可观”（《寄诸子世效世俨》）。魏禧举例子，说：“《国策》载王蠋，《史记》载赵良语，司马公采入《通鉴》，简要蕴借，格味之妙，十倍原本，于此悟剪裁书牍之法。”（《复罗珂雪》）这就是“青出于蓝而胜于蓝”了。

一是作文补笔之妙。

《日录》卷二说：

文之工者，美必兼两，每下一笔，其可见之妙在此，却又有不可见之妙在彼。辟如作屋，左砂高耸，右砂低卸，必须培高右砂方称。拙者车土填石，人一见知为补右砂之缺；巧者只栽竹树，令高与左齐，人一见只赏叹林木幽茂之妙，而不知其意实补右砂低卸也。

二是文字首尾照应法。

有明明缴应起处者，有竟不顾者，有若无意牵动者，有反骂破通篇大意实是照应收拾者。不明变化，则千篇一律，而文亦易入板俗矣。又，古文接处用提法，人所易知；转处用驻法，人所难晓。凡文之转，易流便无力，故每于字句未转时情势先转，少驻而后下，则顿挫沉郁之意生。辟如骏马下坂，虽疾驰如飞，而四蹄著石处步步有力。若驽马下峻坂，只是滑溜将去，四蹄全作主不得。更有当转而不用转语，以开为转，以起为转者。以起为转，转之能事尽矣。(《日录》)

三是古文之妙在精练。

昔人论古文之妙在瘦、劲、转，孙月峰专取净鍊。盖鍊而不净，则组绣之华，非金铁之钢也。不瘦则不得劲，转而不劲，则气流便。所谓瘦，非寒俭也。物之华美，莫过金玉，然石肥而玉瘦，铜锡肥而金瘦，惟瘦故重，重故贵，知瘦之不妨华美，则知华美不瘦之不足重。故文之真能简者，有汰句鍊字以短节胜者……文所以可传，中必有物，其文能自传于世，非世之能传之。辟如沉水之香，精液结聚，自不得朽，生速、黄熟则不能。故作文立意先求为世所不可少，则自然卓荦；而更力去常格常调，劲挺老健，则虽未尽合古人法度变化，要亦必为可传之文矣。(《寄诸子世效世俨》)

作文贵先立意，不必求异，但须有独到处，便足异人。（《寄诸子世效世俨》）

联系魏禧关于"删题"之说，文简则净，劲挺老健；意简必有物，则传于世。

当然，他也并不是一味求简的：

蒸蒸汩汩如霞起潮生，层出不穷，亦不害为简。盖能删余意支言，及人人所能道及，不必尽言而意自见者，则虽篇长而无漫语，语多而无冗句，句长而无衍字也。（《寄诸子世效世俨》）

只要立意需要，篇无漫语，语无冗句，句无衍字，虽长也不能算不简的。

四是文章要有起伏。

前人很推崇"文似看山不喜平"的风格，主张文章要有断续，有波澜，有曲折起伏，这也是简练的要求，又与含蓄手法互相映衬。魏禧也很讲究为文的若断若续，波澜起伏，反对势直气泄，一览无余。他在评彭躬庵叙《和兮南海西奏诗》说："字字句句，拔起耸立，险秀异常，分明是一幅华山图也。"并进而指出："文无波澜，无转折，却以峰峦为波澜，起顿为转折。尝论文有得水分者，有得山分者，子瞻水分多，故波澜动荡，退之山分多，故峰峦峭起。"（《日录杂言》）所谓"得水分"，看来主要指文中感情的浩瀚流荡，气势的奔腾绵远，"得山分"呢，主要指文字气势奇峻峭拔、峰峦迭起。但不管"得水分"也好，"得山分"也好，实际上说的都是一回事：文贵曲折跌宕，不要浅直泄露，要有波浪起伏，不要平铺直叙。文之所以贵曲折，一方面是由于事物本身、人的思想感情就是曲折多变的，不是笔直平坦的，另一方面还因为有波澜，才能增强形象的动态感，才能激起作者感情的波澜，使之随着文气的转折而起伏。他有时把这种曲折起伏，用来指文章的感情气势变换,称之为“往复”。他说:“文之感慨痛快驰骤者,必须往而复返。往而不还,则势直气泄,语尽味止,往而复还,则生顾盼。此呜咽顿挫所以出也。”(《日录杂言》)这就是说,文中的情感,要如江河直泻,波浪迭起,有跌宕,有起伏,有一种磅礴激荡之势,不要如一潭死水,微波不兴。当然,与之相适应,也有文字铺排上的起顿、转折、照应、顾盼,不要平铺直叙,没有遮拦变化。他有时指的是文字结构上的疏密有致、虚实相映,浓淡相间、首尾照应,叫作“转接”。他说:

古人接处用提法,人所易知,转处用驻法,人所难晓。凡文之转,易流于无力,故每于字句未转时,情势先转,少驻而后下,则顿挫沉郁之意生,辟为骏马下坂,虽疾驰如飞,而四蹄着石处步步有力。若驽马下峻坂,只是滑溜将去,四蹄作主不得。更有当转而不用转语,以开为转,以起为转者。以起为转,转之能事尽矣。(《日录杂言》)

以上说的是文字铺排要与情势动荡相适应,要有起有伏,有接有驻,有转有折。接,是为了衔接上文,转入新意,荡入新境,驻,是为了刹住前波,转入后浪,使之段落分明,又文气跌宕,顿挫有致。但他对这种文字上的前后照应、首尾往复、转折衔接的方法,又较为通达随和,反对刻板划一,主张因意而异,不拘一格,要各异其宜。他说:“文字首尾照应之法,有明之缴应起处者,有毫不顾者,有若无牵动者,有反骂破通篇大意实是照应收恰者。不明变化,则千篇一律,而又亦易入板俗矣。”(《日录杂言》)就是主张因文章立意的不同,而可以众态纷呈,各尽其致。否则,不因意而变通,就会显得呆板平俗,不堪入读。但不管何种变化,总的要求不变,都不能往而不返,顾而不盼,转而无折,而应该有抑扬、有顿挫、有照应、有往复,这才能错落有致,摇曳生姿,有一种生气勃勃、峰回路转的艺术魅力。

魏禧根据自己的创作实践,对文章的艺术手法进行探索、总结,可以看出:他不仅极力主张文学要“有用于世”,通过“积理练识”的途径，批判地继承古人，有所创新，也很讲究文学的艺术性，认为“辞之不文，则不足以达意也”。由于作者的个性与地域特点，文章的风格自然不同，魏禧强调，风格既因人而异，也因意有别，应以意而定，不拘一格，各异其宜。尤其是对于“传记”之类的文体，把“虚美”现象提到“袭伪乱真，取罪千古”的高度加以抨击，把真实性当作“立身大节”加以强调，足见对艺术真实性的高度重视。

文章既要有“本领”，即要有丰富的生活积累、历史知识和对生活的独到见解，还强调要有“家数”，即掌握传统的艺术手法，驾驭语言的能力和独到的艺术风格。否则，即使再丰富的生活素材，再深刻的生活见解，也会因为缺乏娴熟的艺术技巧，而会弄到“结构鄙俗”，让人看了“神气索然”的地步。所以文中对文章的删改和剪裁提出了独到的见解，而且思路开阔，概括通达，正符合他自己的一个精辟的观点：“论事析理从相同处分得开，相异处通得合”。说明他在分析、观察问题时，同中求异，看到了事物间的矛盾，又在异中求同，看到了统一。

三、“文章之道，必先立本”—— 文学思想核心论

明亡之后，文人志士皆总结其原因，魏禧在《训导汝公家传》中说：

呜呼，崇祯之季，事可胜道哉？三百年士气，一辱于靖难，再挫于大礼，三辱于逆珰，由是仕宦率多寡廉鲜耻，贿赂请托，公行无忌，至以封疆为报仇脩怨之具。一二贤者，矜立名节，又多横执意见，遂其志而不顾国家之事，不通达于世变，好同己而植党人，卒使九庙陆沉，帝后杀身而殉社稷。

对于这种“世风浮薄，而名士游客，嚣滑尤甚”（《答门人》）的局面，“志士于此，袖手则不仁，濡足则不知，往往巡檐浩叹，自处无策

也”(《与李元仲》),以至于被“武人一语骂杀”(《与李元仲》)。魏禧引用潮州总兵刘月亭的切齿言“明末人最是皮厚,掐之无一点血出,故于君亲,一毫无情”(《与李元仲》)。魏禧很是叹服这句话,认为“此病至今,且成痿痹”。如何救治呢?“急须以实药救之。”(《与李元仲》)

何谓“实药”?就是要治其根本。

“道”与“理”

魏禧坚决反对理学的所谓“存理去欲”“存养克治”等观点,并指出“言行背驰”的虚伪性。他直言声称:

性理之学,禧生平疏于治经,儒先之书,间一流览,未尝专意讨索,而嗜欲深重,所谓耳目之于声色,口于味,四肢于安逸者,皆不能自克,治其气质,又性疾伪儒,每耻言行背驰,是以粗有撰述,皆不敢依附程朱,谬为精微之论。(《答施愚山侍读书》)

他进一步批评道学的危害作用,说:

国家之败亡,风俗之偷,法度纪纲之坏乱,皆由道学不明,中于人心而发于事业,始若山下蒙泉,终于江河之溃下而不及。然世儒之谈道学,其伪者不足道;正人君子,往往迂踈狭隘弛缓,试于事百无一用。即或立风节,轻生死,皎然为世名臣;一当变事,则束手垂头不能稍有所济。于是天下才智之士率以道学为笑。道学不明而人心邪,人心邪而风俗政事乖,法度乱,纪纲失,而国家亡矣。推厥所由,则亦儒者迂踈狭隘有以致也。(《明右副都御史忠襄蔡公传》)

可见其危害之大。魏禧所认为的“道”其实是一种操守,一种真气。他认为邱邦士“宠誉泊然,非有道之士不能为”(《寄门人赖韦书》)。所以自己在外游历久了,有些贵誉,便沾沾自喜,颇自以为得意,在家信中体现了出来，彭躬庵先生语“非有道之气”(《寄门人赖韦书》)。

从文章学术上讲，魏禧也有论述，他认为施愚山文，“简洁而雅醇，意思深长，与古法会，望而知为有道者之言”(《答施愚山侍读书》)。真正的有用的道学，应该达到一种境界，“理熟则意见之偏私去，事练则利害之倚伏明”(《与甘健斋》)。要想“事练”，就应该应用到实践中去，所以魏禧说，“在学道人，尤当练于物务，使圣贤之言见诸施行，历历有效，则豪杰之士争走向之”(《与谢约斋》)。从以上我们可以知道，魏禧所言之道，要求“理熟”“事练”，并运用于实践，而魏禧又认为能够将之表现出来的就是文章，所谓“文以载道”，是也。他说：“惟文章以明理适事，无当于理与事，则无所用文，故曰文者载道之器。”(《恽逊庵先生文集序》)这也是对韩愈“文以载道”说的继承。魏禧还用了一个通俗的比喻来说明其载道之器。在《与高云容》中说：“弟生平以朋友为性命，山水花竹为稻粱，文章为莞箪。”魏禧的主张与朱子的所谓“文字自有一个天生成腔子”(《朱子语录》)的唯心主义理学不同，他强调接触实际，躬行实践。认为文章“大小深浅，各以类触”。他在检讨自己文章之所以还未能达到气势磅礴的壮观，主要原因是“积理未富”，对“星纬、九州、形势、声律，飞、走、植、潜之性，不能情状物审”(《与诸子世杰论文书》)。

魏禧敬真道学，他在《答恽逊庵杨组玉》中说：“吾敬真道学，甚于敬忠臣孝子。”在他的《日录·里言》中又重新论述了这个问题，可见魏禧很重视有关乎道学真假的问题，他说道：

或曰：子于世间最敬何等人？曰敬真道学，甚于敬忠臣孝子。最恶何等人？曰恶假道学，甚于恶乱臣贼子。或曰：忠孝非道学而何？曰真道学未有不忠孝者，真忠孝有不道学者，嗜欲之私，名利之席未除也。或曰：假道学何以甚于乱臣贼子？曰：乱臣贼子，遗臭万年，人人知而恶之。假道学则言清行浊，窃取高名，欺天罔人，坏乱天下心术，其使人愤恨当更甚耳。

文章的根本就是要学道，积理。“文章着根底，在于学道而积理。守道不笃，见理不明，而好议论以刺讥于人，翻古人之成说，则虽极文章之工，取适于己，而有误于人，君子盖有所不取。”“理明者辞必简，议论多则意见乱，而自相抵牾者必甚。是以三苏氏之论，于古今为独绝；而议论之失平，亦苏氏最多。”(《八大家文钞选序》)又说“禧窃以为明理而适于用者，古今文章所由作之本”(《答曾君有书》)。“文章之本，必先正性情治行谊，使吾之身不背于忠孝之义，则发之言者必笃实而可传。……”“言不关于世道，识不越于庸众，则虽有奇文可以无作。”(《答蔡生书》)在批判唯心主义理学的同时，魏禧提出了“理不征事则迂疏”的“事”与“理”相统一的富有时代特色的唯物主义思想观。针对唯心主义的“理”一元论的思想，魏禧指出，“言理不征事则迂疏”“言理者易伪，而核事者难欺”(《制科策》上卷三)。反对理学家离开具体事物去研究和传授空虚无着之理，认为这是迂疏的，而且容易走上虚伪的邪路，只有把“理”放到具体事物中去考察、验证，才能真正识别其真伪和有无实际价值。在他看来，“事”与“理”是统一的。

惟文章以明理适事，无当于理与事，则无所用文。故曰：“文章载道之器。”“言事莫尚汉，文理莫尚宋。核事者每谬于理，宗理者迂阔不切事，其实相乖离，其文亦终无有能合者。”(《恽逊主庵先生文集叙》)

即离开事去求理，或只说事不言理，这两种偏向都是无济于事的，否则“识不高于庸众，事理不足关系天下国家之教，则虽有奇文，与《左》《史》、韩、欧阳并立无二，亦无可作”(《宗子发文集序》卷八)。

可见，魏禧所说的“理”，在理学“身心性命”的命题下，其意蕴更加深刻，强调的是“关系天下国家之故”“达当世之务以适于用”，以达到“正人心之惑溺，而救国家之败”的目的。所以，他认为要得到“理”，重在“积”“人生平耳目所见闻，身所经历，莫不有其所以然之理。虽市侩、优娼、大猾、逆贼之情状，灶婢丐夫、米盐凌杂、鄙亵之故，必皆深思而谨识之，酝酿蓄积，沉浸而不轻发”(《宗子发文集序》)。概言之，魏禧强调从日常生活的观察、体验、积累中来，从实践中来。明确肯定了事物发展的规律(亦即理)，存在于客观事物之中，即使被人视为不足挂齿的日常琐事或不屑一顾的下等人也不能排斥在外。所以他认为要得理，只有在平日生活中处处留意观察，于“至平至实之中，狂生小儒皆有所不能道，是则天下之至奇矣”(《施愚山侍读书》)。

当时江西的两大理学家——南丰谢秋水(人称程山)、星子宋之盛(人称髻山)，他们都倾向于王阳明与罗洪山的学说。魏禧等诸子与他们都有通信往来。程山重躬行实践，髻山重气节，曾编《江人事》，为甲申以来抗义死节者立传。对实用的理学的共同认知是他们互相推许的主要原因。

魏禧对王阳明的评价甚高。对王阳明的推崇在于其道学之事功，说他“三百年一人，洒北宋以来儒者之耻”。并以蔡公为例，说到其并不想以文章为名，每天读先儒语录，得到阳明书的时候，叹服道：“圣学渊源在是，吾今知所宗矣。自是为文益明切无支言。”(《明右副都御史忠襄蔡公传》)“近读阳明《别录》，唯有跪拜，非赞叹可尽，颇得一二发之指。”(《与彭躬庵》)他还说：“陆子静所谓宇宙内事乃己分内事。晦翁不能慑服同甫，若遇王文成，当无告密结坛，以银为铁，种种辩论矣。”(《与彭中叔》)他在《答门人》中谈到人最难得“本体忠信”“自量才力”，然后点明，其实王文成公在自其《拔本塞源论》中发挥的不过就是这种意思，深受王阳明的影响。

看到《阳明别集选序》的时候，魏禧谈及自己的看法，认为阳明之文当“全读为有益，选而去存之，非予志也”。魏禧钦佩文成公的仁德，除了大家都知道的“虚己以集众人之议，谋之也豫以密而发之曲以断”，还有人所难知的“其曲调人情之至，若唯恐有伤夫一人之私者”。对于其文字，魏禧也是推服的，认为其中的“疏”，当属古今文告第一。

“其思虑精密，仁之至，义之尽，虽圣人复起无以过，而文章雄肆钜丽，则又汉、宋以来文人所不逮。”(《四此堂摘钞叙》)

对于王阳明的赣南事功，魏禧更要赞颂，“世之颂祝者，以生人多为积德，杀人多为积刑。夫天下有杀人而为积德者，王文成公开府赣南所以汲汲于讨贼也”(《周左军寿叙》)。

反对八股之弊

由举业与心学共同导致的空疏学风，被清代学者一致认为是明代覆亡的首要原因。清人总结明亡的历史教训，推源空疏学风产生的因由，往往将八股举业与心学相提并论，予以无情地批判。如王阳明《重刊文章规范序》曾指出举业对宗圣向道之志的戕害[①]，其后学黄宗羲的门人郑梁顺理成章地推导出“科举兴而圣学亡”的结论[②]。陈瑚《同学会艺序》揭示八股取士制度对知识和才能取向的总体影响[③]，顾炎武在《生员论》中论述举业对士人器识的销磨[④]，邵长蘅《赠王子重先生序》从古今教育体制的不同指出举业对学问的排斥[⑤]，言之无比沉痛。魏士俨认为甲申之变，“公卿束手屈膝，绝未尝如汉宋之断而复续者，未必非八股取士之流弊也”[⑥]。魏禧在山中授徒的时候，是教过时文的，但那完全是为了“遣日，以糊余口……不能不教人作举子业，出处无据，自笑模棱耳”(《与金华叶子九书》)。在《内篇一集自叙》中又重新论述八股之弊，他说：“制举之业，至今日而滥极，浮词失意，诡言

---

① 王守仁.王阳明全集[M].上卷.上海：上海古籍出版社，1992：695.

② 郑梁.送王文三之钱塘序[A].郑寒村全集[M].卷一.康熙间紫蟾山房刊本.

③ 陈瑚.确庵文稿[G].北京出版社，2000.

④ 顾炎武.顾亭林诗文集[M].北京：中华书局，1983：23.

⑤ 邵长蘅.青门旅稿[M].卷三.康熙十七年刊本，1678.

⑥ 魏世俨.复外舅曾止山先生书[A].魏敬士文集[M].卷一.道光间刊宁都三魏文集附.

贼理。即有学为先辈大家者，专攻气格，自拟古人，不知为经济言而无当于王霸之略，为性学言不足发明圣贤之理，虽极工巧，凌轹古人，皆雕虫耳。”魏禧如此憎恶科举，以至于在《内篇二集自叙》中又重申“余甲申遘烈皇帝之变，窃叹制科负朝廷如此。既思朝廷以八股取士，曲摹口语，正如婢代夫人，即令甚肖，要未有所损益，绳趋矩步，使人耳目无所见闻，是制科之不善也”。

这种形式主义的科举制度只能把士子教成脱离实际的腐儒，说“八股之为经济者，施于论则腐矣。论施于策则迂，策施于奏议则疏”(《制科策上》卷三)。后来魏禧便改教古文，对弟子也便以此思想传授，在《送新城黄生会试序》中他说：

三百余年以八股取士，所求非所教，所用非所习，士子耳目无闻见，迂疏庸陋，不识当世之务，不知民之疾苦。其有志者，则每于释褐后始尽弃所为举业，讲经世之学。

魏禧曾经与西陵应嗣寅辨八股之制不善，申论策制科之说，他说：“国家所以明礼仪超越前代者，《四书》《五经》制科之得，而非八股之得。所以无经术，远逊前代者，八股制科之失，而非《四书》《五经》之失也。”他在与邱邦士论八股可废时，说：“以八股可观德，则奸伪辈出。以八股可征才，则迂陋已甚。以八股可明理，则圣学实昌明于宋儒，未尝有八股也。故为经济题能如汉人制策，理学题能如性理中之成文可诵者可也。”(《日录》)在此魏禧对封建科举制的批判可谓切中其要害。

魏禧认为明亡的重要原因之一就是因科举之弊而造成的明末士大夫的空疏不学、昏庸无耽。魏禧很含蓄地在他的政论《春秋列国论·周》中进行了剖析。他说，周朝“君臣执典礼以折服天下”并因此而“仅存而不亡”，但也因此“弱而不振”，何也？“皆以空言守其虚礼”，从而丧失了重新号令天下的机会，等到晋文公请隧，楚王问鼎，直至争田的时候，就已经不振了。其实当时“周为天下共主，自强甚易”，没有抓住时机“内明政刑，外强主威”，就如“人之有羸毁之疾者则必思剂药物，适饮食以调治之。释此不为而独恃衣冠揖让，岂有济哉？”这正是针对明末的“清谈治国”。魏禧将明末的腐败总结为清谈误国，应该务实，这段话用彭躬庵的评语说“煞有深意”“南宋礼乐诗书，雍容坐论，不到崖门舟中授《大学》不止也”，明朝又何尝不是呢？然彭躬庵也指出，“古今来文者必弱，强者不文”。这也正是影射明朝和清朝。

魏禧在其政论《制科策》（此段引文出自《制科策》）中陈述了八股取士的弊端。他强烈反对“摹圣人之言，不敢称引三代以下事，不敢出本题以下文”，死守固定文章程式的“八股之法”，要求加以废除，否则，“天下奇才异能，非八股不得进，自童年至老死唯此之务”。一头扎在故纸堆里，即使身登甲第，在耄耋之年连起码的常识都不知道，好一点的，当官之后才开始学习。制科之败，魏禧还用了一个比喻，最能说明问题，“采鱼者必张网于大泽，猎兽者必设罟于深山”。即使这样还有不得兽的时候，何况是“涉泽以求兽，而越山以问鱼。是所谓索燧人以三凌之冰，絷骐骥之足而责千里者也”。兄善伯说，如果读了魏禧的这篇文章，依然认为八股好，“本不可解”。

所以，在反对科举的同时，魏禧力主兴办学校教育人才。教育要从儿童开始，童子首先学习的是《小学》，朱熹肯定《小学》的作用说：“后生初学，且看《小学》，那个是做人的样子。”魏禧认为不废《小学》是为了能让童子学习做人，这样就不会“乱繇风俗坏”，童子“外柔其筋骨，而内植其心”。而如今的童子虽能“时文”“泰然以谓成人”，其实“身登甲第年壮强不能随行后长之礼”。魏禧也并不是要废掉《四书》《五经》，而是因为当时世人没有领会圣人之学，只是从名利之说来治世，那必乱。考试的时候尽量做到“无定体，无长短路”“毋割裂章句以巧文，毋亵而不经”“使各占其所能”“专才者对一科，通才者对数间”。魏禧还认为国家有大难的时候，可破格录取一些异人，以备后用。

魏禧充分肯定了学校的作用，他说：

古学校为公卿大夫守令所自出，人才盛衰，天下治乱之故，莫不权舆于此……今人才虽不必出学校，然终不可谓学校非育才之地，学官非造就人才之官。苟贤者当其职，其必有以异乎人之为之者与？（《送汪舟次之赣榆叙》卷十）

他认为学校是关乎人才盛衰、天下治乱的大事，不能不办好，而办好学校的关键是要选拔贤者来任学官。而在以科举取士的当今，学校只能成为科举的附庸，只有反对科举，废掉八股，学校的育才作用才能发挥出来。为此魏禧勇敢地站在反科举、废八股的最前沿，力主兴学育才，矛头直指专制主义的封建统治。

须有用于世

在著名的《宗子发文集序》中魏禧阐述道："文章格调有尽，天下事理日出而无穷，识不高于庸众，事理不足关系天下国家之故，则虽有奇文与《左》《史》、韩、欧阳并立无二，亦可无作。"所以文章需讲求经济，"若志在博学宏词，与天下文人争胜，则非穷年览诵，博洽古今，定不能至。若志立德立功之言，则琢磨行谊，讲求经济，皆足立文章之命，增长其气势，但使文足以辅吾理识而已足矣。"（《答陈元孝》）门人泰和萧从泓子潜编叔子手简作《手简叙》说道："天下之言无有修短洪纤，唯以有益于人为立言之主。"长者，"有其要领，故长而不繁"，短者，"引情切事，言近而旨远，故简而可味……""关尹子曰：'圣人大言金玉，小言桔梗芣苢'此之谓也。"

魏禧自己的文章就是这样做的，在《俞右吉文集叙》中说："吾颇不好考据训诂之学，虽历象、声律、数算，意不乐为，以谓穷年矻矻，于天下事少所补，不如观大略，使坐可言，起可见诸等行事。"《日录》卷二说："与陈元孝论文：作文须先为其有益者，关系天下后世之文，虽名立言，而德与功俱见，亦我辈贫贱中得志事也。”在《鬻拳论》卷二中魏禧说道：“古之大臣敬君如天之不可犯，而其淫暴昏庸足以危宗庙而覆国家。”如果大臣对君主的所作所为都断然不疑，可以“明哲保身”，否则，就可能招来杀身之祸，而这一切都要视君主一时的意愿或性情而定。魏禧批评了专制制度，在他看来，之所以不好，是“天下握一人之手”的君主与常人一样有情欲，然而由于他具有绝对的权威，这样就必然导致君主的一切行为为了自己的情欲，而违反一般人的情欲，把他个人的私情与大家的私情对立起来，于是造成整个专制机构的淫暴昏庸，最后造成社会的种种恶果，乃至国家危亡。魏禧的这种思想，不只是一般地打破了君权神授的儒家传统思想，而是包含着对封建君权制度本身的怀疑，他把君主当作人而非神，并认为情欲是包括封建君主在内所有人的本性，这不仅是对“存天理，去人欲”的理学思想的批判，其中还包含着君主原来不过是万人之中的一人的思想，具有近代市民阶级平等思想的倾向。这不仅关系当时，亦关系后世。

在魏禧的论、策、议中的很多文章都是关乎世道的。比如，《制科策》对科举制度的批判；《封建论》是在总结明亡教训的基础上，提出了对封建世袭制的批判；魏禧《制荒策》中的事后之策尤其体现其“坐可言，起可见诸行事”的用世原则。魏禧从人性的角度出发，不只是从施以恩惠而已，而是真正为百姓着想。首先要将地点选在乡里，以免百姓“半途仆毙”，还要有一个人监理，使得秩序井然，以便人人都能得到粥。如果有的人吃得快，不可以给他第二碗，不是不体恤百姓，而是“久饥之人，肠胃枯细，骤饱即死”，若家里有老弱病残可以携带。这期间，由于人多，为避免传染病，要多置苍术，醋熏蒸。防止有人作弊，将生水倒入粥中，“食者暴死”。碗和筷子，饥民自备，不能给饭，一定是稀粥，就是因为“久饥食饭，有立死者”。魏禧在后面按中说，将古人所有的救济之法，“增美去恶，以成万世万民之利，是在后之君子矣”。

朱方来的评语很中肯:“勺庭先生山居二十年,心计手画,无时不胞与天下,所著策略,多万世大计。”在魏禧的字里行间,“周详精当中有似琐而实密,似偏而实确,似迂而实切者,读者尤当用心。天下司民牧者,果能行此,则天不能灾,民生遂而国本固矣”。

应该说,“经世致用”的思想在其政论史论文中体现得最完美。有用于世表现在其“穷古今治乱得失”,让人读后的感觉是“如饥得食,如寒得衣”;南丰程山学派的代表谢文洊也说“饥则以之代五谷,病则以之代药,有痛痒则以代抚摩抑搔”,这与魏禧自己的譬喻是同样的,“如稻草粱可以食天下之饥,布帛可以衣天下之寒。下为来学所秉承,上为兴王所取法,则一立言之间,德与功已具”。

但是写在纸上的经济文章,“正如小儿画地作饼”“自知其不可食,聊取快意”(《与涂宜振》)。这有什么实在意义吗?魏禧谈到了这一点,认为虽然只是空言,但却有指导意义,何也?“正如农家播种,此处一差,满田生发都错。”(《寄费所中》)只有这种关乎世道的文章,才得以“接寿命,使身死而名存”(《答李又玄》)。如此,文章写出来才会起到它应起到的作用,“欲警动观者,使痿痹人刺之血出”(《与天宁巨公》)。好的文章就如信史,让后世读出真实,比如《西林集叙》中说到安懋卿的文章,万历之初,正是天下升平的时候,所以公卿大臣“放意诗文,以鸣国家之盛”,安文却“慨然太息,岂啻立肃德之世,而闻开元、天宝也”“览先生书牍,则当时天下已不能无事,忧乱伤时,往往见于友朋问劳之间,盖国家之败所由来久矣”。

在《郑礼部集序》中说到“君子立言,必取其关于世道民生,虽伏处岩穴,犹将任天下之责,而况其为士大夫者乎?呜呼,世之士大夫以诗文名天下,而忧乐不出庭户之内,语不及于民生,吾未知其性情心术为何如也!”有用于世,主要先关注民生,这是魏禧最进步的地方,在《赠黄生思北游序》中又说“君子之学,将以用于世。用于世者,必知世之所急,而先其切于民者”。所以“古今文章所由作之本”在于“明理而适用”，这就比如“水，浸灌万物，通利舟楫，此水之本也。而江河之行，曲折洄洑，波澜漪瀫激泻，此水之后起而势有不得不然者，水盖不恃此以为贵”（《答曾君有书》）。

文章要有用于世方能不朽，那么如何能不朽呢？当然是“言依忠孝，语关治乱，以真心朴气为文者，此不朽之故也”。而今人“专一向速朽处着想着力，而日冀其文之不朽，不亦惑乎？”（《日录》）真正儒者有用之文，魏禧希望都能如休宁的孙无言一样好文，“虽不敢遽谓其有盛于世，而诗书之气自赖以不衰”（《与休宁孙无言书》）。如此才能兴礼教，“礼教兴而后风俗成。……夫为政至于俗成，则虽百数十年之后，天地之气运有时而移，国家之政教有时衰息，而其民皆循礼守分，蔼然有士君子之风”（《上某抚军书》）。

文章之重要性还在于，其“言不合道则贻祸天下万世不小，不独文章工拙之故”（《与毛驰黄论于太傅书》）。魏禧认为讲学之目的是“广圣学”“使圣贤之言见诸施行，历历有效，则豪杰之士争走向之”。所以将会讲分为三事：讲学，论古，议今。论古，要“将史鉴中大事或可疑者，举相质问，设身古人之地，辨其得失之故”。除此之外，还“交相规过”。如是，则“讲学则是非之理明，论古则得失之故辨，议今则当事不眩，规过则后事可惩，庶内外兼政，体用互通”，这样“学术要归有用”（《答杨商贤》）。

魏禧对文章之功用很有信心，他甚至认为：“关天下大利大害，其除恶之力如猛虎搏兽，无所不尽，其洞于人情伪，如立日中而数五指，无不见也。”（《东房奏对大意跋》）

《日录序》中有吴门同学弟默斋唐景宋题的一句话很能说明魏禧文章的有关世道人心：

以浅言出妙义，以至理如人情，别是非，示从违，昭昭然白黑之在目；其引人于理义，如饮江河，随量而满，如行药市，随病而疗，有功于世道人心，更有在诸儒先语录之外者。

魏禧也是用这种要求来批评朋友的文章的。比如,他就曾经直言不讳、一针见血地批评邱邦士,说他“孤简自放,要丈夫精神,当有所用。若徒向文字儿女间作活,殆与饱食终日相去一间”(《与邱邦士》)。指出当今文章之弊,“不患无明体者,而最少适用”(《与谢约斋》)。在评价杨子书时,就说:

故其大义之昭明也,如日月之丽天,其确乎不可易也,如华岳之峙地;其以经世应事也,如舟之利水,车之济陆;其切近于身心也,如菽粟之疗饥,布帛之御寒;其不可见不可闻也,则冥心力索于章句文字之外,恍惚乎古圣人之心。(《杨子书绎序》)

赞扬陆悬圃“以直道自任,有毅然之色,与其为人相似。其论比关世道”(《陆悬圃文叙》)。

最后说到,诗也要有关世道。在这里魏禧提到的是诗的作用,杜甫之诗被称为“诗史”,这点魏禧是同意的,所以他说:

世有心之士,居其位而不得行其志,与夫不得居其位者,于当世治乱成败得失之故,风俗贞淫奢侈之源流,史所不及纪,与忌讳而不敢纪者,往往见之于诗。或直述其事不加褒贬,或微词寓意以相征,盖不一而足,匪独子美唯然也。

魏禧赞颂顾子茂伦身为匹夫,而慨然有天下之虑,其所收录皆取有关世道,所谓“言者无罪”而“闻者足戒”(《纪事诗钞序》)。

作为一个爱国的遗民,魏禧借诗歌披心腹,见情愫,激浊扬清,针砭时弊,奏响时代经世致用的主旋律,抒发国破家亡的悲愤之情及反清复明的坚贞之志,是诗文的主要内容。比如,《伤怀诗》中写道:“北风漠漠,寒云千里。瞻望昊天,涕泣不已。”诗中流露了明亡后的愁闷、茫然无所寄托的思想感情。前文所引用的“生平四十老柴荆,此日麻鞋拜故京。……”抒发对故国的思念悲叹。在游览了春秋时代五国灵台旧址的时候，他写了《灵台杂咏》：“野草荒台秋复春，至今遗恨浼纱人。应知越女倾吴国，不比杨花覆白萍。”并在诗后自注：后人每以西施太真并称，余谓西施越女，有复仇之义，与古今女宠亡人国者不同。显然，魏禧是借此来抒发自己的亡国之恨和复仇之志的。

魏禧诗歌的另一个主题就是大胆讴歌抗清复国的忠臣义士。著名的《拜杨文正公墓》的诗中用“长年魄恋忠诚府，亘古神依箕尾星。两岸蓼花红有泪，一江秋水澹无声”表达对坚守江西赣州府抗清斗争两年之久，终于殉义的明将杨廷麟的敬慕与痛悼之情。

魏禧的爱国爱民的又一体现是诗歌当中对现实的深刻反映，揭露清朝统治者残酷掠夺的罪恶行径。《拥被五首》写出了清兵到处烧杀掠夺、人民流离失所无家可归的现实。诗中描写了村民为躲避清兵骚扰，隆冬之夜露宿荒野的凄苦情景。半夜仓促出逃，连御寒的衣被也未及带，在凛冽的寒风中盼着白天，而白天到了，清兵也到了。“冬夜苦夜长，殷勤望朝日。朝日出东山，又恐兵至索。”“天幸脱刀锯，饥寒命亦休。”

《卖薪行》《孤儿行》则是对清初严酷的兵役制度的血泪控诉，特别是《卖薪行》一诗中描写的情景，使人感到杜甫的《石壕吏》的再现，不同的是社会比先前更黑暗，封建统治阶级压迫奴役人民的手段更毒辣、更残忍罢了。

魏禧尖锐地揭露了官逼民反的社会现实。《出郭行》中写到，上山为盗，属反常，可是“十家村务中，乃有五家是”。是什么原因造成了这种普遍的社会问题？

> 终年苦力作，不得养妻子。食缺衣不完，谁能饥寒死。地方日索钱，豪民恣驱使。无钱死饥寒，有钱死系累。要之均一死，不如做贼是。

人民实在被逼到走投无路的绝境了，只能做贼，或者反抗。

这些让人触目惊心的诗文，是魏禧文章有用于世思想的体现，也表达出他对国家对民族命运的高度责任感。这也是尚镕在其《书魏叔子文集后》中所说“叔子以经济有用之文学……能使当时之贤人君子生死无异词”的原因。

魏禧的“经世致用”是其理论的灵魂和核心，并且贯穿一切方面。“积理练识”要围绕“经世致用”进行；对“法”之取舍也要以是否“有用于世”决定，只要于世有利，甚至可以突破“成法”，自铸新格。

虽然魏禧所说的文章的“理”“道”，没有离开儒家的礼教观念、道德规范，但究其重点，立论的主旨，却还在“世道民生”方面。这些观念与白居易的“文章合为时而著，歌诗合为事而作”，王安石的“务为有补于世”，到清初顾炎武也提出的“经世致用”等进步主张，是一脉相承的。他主张文学不能离开社会矛盾，不能离开世道民生，要为国家安危和民生疾苦大声疾呼。如果“事理不足关系天下国家之故”，那么虽然有奇文，“亦可无作”。

不管是鉴古还是观今，都应该“穷古今治乱得失”，反对那种“宗理迂阔不切事”及“忧乐不出户庭之内”的倾向。只有这样，方能“卓然自立于天下”，与大家并驾驰骋，才能使文章“浩瀚蓬勃，出而不穷，动而不止”。

四、“器识”乃“本中之本”——文学思想基础论

孟子说，知其文，先要知其人。魏禧在《霜哺篇跋》中自己也说：“贪者之言多于财，淫者之言多于色，心所好在是，则言无往而不在。”所以明确提出：“论人必先器识，文必先根底，此古人所以可传者，举世好文之士不察也。”文章的立本还包括对人品的要求，并且说它是“本中之本”，作者的精神品德修养是至关重要的。

开明的民族意识

魏禧算是一个有气节的遗民学者，九子们多如此（只有伯子不是遗民）。魏禧认为越在动荡的时代越能看出名节，所以经常读史掩卷太息：

以为古人虑患之深，见几之早，不苟安目前而贪尺寸之利，超然世俗以保其身名若此。

针对清朝统治者的暴力推行民族同化政策，如剃发易服，除非像王夫之那样，“窜身瑶峒，声影不出林莽，遂得完发以殁身”（《清史稿·列传二六七·儒林一·王夫之》）。魏禧为了出山，权衡利弊，决定“贬服毁形”“短袖科头揖未曾，从来小礼近虚名”（《赠陈贞倩》）。在他的诗文当中不止一次出现对旧衣冠的珍视。“毁形急装”“方领宽博，前后修竹万竿”（《看竹图记》），将其画入图画；“重冠故制，形容甚伟”（《壬寅六月，初七日，酷热……》），魂牵梦系；“故冠再拜领儿曹”（《寄舍弟和公……》），教诲子弟；“相逢未暇便相揖，执手牵衣仔细看”（《二十六年不得江思禹信……》），惊讶故人衣冠的改变。如此等等，都体现了魏禧对民族自由的追求和亡国的痛切心理。

魏禧抱道守志弥笃，在许多原来采取不合作立场的遗民改取迎合清政府的态度的时候，魏禧依然义不仕清。比如朱彝尊，1671 年，魏禧曾经与他订交，并为他题画像“烟雨归耕图”，但数年后，朱彝尊弃隐应博学宏辞科，布衣入仕轰动一时。魏禧却与之相反，在诗文中表达自己的操守，“老马不得意，无言心寂寥”“但得驾盐车，宁当死下槽”（《赋得……志在千里》）。1678 年魏禧被举荐，却以疾坚辞，终不就。

在出处之间魏禧有的时候是很矛盾的。能够处理好出处之间的矛盾，也是学问，所以魏禧说：

涉世要周详，学问中厚不可疏略，要谨慎，学问中厚不可放肆；要谦和，学问中厚不可疏傲。若能体认涉世，便是学问，见自不见世情可厌恶处，而我日在委曲周旋中，亦不觉烦劳矣。（《与休宁孙无言书》）

他曾劝方氏三兄弟：

何不深思远观，鉴前车之覆辙，鬻卖田宅，省徭役，使亲戚朋友不相望，然后轻去其它，择隐朴之地而托处焉，以自远于是非利害，则虽煽昆冈之炎不及焚，倒沧海之波不及浸乎？今都邑氏族，自晋、唐至今称土著者几家？多因改革之际，辟地于此，人情岂不乐聚亲戚守庐墓哉？盖必有势极不得已，情迫于无可如何者。语曰：毒蛇螫手，壮夫解腕。势使然也。（《同林确斋与桐城三方书》）

然后用自己在甲申之变隐居翠微作例，乙酉兵未入境时彭躬庵挚家来，亲朋无不“背面相笑”，然五年后，“江城屠尽”（《同林确斋与桐城三方书》）。

魏禧自己也说，“欲全身致用，必不能遗失独立。然浮沉二字最是难为，浮者便浮，沉者便沉，独浮沉之间，稍方则忤人，稍圆则失己，古人所谓绝迹易，无行地难也。仆向有二语，居山须练得出门人情，出门须留得还山面目”（《答陈元孝》）。魏禧不是个隐居者，其实从以上叙述我们可以看出魏禧一生都在积极用世，他的才干不能用于世，便发诸于文，用文字作武器来致用。在《咏史诗和李咸斋》中说：“隐当为太公，不当为伯夷。择地钓渭水，乃为西伯师。德公处襄阳，诸葛侨隆中。既当都会地，也多豪杰从。但使处孤僻，时务安得通。”可见魏禧的积极用世思想。

他曾经劝孙无言和无锡马生勿归隐。《送孙无言归黄山叙》中劝无言“倘能以其交游之力，从屠沽贾衔中物色天下非常之人，虽使无言居三十六峰深绝处，余犹将作招隐之诗，劝无言出居通都大市，不得与衣草食木者同其寂灭”。当他知道无锡马生想隐居，“择瘠田而耕”，魏禧说他知道马生不是隐者，“生志意坚苦，思一用于世不得，则托于隐。然生方出膂力于四方，又年壮强，用乃太早计？”林确斋到晚年时，“近十余年，益隐畏务，摧刚为柔，俭朴退让……晚又好禅，尝素食持经咒，尤严杀生戒，见者以为老农，老僧”（《朱中尉传》）。对此，彭士望《祭魏叔子文》写到当魏禧、季子年方壮，常许为林氏死；到林氏病，“专艺植，逃禅，不留意世事，叔子曰：吾向许君死，今不为君死矣”。

难能可贵的是，魏禧不是一个狭隘的民族主义者。其在与李腾蛟讨论苏武别李陵诗，有感于苏武的“缱绻”，一致认为“华夷各君臣，中外仍朋友”（《咏史诗和李咸斋》《诗集》卷4）。这种话，似乎非遗民，尤其明清之际的遗民所宜言。晚年时魏禧曾对友人说：“我辈抱大冤恨不得伸，孰有过于二三十年之事，今且一切放下，则又何事不可放下者！”（《答友人》）《与徐孝先》中更是陈述自己出处之间的矛盾：

弟闭户十八年，始出游，交东南贤者。归又八年而出，出处取与间，常兢兢恐失山中面目，而交游势不得不杂，文字酬应不得不多，乖违本志，遂亦不少。杜子美云，“在山泉水清，出山泉水浊。”每念斯语，辗转生愧，始信浮沉之际，大是难为，此后当因明训加毖也。

那么魏禧是如何处理这样的矛盾呢？魏禧说，学习“收放”两个字。

弟辈生平负义好气，敢于有为，年来阅历世故，乃学得“收放”二字。《易》称“君子见几而作”；今之，几亦既明著矣。此时不深自韬晦平淡，将来恐不可知。古君子所谓独立不惧者，或朝廷大事，不阿众以误国，或出处取与，不以世俗之好恶利害变节为非耳。非谓必皎皎硁硁，坚持此名，致死而无悔也。不然，《易》之见几，《庸》之默容，《论》之免刑戮，且何说哉？我辈抱大冤，恨不得伸，孰有过于二三十年之事，今且一切放下，则又何事不可放下者？区区之间，挺身犯难，以为好义负

气，不但时所不可，其为气义抑末已。(《答友人》)

遗民中后死者，有机会于康熙朝遭逢盛世，谷满年丰，吏治清明，这对于他们，无疑是一种交织了欣喜与苦痛的经验。魏禧以他的诚实，无意于掩藏他的内心矛盾。《纪梦》中魏禧说："今年天变良已极，时平物贱岁屡登。"说罢竟不觉痛哭俱失。同一首诗还记录与诸生讲学，自己由上座厉声问一声"汝今温饱谁之德?"(诗集·卷5)不但是魏禧如此，晚年季子也曾对友人说："天下事且以不了了之，而吾之不了者，自有了之之道在。"(《与李元仲》)此札作于康熙二十二年(癸亥)。世效三十一岁那年，做父亲的历述他的这个儿子所经艰危困厄，说："自兹三十年，以往，天道更新，人事将休复或者其有所待也。"(《季子文集》·卷12《长儿世效三十一岁乙丑腊月示记》)

魏禧所着眼的是民生，这一点他继承了孟子的"民本"思想。在君主与社稷的关系上，他批评刘邦杀"百战戮力，以兴汉业"的韩信，认为这是"帝之大不仁"(《杂问十五》)。赞赏霍光废置荒淫无度的昌邑王，另立新君。评论人物功过主要看是否有利于社稷苍生。对于那些在自卫战争当中，为巩固社稷，不惜"排众议，冒大不韪，危天子以成大功者"，如寇准(《宋论》)，或于宗庙危难之际，"敢于犯难为反经合道之事"者，如李纲(《读宋李忠定公集》)，都推崇备至。对岳飞，魏禧在敬仰之余，批评他的愚忠，既祸及自身，又耽误社稷。这些都说明魏禧的开明的民族意识，他不是对某个君主的愚忠，而是更顾及国家的统一和社稷的稳定。

魏禧经历了出游之后，见闻日广，认识日深，对故国的匡复和民族复兴有了新的想法。比如在《留侯论》中，他就间接地表白，他说："忠臣以兴复为急，虽杀身殃民而无悔。仁人以救民为重，故通权达节以择主。""且夫天下公器非一人一姓之私也。天为民而立君，故能救生民于水火，则天以为子，而天下戴之以为父。"魏禧认为，现在的矛盾不是兴明灭清的问题，而是救民于水火之中，解民族于倒悬，迫在眉睫。因而，应该效张良、孟轲"通权达节以择主"。

魏禧的一生有两大心病，一是天质虚弱，二是未举子。关于自己的天质，在《答周左军书》中说，"某天质衰羸，养疴三十年不通人礼"。在文章中不止一次地提到自己的病：《哭莱阳姜公昆山归君文》中，"癸丑(1673)八月病伤寒。十月骤头风发欲死。十二月又发"；《述梦》中"乙卯(1675)……九月初三，齿痛头风大发，右臂患转剧"；《赠宋员外榷关赣州叙》中，"乙未(1679)九月予头风作就医泰和"。《哭涂宜振文》中更是给人一种衰颓之感：

盖自吾兄与吾兄子之死，吾视吾身若旦暮之人者。而神竭泪枯，耗于凡可哀之事，其哀情已微，然自是心郁郁。确斋死七月，中秋之夕予头风大作，转床席方三日夜……力疾来新城哭孔先生与兄，而病以日增……

《孝经》讲"不孝有三，无后为大"。虽然在明清之际没有举子的并不止魏禧一个(清初的不少明遗民都是这种情况，如顾梦游、王锡阐、刘雪舫、顾亭林等)，但没有子嗣，毕竟成了魏禧的心病。文中反复陈述的不在乎，恰恰说明了他的在乎。在魏禧的文字中，有意无意地透露着这一信息。比如，《师友行辈议》中说"予年近五十未举子……"《祭亡女文》中说："吾自从有汝至今十六年，置婢妾人凡四五，卒未有子，而汝又夭，则信乎吾命之孤也。呜呼！吾之无子命也，汝夭亦命也！"《与南丰李作谋书》中说："仆年四十有五而无子，绝续之间，自有天命。"魏禧还是很在乎无子的，他一再说，生，子可以不养；然而，死，子应该葬的。《与宗子发第二书》中说："人所贵乎有子，生而养，死而葬，其事切于行道扬名。""然生不养者，父母或能致力以自养；死而葬则必有待于子矣。""子于父母一体也。"门人赖韦写信的时候，也是关心他的子嗣问题，希望老师能够保养身体，为生子做打算。《寄门人赖韦书》有："念吾体孱，欲省思虑，少作文，啬养精神，为生子计，甚善。""抑古人有言，有子为不死，有文为不朽。吾之绝续，自有天命，吾姑务其不朽者。"魏禧曾经做过努力，并且婢妾不止一人，《祭亡女文》中有："置婢妾人凡四五，卒未有子。"到南方的时候，也曾经买过婢女，《寄门人赖韦书》中对赖韦说："吾去冬于扬州买一婢，身间垂一年，抱子之信殊不有，姑听之。"然结果终究令魏禧很失望。

于是魏禧认为，"年四十有五而无子，绝续之间，自有天命"。但是平素"不忧身之无后，而忧后起者之无人""后起者，老死之所待而瞑目者也"(《与南丰李作谋书》)。为何如此说呢？魏禧认为："传之以文者，犹不若传之以人。""人寿有尽，而以人传，人则无尽。""故曰以文为不朽者，犹非其至也。"(《与郭天门书》)魏禧在有生之年便渴求传人。"弟年逾四十，天资孱羸，度更四十，虽幸有遭逢，气力已衰，不足办事。为今之计，但当酌古准今，俟之其人，庶几火尽薪传，身死无恨。"(《与袁公白》)

在《日录》中魏禧诉说自己的心愿："一愿天下有枝撑世界之人，一愿后辈有枝撑易堂子弟，一愿吾家有枝撑衰门子弟。然汝辈苟能以枝撑世界为事，则下二节已一齐了当矣。"几百年之后，我们读到这段话，依然为魏禧的襟怀所感动。魏禧既然希望能够"火尽薪传"，在他的文字中就有对传人的渴望。首先，传人要为少年：

盖任天下难事，当天下之变，非少年血气雄刚则不足胜任，而为涂日长，其才与学皆可深造，而不足是其所至，又仆所交程山，易堂，二峰之人，其长者年逾六十，少者亦且四十，皆渐就老死，终恐不获得志于天下，以自验其学。

古人有言曰："火尽而火传，然欲火之不息，在于积薪；欲志不灭，在于得人。"(《与南丰李作谋书》)然而，少年时：

焰焰然若火之始盛。既而志衰于嗜欲，气夺于祸患，心乱于饥寒，行移于风俗，学术坏于师友，及至强立之年，则萎靡沉溺，而向时之志气熸乎若死灰之不复然。仆愿足于毋以小挫而回，毋以小得而自足，以必求为古今有用之人。

所以，传人需要“恢弘其志气，砥砺其实用”“必自度吾才之所可成，孜孜然博览古今之故，亲明师良友以讲求之，历其身于事会盘错以自试其能，而怵乎日抱处士虚声之惧，然后使之，任一职则必称，为一事则必成。虽身为守令，下逮丞尉委吏，而其利国家，济生民之心，则与宰相六卿等”(《与南丰李作谋书》)。天下不乏卓荦之人，然如魏禧所言之人少矣。

爱民思想

魏禧主张人性本善。在《善德纪闻录叙》中说：

人者，天地之心，人不善，则天地之心病；心病，则耳目贸乱，血脉荣卫交错而百病作。是以有日蚀，星变，山崩，地震，水溢，旱干之症，人民横死，盗贼发生，牛马，鸡狗，鱼鳖，林木，卉草，金石之物，皆不遂其性。故曰：天不生善人，天道灭；人不行善事，人性绝。人性本善也。善存于心，不见于行事，是贮五谷之嘉种，而不舂淅以爨也，其实与穷饿而死同。

所以人生在世，首先做一个好人。做一个好人首要的是要知耻。《日录·里言》有云：

其人虽未大恶，或遇羞耻之事，恬然可安，肆然不畏，则终身必无向善之日，推到极不善事亦所肯为。耻字是学人喉关，圣人教人，与小人转为君子，皆从耻上导引激发过去。人一无耻，便如病者闭喉，虽有神丹，不得入腹矣。

然后再做有用之人。这两者有什么区别呢?《日录》说:“人生世上,第一要做好人,次便要做一有用人。然好人无用,一人只算得一个人,有用则一人可抵百千万人矣。或问:如何有用人乎?曰:好人有用,最是难得,不敢轻望。先且办一好人,求无害于世,可矣。”

既做好人,还要做有用之人,这样算是一个任天下者。庚申四月卧病南昌时,魏禧曾经对于“君子知天命”发过一番议论,他说:“能知足者,天不能贫;能无求者,天不能贱;能外形骸者,天不能病;能不贪生者,天不能死;能随遇而安者,天不能困;能造就人才者,天不能孤;能以身任天下后世者,天不能绝。”

因为心怀天下,所以魏禧尚贤爱民。在《赠黄书思北游序》中魏禧为我们描绘了一幅“流民图”:

夫自吾赣州至扬州三千里,所见所传闻,三四年间,天下民生之苦未有甚于江西者。寇兵所蹂践,其夫妻子母死亡离散不相保聚者十之五六,无衣食饥寒死,垂死者,十七八矣。江南号称乐土,然民困赋役,不啻十室而五。而扬之下县,七年被水灾,民死亡殆尽。前八月,予之兴化县李廷尉疾,舟百里行田中,茫洋若大海无畔。其不能去者,则蹑板而炊,妇稚赤裸相向水立,拾螺蛤于泥中。舟子言如是者数州县,凡千数百里也。而予五客扬,自始至迄今,每来则灾民之乞食于市者,相摹肩不绝,城以外多道死。

沉痛之情溢于言表。在许多文章里面魏禧都是把老百姓放在首位的。比如,《再与胡给事书》中说道:“当今民生酷烈,水深火热,靡所止届……”为什么要心怀百姓呢?魏禧问,“上供之所出,军士糗粮甲马器械战守之备所需,何一不出于民?……”有爱民之心,还要有贤人辅助,“然不求贤士相与共济,则其上虽有仁心仁政,而民终不可得而爱”“而对于贤士,其上非设诚致礼以求之,终不可得而使”。

对于邑中有人拆除大东、小东新城，魏禧认为是“以莫须有之风水劳民伤财”，为何？

毁拆之日是，排门点夫，派粮出银，吏胥为奸，豪猾作祟，驱此捉衿见肘之粮户，无衣无食之小民，出财出力，是上任朝廷之利害，下敛百姓之怨诅，足下愿能以一身当之乎？(《与友人》)

壬午场后，吾邑以连科不得第，有修建风水之说者，弟时少年不经，妄听轻作，遂同令弟毅然任之，结怨费财，日营无益，至今清夜思之，惭悔汗下，不可追挽。(《与友人》)

魏禧主张人人平等，并不是只有富贵者才可称其为人。“所谓人，凡戴目含齿，手持足行者皆是。”当友人一边“持斋诵经咒，放生鱼虾鸟雀，延福灭愆罪”一边笞打下人至“啼号婉转，唇鼻沾地尘……血射肉飞……四肢委脱……寂而微喘”时，魏禧感叹“嗟乎，吾不知足下此时持斋诵经咒之口，放鱼虾鸟雀之心置于何处，所灭之罪，所延之福归于何处”。魏禧告诫友人要积德，莫遭人怨天谴，防止“积虐之报”。并用事实证明：

足下不亲见之乎？贵家世官，误触禁网，妻子设为官奴，下率扈厮，皆得役作笞呜。平居城乡，突如遭兵寇。老妻女妾，弱女文子，系颈贯手，累累如猪手，践借摧拉，无所不至。已或卖人奴婢，蓬头跣趾，衣袴空空；又或流落倡户，辱门灭性。当今之时，祸来无方，流矢在前，白刃在后，虽有铁室，莫知所蔽。吾兢兢战战，蚤夜思修德爱人，利济庶物，觊要天赦，犹恐德不胜罪，十五未免，况于残贼天地所爱之人，痛刻人父母之子，任性恣情，无有厌限，以结人怨而干天怒？禧窃夜不寐，三数思忖，殊可寒心。(《与友人论省刑书》)

古代的圣人都是“任天下于一身，而托一身于天下”，并且“君子立身处世，不可不豫养其望，养望在于立信，立信在于吾之表里可见于人，而人无所疑。此士之出处皆有之，处者之信，以不苟利禄去就，不侵然诺为大；出者之信，以好士爱民为大”。这是真正的“有百利而无一害者”。“是故除大憝，赦小过，持纲纪，禁暴苛，束湿薪于胥吏，而更弦于细民，使百姓晓然见吾心，而实被其泽，则近悦远来，戴之如父母，仰之若神明。时平则歌颂兴于路，祷祀延于身存；有故则若手足之捍头目，决千尺之溪于山而注之壑也。古之圣人任天下于一身，而托一身于天下，及其有为，则事半而功倍者，率此道也。”

但是如今的学官“率皆伛偻荒耄不能拱揖之人”“又多贪庸鄙，为有识笑，以故少年子弟轻之，于以兴教明化无繇也”。如此老学官，要如何选拔优才呢？魏禧建议，“取其德行优者贡之”“文虽不足，重行故也”（《学官议》），“师也者，师其德”（《师友行辈议》）。同时，针对当今进行补廪却重文而轻行，虚名熏心，实行丧阙，厥有繇至。于是魏禧议“凡考试各州县，举德行醇正可为表式者补廪……上于学政”，但其中“以势”“以贿”“以情”使举主举人不当，如何？魏禧又加一条“诸州县举不当人者，从以贪庸之罚”（《廪膳生议》）。

赞颂节义

一是魏禧之“义”。

魏禧生平是个以朋友为性命的人。《答南丰李作谋书》中说：“仆生十一二岁，即思求友，得交志行纯笃者若而人。年二十一，丁国变，则慨然愿交奇伟非常之士。嗣是友道日广，有若易堂之经术文章，程山之理学，髻峰、天峰之节义，以至四方文人奇士，仆皆得与游。”“仆生平以朋友为性命饥渴，而十余年间则尤笃意于少年卓荦之人。”《同林确斋与桐城三方书》中描写“益、禧自十岁即思求友，二十年来孜孜矻矻，若非此则食不甘寝不寐然”“丈人见易堂诸子，颇以直谅相许，而教诲缱绻则于益，禧尤笃”。

魏禧的交友之道也是前人所未道者，在《里言》中说“凡交友必要交倚恃得者，凡做人必要做能为人倚恃及终身可不倚恃人者”，兄弟朋友如何才是“至”处，“设若一事误我性命，死而不怨；一事救我性命，生亦不憾”。此种朋友一定是“十分至友”，魏禧认为朋友间一定要真诚，“真如天性骨肉。十分关切，却从十分相信来”，不能相疑，“若有一分未信，积嫌开隙，便会到十分相疑。故交友者，识人不可不真，疑心不可不去，小嫌不可不略。择师取友，方能迁善改过”。只有做到“不疑不薄，然后责善以相砥，投之则入，入之则深，隔千里而不疎，历患难死生不变”(《复李咸斋书》)。又说：“愚以为吾党之才与学各有长短，而首在洞然见其胸臆，有知必言，有言必尽；其互持而不相下，则与同堂平其是非；而其要尤在于心志切恳笃而不可解，视数友者如手足，耳目之必不可缺少，则其有厚而无薄，有信而无疑，所必然也。”字字见血，无儿女态，所以“气谊所结，自有一段贯金石、射日月、齐生死，诚一专精不可磨灭之处。……仆于天性骨肉中颇不可解，外此则一腔热血亦欲一用，非用于君，则用于友，悠悠泛泛无所用之，又安能禁宝剑池埋之恨？”(《复六松书》)由此，我们才知，魏禧是将平生的一腔热血全部用于友，怎能不让人读后有凛然之气！

既然魏禧是以性命交友，那么其中学问自与别处不同。所以曹秋岳先生曰：“用人交友，为经世之要，中有大学问在。”在魏禧看来，这也是经世的学问，以至于将文章都看成“士之末节”了。

《与休宁孙无言书》后说：“仆愚鄙无似，常以谓文章者士之末节，笃行气矜之士，经世之儒，以至一才一艺，则莫不可与游，而差别轻重之以定其交。”魏禧还将交友与相业相提并论了，“古之贤宰相，莫不以人才为急，而称相业者，必先度量”。“分寸井然而不紊”为度，“泯然无迹”谓之量，“然后可以兼容贤不肖而器使人，托孤寄命之才，与筦库各奏其效，推而下之，士庶人之交友亦莫不然”，在当今“天下阳气孤微，正人日亦强，同志之英，不彼此砥砺夹持，坐令栋挠柱折”。交友之意义可谓大矣。

对待朋友不可有一丝的不实，这也是义，所以劝诫友人之语也痛刻淋漓。比如，他劝诫方以智“深观古人之迹，近察一身之故，昭濯既往，显示将来，以不虚二十年出妻屏子之素节”。对方以智“内怀忧谗畏讥之心，外遭士大夫群衲之推举，于是接纳不得不广，干谒不得不与，辞受不得不宽，行迹所居，志气渐移”（《与木大师书》）的做法提出批评。魏禧并不认为自己说得过分，而是以为：“弟之言，汗下之剂也。以汗下者驱除其宿垢，而湛以补益之药，虽长生久视无不可言者，而何寒热蹶鳌之足患哉！”真诚坦荡之心可鉴。

朋友的义举在魏禧的文集中也多次提到，比如能够“愿走七百里外，以急死友”的邱季贞（《与邱季贞》），“年少不字，以苦节为可贞”的熊养吉（《与熊养吉》），为朋友“奔走殡葬”的刘功定（《与季弟》），“好义于举世不好之日，又激昂慷慨，乐交四方遗俗之士”的曹九萃（《复都昌曹九萃书》），魏禧感叹道：“若未尝见为义举而为之，此可师也。”

“好义”要有始有终，并且要忌锐忌葸。

患其太锐，锐则奋发无所顾，而祸害随之。为义于动而得害之日，患其太葸，葸则托于俭德避难之义，至以好义为戒。方其锐而无所顾也，轻虑喜事之徒，邀名求利者辏于其门，虽驽马之骨可奉以千金。及其畏葸，则伯乐牵骐骥以造于门，拒而不纳。是故好义者贵于能终，好士者贵能择人。（《日录》）

这里面包含着魏禧的辩证思想。

游侠和君主的好义又有不同。“游侠士以好义乱国，君以好义庇民，此其不同也”；盛世与衰世的好义也有不同：

世之盛也，上洁己砺治以利其下，下尽职以供其上，上下相安，而盗贼不作。其衰也，大吏贪纵武威以督其下，小吏朘削百姓，自奉以奉上，细民无所依倚。饥寒流离，迫为盗贼，或势不自立，协从为乱徒。当是时，千家之乡，百室之聚，苟有巨室魁士，好义轻财利，能缓急一方者，则穷民饥寒有所资，大兵大寇有所恃，不肯失身遽为盗贼。又或畏威怀德，不敢为非，不忍负其人。(《文学徐君家传》)

值当乱世之际，魏禧认为一个好义之士，足以"足以补朝廷之治，救宰相有司之失，而有功于生民"(《文学徐君家传》)。

但"义"是有原则的，魏禧不会将大事与朋友混为一谈，用伍员和申包胥之事，有时"处君臣之变，不得不伤其朋友之情"。所以"义"中同样也包括规劝和互助。同时代，黄宗羲就曾规劝侯方域不要狎妓侑酒；南昌的张自烈很贫困，朋友们帮助他结了婚，他不因私惠而失去了规劝的原则，曾经规劝杨维斗不要迷信。由于互相帮助，激浊扬清，砥砺名节。

这种"义"可以追溯到明末的社集，明末的复社成员之间称"同志"，李元度在《国朝先正事略·隐逸》中曾经写到湖北有位学者叫郭都贤的，与宁乡陶汝鼐是最要好的朋友，他给陶汝鼐所著的《褐玉堂集》的序有"有生同里，长同学，出处患难，同时同志"的语句，可以说明当时对"同志"的意义。在行动上的表现正如复社的领导者张溥所说："忘其身惟取友是亟，义不辞难而千里必应。"(同上)

二是魏禧之节。

魏禧为人所称赞的还有他的气节。《寄兄弟书》中说："吾三十年无所屈于世，安能摄衣冠自执名纸见人乎？宁坐困穷山为侈泰也。"魏禧一生有多次机会可以做官，但都拒绝了，连清官都不与交接。比如对施闰章的邀请，他委婉回绝。"禧以古文谬为愚公施公所知，于药地及罗山人所相招者用，终不敢以野服见，然知已之感不忘于心。""禧感施公知，愿俟解组后买舟东下，长揖匡湖之滨，相与一畅斯说。"(《答汪舟次书》)己酉五月，翟韩城"五千里遣使辱以书币"，魏禧却以

"贞疾不瘳,膝下无一尺之男,室有濒死之妇"作借口,"拜书反币"。(《答翟韩城书》)

由于魏禧是江西人，所以在文集中数次提到江西的节义。《静俭堂文集序》中提到:"盖自甲申七八年间,吾江西之节义,临江为盛。其登进士,官无大小,无一人幸生者。"魏禧叹:"大节见取义,小节则全身,勿动于名而轻其生,勿牵于不忍而弃其义。"(《与曾止山》)

基于此,魏禧钦佩那些有气节的英雄。除了以上在交游之时我们提到的天植等人,在文集中魏禧还多次提到另外一些人,比如:"(徐枋)高风亮节,为古人所难能。""……吴门徐昭法寒冰百尺,人不可得近,况得尔狎玩之乎?……节之贞,尤不可及。""新建有扬友石者……贫益甚,无一尺之土以自食,所为冰雪草堂,苟全墙户,蔽风雨而已。或采摘野菜益粥时,或竟日不举火又每不免。"然却不变其节,"非义不食,疾恶人如仇,弟每辟为今之伯夷"(《答杨友石书》)。"南康宋未有一介不苟,而春容乐易,与物无忤。"(《与徐昭法书》);"得闻先生(临川王伟士)当国变时弃诸生而隐,丧妇,独居四十二年无他色,好学能文章,较人首笃行谊"(《与临川王伟士书》)等。

魏禧无时不向往气节奇人,在《上郭天门老师书》中提到:"先生抱道履德,二十年间,所著述之文与所交友造就之士,必有伟论奇人,足以振天下之聋聩,开后世之太平者,恨禧不得赢粮侍侧,一一目见而耳闻之。"

当今乱世,魏禧认为更应该发扬这种气节,认为守气节就如女子守身,"一失便不可赎,出处依附之间,所当至慎"。在《江天一传》中更是深入地阐述,将女子失节与男子失节进行对比,"吾党立身如处女,处女失节,无贤愚皆贱之;若诵服圣贤,而见利则迁,临死生丧其守,可贱孰甚?世奈何苛巾帼而宽须眉丈夫子哉?"所以他主张格外褒奖岳飞一样有气节的人物,这样才能"压服众心发扬正气,譬如严冬雪霜,百草夭绝,使无春气怒发,则天心闭塞,终不可得而见"(《拟褒崇岳忠武王议》)。

三是魏禧之孝。

魏禧的一个门人幼年丧父，魏禧送《先征君传录》一册送览，并用自己的经历教育门人：

先君子年十九丧大父，称万金子，内外多难，又无师友夹辅之力，然以孝友礼义自持，虽为白衣时，年未二十，而缙绅先生皆以朋友礼之，敬而爱焉，此真孤子所师法。(《与门人》)

汝行婚冠为成人，故以先人责言授汝，日久思惟，勉所以自立，毋贻寡毋忧，使死父不瞑于地下。(《与门人》)

对于父母与子女之间的关系，魏禧说得很深刻："人子之于亲，以为过也而有所不及；父母于子，以为不及也而已过。"(《与李咸斋书》)比孟郊的"谁言寸草心，报得三春晖"要晓畅明白。古代的《二十四孝》中说到孝顺之奇节，魏禧并不同意，认为日常小事就是孝顺，比如"终母世未尝远出，出必克期返"，也就是孔子所说"父母在，不远游，游必有方"。"……每饭必侍坐床第，裳衣器皿必躬涤除，不假手奴婢。……"这也是孝。为什么人们认为孝顺很难呢？

甚矣，孝之难也！世之言孝者，往往艳称割股剖心诸奇节，而日用寻常庸德之行略勿道，此孝子所以希见天下也。(《诸文学家传》)

反对虚伪

魏禧认为数十年间，"天下之病，小人中于伪，君子中于虚。君子虚美相高，无实学以拨天下之乱，故小人益务于伪，不可救止"(《彭躬庵文集序》)。昔者之伪与今日之伪又有不同。《日录》中说：

学有真伪，从来不免。尝叹昔之伪者，将他人平生得力处说向自己，可谓颜厚不惭。今之伪者将自己骨髓处痛骂他人，可谓良心尽丧。夫既知此为骨髓之病而不肯医矣，又视为他人之病，不认己病，又痛骂他人之病，以自表其无病，又恳恳然观貌切脉，制方和药，以医他人之病。呜呼，此人虽有雷公、岐伯复生，亦且奈之何哉！

连续几个"又"字真真说到伪者至处！

这种尚虚不尚实在人们对待岳飞与关羽的不同上又表现得非常明显。在《拟褒崇岳忠武王议》每次读《宋史》读及岳飞事，"辄椎胸泣下，呼天自恨不生其时与之同死"，认为"自古大功至忠之臣，蒙冤以死未有若忠武王之甚者"。但人们对岳飞并没有给予更多的褒奖，相反关羽"历代褒封，累爵帝号，通都穷乡，五家之聚，莫不有庙，妇人孺子，咸知尊亲"。然而是否真当如此呢，魏禧"考其行事"，纯疵互见，岳飞"未有纤毫致咎之故"。魏禧"伏望圣明，破格褒崇尊以帝号"。如此方能"压服众心，发扬正气"。

魏禧反对虚行。在《与友人论省刑书》里魏禧还谈到友人边吃斋诵经放生边笞打生人，以为可以骗佛，魏禧说：

足下以为佛君子耶？虽仆必以为君子。佛诚君子，亲见足下残暴生人，仇怨猬磔，特以能奉媚我，辄使主者脱其罪而降之福，此则李林甫，秦桧之属所为，而谓佛为之乎？……天下之事孰便于是，吾恐伯夷亦将抽刃而杀人，曾参调鸩而酹客矣。

魏禧认为这种虚伪的行径是骗不了人的。

朋友宗子发先人未葬，"免丧而服不除"行古人道。魏禧认为"假今饮酒，食肉，入肉，欢笑，庆会，宾筵一一如平人，而独不变衣冠，则文存而实亡也。文存实亡徒骇人耳目，近于为名"(《与宗子发论未葬不变服书》)。

魏禧反对虚名。曾劝告宗子发不要为虚名所累，才能成大事。宗子发甚贫，无钱葬先人，然魏禧"见足下性忼爽，虽甚贫，朋友往来，干糇之礼不废，于人之困，或锱铢相遗赠。此足下过人处，禧窃以足下之失即在此"。"足下诚视亲之未葬，如前书所云，父母饥不得食，已身在囹圄，则一切干糇赠遗之节皆可废而不举。""足下意以葬亲费重，干糇赠遗费小，虽损绝，徒伤人情，无济于事。"其实不然。若每日将这些费用都贮存，则"为母而薄征其子，至于葬之费半具矣，然后请乞于义人，必有能赠遗足下及暂假贷以足其半者。如此，然后足下可以告无罪于父母，而变服不变服又皆不足论"。"季世多乱少治，兵火之动，非出虑表，万有一不幸，足下生见父母楄柎罗惨酷，何以为心？又或溘然身先朝露，妻弱子幼，易箦亡际，痛悔于心而不可为，负罪终天，衔恨黄泉，当复何如也？伏惟足下矫俗抑情，行一切之禁，以成大事，毋为有道善人之累。"（《与宗子发第二书》）以上文字可以看出宗子发已经为虚伪的名声所累，以至于自己亲之未葬、自身难保的时候，还急人之所困。也许别人会将此作为其过人之处，可魏禧认为恰恰失之于此。真正的孝顺是能够可以告慰父母，而不是变服不变服这些虚礼。

魏禧认为文之所以传世，"当其下笔之始，作者精神已足拥护于千百年之后"。一朋友认为魏禧的文章被选入《文统》，一定是因为魏禧与编书者熟悉，其实不然，魏禧解释说，魏禧兄弟的文章首先被邹程村得到，遂与椒峰选入《文统》。而这其间，兄弟二人与两君"无一面之识，尺寸之书未通"。这位朋友希望魏禧能够靠关系将自己的名字列入《文统》，魏禧告诫他不要徒虚名。魏禧说："其文能自传于世，非世之能传之。"（以上选自《答友人论选〈文统〉书》）

在世道衰微的时候，尤其要讲求实用，斥伪礼。"稍去其礼乐俨然之迹，浑其标持昭揭之名，暗率平淡，不失自修讲求之实斯已耳。"（《答恽逊庵杨组玉》）虚礼乃至于亡国在前文中已有论析，此处不再赘述。

文章同样如此，文虚则意亡。在《甘健斋轴园稿叙》中魏禧说到当今现实："天下聪明好古之士，其言或醇或杂，莫不求工于文，成一家之言，以传于后世。于是文日盛而真意消亡，实学中绝。"文章的核心应该是"立诚以为质，修之而后言可文也"。如此，"朴气未漓，深朗俊整，殊为近古，非小家所及"(《答毛驰黄》)。彭躬庵的评曰："朴健有实用，非儒生语，无文士气，吾最爱此等文字。"(《与富平李天生书》)

既然文章已经被提到"有用于世"的"经国之大业"的高度上，在实际"用"的过程中就可能矫枉过正，这是正常的，如果只求泛泛之论，虽然无甚毛病，然而却于事无补。这是魏禧在《复李廷尉书》的看法。"虽圣贤不能无偏至。盖不偏至则其理不出，不可以救当时之弊。"但若"泛论古今是非得失，意即不得不偏，而主宾轻重要必有权衡之法。责备贤者当令可安，宽贯小人，当令可惩戒""使君子小人各受其益"。

真正的实学当是"如稻粱可以食天下之饥，布帛可以衣天下之寒，下为来学所秉承，上为兴王所取法，则一立言之间，而德与功已具"，这才是"文之至者"。如以前的"高人志士，寄情于彭泽之篇，发愤于汨罗之赋，固可以兴顽懦，垂金石，禧窃以为非其至也"(《与郭天门书》)。

魏禧也反对虚伪的人，在文中绝不论及此等人物。在《与邱邦士》中说道：

其文是而人非者，不足叙，其人是而文非，不足叙也；文与人是矣，非其心中所乐道，不足叙也；心中乐道之，而不能知其甘苦曲折之故，亦不足叙也。

魏禧还提到若杜绝这种虚伪，要从自身做起。在《吴一焉时习篇叙》中说：

伪于乡里，不能伪于其家；伪于一日，不能伪于久且远。人情莫不欲教其子弟使之能贤，然父兄不能自贤，而欲求子弟之贤，则必不可以幸得。

文学作品是一种观念形态，是人的精神世界的体现，虽然人品与文品有不一致的情况，“大奸能为大忠之文，至拙能袭至巧之论”（此问题在第二章美学思想中有论述），但一般情况下，文品常常能反映出作者人品的优劣。“盖君子立言与立身立事，皆必有其大意，大意既定，则无往而不得其意”，所以士一定在情操思想上多下功夫。否则，“士不立品者，文虽贵实贱；士不适用者，文虽切实浮。君子虽爱之赏之，不过如鹦鹉之能言，孔翠之羽毛已耳！”他把那种言行不一、人文不一，奸以忠出、拙以巧现的现象，比作鹦鹉的学舌、孔翠的羽毛，不过是“禽鸟耳目之玩”罢了！揭露得极为深刻尖锐！

魏禧在具体表述“器识”时，侧重民族情操，要有“虽伏处岩穴，犹将任天下之责”的理想，以天下为己任。有“任天下于一身，托一身于天下”的气节和操守；遇到困难，要有坚定不屈的意志；对国计民生，要有除恶务尽、树德务滋的品德修养。只有这种品德，才能在为文时达到“气盛”，理直气壮。“议今，则当世不眩；规过，则后世可惩。”这是有鲜明的时代性的，也富于现实主义精神，与程朱理学的“高谈性命”之学、“辨究身心”之说，显然大异其趣。

五、“兴会所致”“浩然自快其志”——魏禧美学思想探微

魏禧之“真”

儒家以中和之美，但司马迁却提出与之相对立的观点，他说“劳苦倦极，未尝不呼天也，疾痛惨怛，未尝不呼父母也”，不仅屈原之赋《离骚》是“盖自怨生”，真情流露的结果，而且《春秋》《诗经》等不朽之

作也都无例外的是“意有所郁结,不得通其道”,才著文以舒其忿的。因为有真情,《离骚》便成为“兼有风雅之美”的作品之冠了(均见《史记·屈原贾生列传》)。这也就是李贽说的,不忿而作是无病呻吟,发忿而作才是寒而颤、病而吟的真情之作,要求将真情化成工巧的诗文,而不是用穷巧极工掩盖感情的贫乏与虚妄,这即是他重“化工”、轻“画工”的一贯态度。

可贵的是魏禧不但主情之说,而且认为情贵在真。魏禧的吟诗著文主张的真情,是对当时谀美虚伪文风的反对:“世俗好谀,人己同声,以至生死谬误,忠佞倒置。家有谀文,国有秽史,袭伪乱真,取罪千古,皆自一念之不诚始。”(《答石潮道人》)他强调真情真意的重要性,甚至“宁使其辞之或有不工,必不使稍有矫饰,以自害其性情”(《徐祯起诗序》)。

尚真也是时代特征。那个时代用“真”字,不乏其人。方以智《冬灰录·墨历崖警示》中说:“发真实心,行真实行,方肯真实。参真实参,方有真实;凝真实凝,方有真实;悟真实悟,始信悟同未悟,始知真实践履。”鹿善继本人也好说“真实”,如曰“真实心”“真实心肠”等(《定兴县籽粒折徵记》,《认真草》卷 3)。季子《文集卷 14·李君元仲墓志铭》谈到宁化李世熊,“痛愤是真痛愤,惭愧是真惭愧,爱敬是真爱敬,涕泪是真涕泪”。

颜元说,“宇宙真气即宇宙生气”[①],孙奇逢的友人孙承宗、鹿善继等人也标一“真”字。鹿善继著名《认真草》,为孙承宗所提名,以为得了鹿氏精神。孙承宗在别于“赝”的意义上,称许鹿善继,“真”的,即“真材”“真品”“真心”“真肝胆”(孙氏《题鹿伯顺十五种认真草》)。

在第一章的“易堂真气”中,我们主要论述的是九子们的真气。《魏季子文集·同堂祭彭躬庵有兄》中说道:“吾堂惟尚一真,视朋友如

① 颜元集·习斋记馀卷[A].烈香集序[M].北京:中华书局,1987:409.

严师,惴惴焉惧诸子之砥砺,有过则怵惕不自安。或争辩义理文字,绝彼我之见,率情冲口,声若斗怒,听者多惶骇,然吾党之好无丝粟间也。"彭士望说:"易堂之人粗识理义,读书,为古文辞,好嘐嘐谈经济,笃嗜人才,出于至性,而操行多疵病,废半途,不能坚忍嗜欲,独不敢作伪自覆匿。"(《树庐文钞》卷2《复孔正叔书》)魏世效说:"九先生之所同者心,而不同者其行事。同其心者,真与诚而已矣。"(《耕庑文稿·答彭汝诚书》)《季子文集卷7·吴瓶庵赠言序》一篇后彭世望的评语,说"真气"二字,"此吾易堂立言之旨也""人之有真气者乃有奇气"(《季子文集卷12·邹幼圃来翠微峰记》)。"天下之害由于人无真气,柱朽栋桡而大厦将倾焉。"(《徐祯起诗序》)由此,我们可以看出易堂九子们是很讲求这个真的,尤其是这种真气。

在这里我们首先从真情说起。这里的"真情"并不是指"为赋新词强说愁"式的一己之情,而是关乎国家安危、生民苦难的天地之至情。有如杜甫的"宁令吾庐独破受冻死,不忍四海寒飕飕"[①]的被称为天地元气之文。彭士望对魏禧的诗有如下的评论:

> 自天下好为真性情之诗,而性情愈隐,而诗之道或几乎亡。又谓山有朽壤则崩,木心朽则必折,无真气以贯之,物未有不败。天下之害,由于人无真气,其端见于父子兄弟朋友之间,而祸发于君国。此皆叔子自言其所得,精湛刻至,为古今名人所未发。(《魏叔子诗集序》)

魏禧也赞扬那些有真气的人。比如,他对孔正叔的评价:"呜呼!先生!著书百卷,为真学者……好问善下,为真虚心……结撰至诚,为真朋友。……"(《祭孔正叔先生文》)明末清初的诗文风格主要是表现真挚性情,不主张模仿。魏际瑞说:"万分之似,不如一分之真。"顾、黄、王诸家对于诗文的评价都有这种见解。魏禧认为文章即是"自写性

① 王安石.杜甫画像[A].王安石全集[M].上海:上海古籍出版社,1999(15):410.

情，以发抒其怀抱，不汲汲求肖于汉魏三唐”，还说“物各抱真性，岂希松柏名”“始知人生欢，适志为真乐”（《叔子诗集·勺庭示诸生杂得十二首》）。

明代复古派试图使作品呈现雄浑典丽的品味风貌，他们模仿汉魏盛唐文学慷慨豪迈的风调，但在现实人生中却不可能恢复汉魏盛唐的精神气度，故其追求格调，又为文学树立了一种规范情志的外在标准。公安派提倡“独抒性灵，不拘格套”，可是他们的“性灵”，是“天地之所不能载也，净秽之所不能遗也，万念之所不能缘也，智识之所不能入也”的超越人世的“真神真性”①，他们并不是要文学来承载人生的沉重，而是希望在文艺的赏玩中消解心灵的重负，因而他们的作品多快慰于个性之真与名士之趣，拉开了他们与现实人生的距离，让心灵获得短暂的自由。

以魏禧为代表的遗民们的真性情可以寄托心志，砥砺信念，见证苦难，为天下苍生之大不幸的慷慨狂放之气。诗文成了他们释放宣泄其真情实感的载体。魏禧说：“禧少负志，壮而无所发，不得不寄之文章。”（《复都昌曹九萃书》）文章中自身情感所关乎的就不是仅仅一个“小我”，屈大均说：“吾之佯狂自废，与世相违，则终于鸟兽同群而已矣，其为忧也，将与天地无穷焉。”② 自己感情的强烈，不是因为小我的得失，而是天下国家的兴亡，百姓的苦难。归庄也说：“余谓此一身之遭遇，愁愤之小者也；岂知天下之事，愁愤有十此者乎？”经历了国破家亡、社会震荡、人生变故的遗民们，余生还将在这种压抑耻辱的环境中生存，他们的真情经过时间的锤炼，已经突破了一己之悲，而是将自身，还有他们所表达的感情更深地服务于时代。魏禧在《与郭

① 袁宏道.与仙人论性书[A].袁宏道集笺校[M].上海：上海古籍出版社，1981(11)：490.

② 屈大均.寒香斋诗集序[A].翁山文外[M].卷二，屈大均全集[M].第三册，北京：人民文学出版社，1996：72.

天门书》中所表达的亦是这种精神。他说：

高人志士，寄情于彭泽之篇，发愤于汨罗之赋，固可以兴顽儒，垂金石，禧窃以为非其至也。文之至者，当如稻粱可以食天下之饥，布帛可以衣天下之寒，下为来学所禀乘，上为兴王所取法，则一立言之间，而德与功已具。

其"真"在诗论中，魏禧认为，"无真情者不可以作诗"。魏禧说，记录山水的诗文，都可以"使人闭户而游千里之外，意气飞扬，精神寂寞，各得其性情所至。然文记其大略而已，诗自山川形势，磅礴奥衍，一草、一木、一石，鸟兽鱼虫之细"(《闵宾连游庐山诗叙》)。好的诗一定要发乎情的，"吾伯子有言曰：'情者，天地之胶漆。'天地无情，则万物散；万物无情，则其类皆散。故无情者不可以作诗"(《未湖诗集序》)。"今天下诗称极盛，然往往模拟蹈袭，使读者不知为谁何之作，何篇题之诗。"(《拳石斋诗序》)真正的诗歌，应该是"自发真意，意尽而止"(《唐邢若诗序》)。

这种真性情，是作诗的根本。诗之好坏，不在于它的工与否，而是"贵依其质。……失其质者，如刳败其皮，而缀虎豹之毛者也，而安所得饰？"那么什么才是自然的真情的流露呢，就如"鸟鸣于春，虫鸣于秋，蹙发栗烈，风之声也，及冬加历，因时而触，迫乎其不得已。古之人于诗亦然"，《离骚》《九歌》等就是真情的流露，"呼天而叱鬼神，沈冤幽忧，怀沙而沉水"，于是才有千古至文。而那些仿效者，就如"不春而鸣，不秋而虫"，根本就失去了其本质，不是真正的发乎情，也就是无病呻吟，"虽工，吾未尝不厌"(《听鹂轩诗叙》)。而诗三百"不假学问而能工者，意真也。人无真意，而求工于诗，辟犹附涂而粉泽之，施以绘彩，则几何其能久也？"魏禧认为天下能诗者很多，技巧也足以和汉、魏、三唐媲美，然而所无者，"作者之面目耳"(《唐邢若诗序》)。

诗以真性情为贵，所以论诗的时候，"必先求其人以实之，喜而笑，悲而哭者，人之性情也”。就如伯子说：“学陶诗者，不学其人而学其诗。夫陶诗，岂学其诗者所能学？”以这种观点论诗，魏禧评价徐祯起“宁使其辞之或有不工，必不使稍有矫饰以自害其性情。故徐子之诗，与其人表里相称”。不仅仅是学诗，如果人无真气，那么就如：

山有朽壤则崩，木心朽则必折，无真气以贯之，物未有不败者。天下之害，由于人无真气，柱朽栋桡，而大厦倾焉，其端见于父子、兄弟，朋友之间，而祸发于君国。(《徐祯起诗序》)

所以由其诗可以读其人，由其人可以读出其为政。魏禧在《问山诗集叙》中说到雁水丁公以分的诗，“和厚而深挚，蔼然为仁人君子之言。其感人也，油油乎若春风之被物。吾知其为政必犹是矣”。

魏禧反对虚伪，反对好名。“仆生平耻为虚言伪说，好以文章刻画古今之事，如《留侯论》《左传经世叙》《与郭李二书》《熊黄两门人字说》皆仆志趣所在。……仆如病夫逢俞跗，尽发其标木以待针石，讳疾忌医则仆所不敢也。”(《与富平李天生书》)《答友人论选〈文统〉书》中记录魏禧友希望魏禧能将自己的文章通过关系选入《文统》，魏禧没有答应，并劝诫世人，文之所以传世，“当其下笔始，作者精神已护于千百年之后。故仆尝曰：‘其文能自传于世，非世之能传之。’”对宗子发的批评就更是明显了，批评宗子发“免丧而服不除”是“文存而实亡”“徒骇人耳目，近于为名”(《与宗子发论未葬不变服书》)。在《与宗子发第二书》中更是中肯地劝诫其“矫俗抑情，行一切之禁，以成大事，毋为有道善人之累”。

魏禧的真情还表现在对自己的真实的生活乐趣，说得一派天真，自嘲却又自我维护，承认自己“嗜欲深重，所谓耳目之于声名，口于味，四肢于安逸者，皆不能自克治”(《答施愚山侍读书》)，承认自己“性好治居室，又不能三五日不肉食”(《答杨友石书》)。“于古学游其藩篱，未登其堂户”(《答蔡生书》)，承认自己的文章尽管为海内所推崇，而"实学"较之于顾祖禹，万斯大辈，则不免要"瞠瞠乎其后"（《顾耕石先生诗集序》，《树庐文钞》卷6）。彭士望说易堂诸子"于学无常师，亦罕所卒业"（《易堂记》），说得很诚实。魏禧解释说："古人云：及时为善；又云：及时行乐。不为善则失天地生人本意，不行乐则劳苦寂寞，无有生之趣。两（及时）俱少不得。"（《里言》）而季子对遗民的"俭德避难"也有别解，他对朱子训"俭"为"敛"颇不谓然，说"俭德"故妙文义，亦何必敛乎？（《朱容斋八十一岁赠言序》，《季子文集》卷7）

彭士望对魏禧的这些癖好不以为然，认为"吾辈"癖此，器识即难以远大。（《与魏凝叔》，《树庐文钞》卷2）魏禧本人也稍有不安，说自奉不能约，非处乱世苟全之道。（《苟全居铭为彭立斋作》）

魏禧重视实践。《答曾君有书》说："天下事口言之与手习相去有若径庭，有若南北万里之背而驰者。"并且重视人生阅历，不能闭门造车。"闭户造车，出门合辙，今古几人哉？"（《与季弟书》）又记录族祖石床的评论："和公（指季子）少年席父兄之荫，身少阅历，为人所指摘。故如此。若阅历多则指摘多，指摘多则竦褊、傲当渐去矣。"（《与季弟书》）魏禧让我们钦佩的是，他总能言别人所不能或不敢言者。比如，从人的本性讲，我们愿意偏袒君子，但魏禧认为这样不仅不忠厚，而且遗惑后世，真的有如此严重吗？确实如此。"曲护君子，固不失为忠厚，然使人谓君子既已为之，又有君子从而许之，则小人佥士率乐效尤，而中人以下皆被其惑，是全君子为义甚小，而害天下后世之不得为君子而反为小人者甚大也。"（《与毛弛黄论于太傅书》）

魏禧之"本"

魏禧认为"文章之道，必先立本，本丰则末茂"（《答蔡生说》）。"立本说"主要体现在两个方面：一是指文章的核心和灵魂，那就是"有用于世"，只有"关系天下国家之故""语及民生"，才能"卓然自立于天下”。这些思想恰恰与汉乐府的“感于哀乐，缘事而发”、白居易的“文章合为时而著，歌诗合为事而作”、王安石的“务为有补于世”、顾炎武、黄宗羲等的“经世致用”等思想不谋而合，一脉相承。主张文学不能离开社会生活，要为社会服务，为国家安危与民生疾苦而呐喊，“穷古今治乱得失”(《与诸子世杰论文书》)。所以魏禧进一步又说：“事理不足关系天下国家之故，则虽有奇文与《左》《史》、韩、欧阳并立无二，亦可无作。”(《宗子发文集序》)这样文章才能“浩瀚蓬勃，出而不穷，动而不止”(《论世堂文集书》)。

而能为“有用于世”之文者必有“器识”。他在《答施愚山侍读书》中明确指出：“论人必先器识，文必先根底，此古人所以可传者，举世好文之士不察也”。“今日留意古学不数人，立本以学古未一二得，向门下开说详至，然此皆本中之末，非本中之本。文章之本，必先正性情，治行谊，使吾之身不背于忠孝节义，则发之言者，必笃实而可传……”由此，我们可以发现，魏禧认为作者的精神品德的修养才是“文中之本”，是至关重要的。

我国古代文论向来重视文德，这一传统在文论史上源远流长，从王充在《论衡》中提出的“文德”到唐人裴行俭最早提出的“士先器识而后文艺”的名言，其后，韩愈、柳宗元等都有论述，从不同的角度多方面探讨了作家的思想、品德和学问修养与文艺的关系，都十分强调作家的胸襟、人品、学识对于文艺创作的重要意义。魏禧的“器识”是对前人的继承和发展，只不过他更强调的是文如其人，指其言之格调，而非所言之物。这是进步之处。

《庄子·列御寇》载孔子之语曰：“凡人心险于山川，难于知天。天犹有春秋冬夏旦暮之期，人者厚貌深情。”元好问《法言·问神》乃曰：“言，心声也；书，心画也。声、画形，君子小人见矣。”文学作品是一种观念形态，是人的精神世界的体现，人品与文品有不一致的情况，魏禧在《日录·杂言》中曾经说：“大奸能为大忠之文，至拙能袭至巧之论。”钱锺书在《谈艺录》中也举了这样的例子，“以文观人，自古所难；嵇叔夜之《家诫》，何尝不挫锐和光，直与《绝交》二书，如出两手”。这不奇怪。但一般情况下，文品高下常常能反映人品的优劣。作品的思想倾向总是受作者精神面貌、审美观点及艺术趣味的制约，即使有相互矛盾的地方，但归根结底，作家的世界观、思想感情、道德情操、审美趣味如何，在撷取与表现生活时，总会在作品中留下自己的投影的，只要仔细分辨，总可以从字里行间看出端倪。所以，魏禧说：

盖君子立言与立身立事，皆必有其大意，大意既定，则无往而不得其意。

古今论诗，贵忠厚恻怛，得《三百篇》之意。夫忠厚恻怛，五经四书之文莫不皆然，岂独《三百篇》哉？而世人往往以刻薄背义之言，著之文章，求当于目前，而不顾后世之讥议。（《学文堂文集序》）

他把那些言行不一、人文不一、奸以忠出、拙以巧现的现象，比成是鹦鹉的学舌和孔雀的羽毛那样，不过都是“禽鸟耳目之玩”，真是入木三分！他说：

士不立品者，文虽贵实贱；士不适用者，文虽切实浮。君子虽爱之赏之，不过如鹦鹉之能言，孔翠之羽毛已耳！嗟乎，文人方自恃其文，为撑天地、光日月，流川峙岳之物，而君子乃等之于禽鸟耳目之玩，不亦大可哀耶！（《上某抚军书》）

300 多年后，钱锺书在他的《谈艺录》中也说到了这个问题：

心画心声，本为成事之说，实鲜先见之明。然所言之物，可以饰伪：巨奸为忧国语，热中人作冰雪文，是也。其言之格调，则往往流露本相；狷急人之作风，不能尽变为澄淡，豪迈人之笔性，不能尽变为谨严。文如其人，在此不在彼也。

与魏禧如出一辙。

魏禧曾经说过:“文章之本在忠孝……既有其本，又好学善下,以求工古人之法,譬犹掉轻舟于急濑之上而下云也。”(《李季子文叙》)于是有人说魏禧的“忠孝节义”没有跳出封建礼教的窠臼,充分反映出封建性内涵。然而,我们不能站在21世纪苛求古人,在当时易代之际,清王朝实行民族镇压政策的时代,提出“忠孝节义”是时代的要求。他明确提出:“夫君子立言,必取其关于世道民生,虽伏处岩穴,犹将任天下之责。”(《郑礼部集叙》)这是一种“国家兴亡,匹夫有责”的气节和操守。他还提出:

必刚气以为本。无刚气而自托和平,即不如乡愿,必且萎尔游移,临大节不能守,当大难不能济,遇大疑不能决,至于见善而用之不力,见恶人去之不尽。人于文章亦然。(《俞右吉文集序》)

可以看出魏禧认为的这个“本”指的是一种“刚气”,即在国家危难、民不聊生、生灵涂炭之时,要能振臂一呼,勇往直前,百折不挠,定危乱,救生民,守大节,除万难,见善全力扶持,见恶除之务尽。有了这种品德,才能做到“气盛”“议今,则当世不眩;规过,则后世可惩”(《与谢约斋书》)。这样的立品要求,具有强烈的时代精神,反映了独特的时代要求,也是富有现实主义精神的。

二是针对具体作品而言,本即是内容,就是质,就是意。魏禧提出人们在“积理练识”的基础上,尽可能“极古今人情事物之变”,这样才能“毅然自见识力,窥人之所不及窥,言人之所不敢言,执义于理,而无隐怪之失,此则本立矣”(《答蔡生书》)。而现在的所谓名家,“清真自放,而波澜不阔,光焰不长,则固见垣之视矣。……强出议论以为波澜,掇拾文藻为光焰”,实则内心空虚所致。“大海之澜,无风自生,火之炎上,虚明而无物。盖水足于精则波澜不穷,火足神故光烛物,有不知其然而然者。”而这种精神之至,在于积理练识。“练识者,博学于文，而知理之要；练于物务，识时之所宜。理得其要，则言不烦，而躬行可践；识时宜则不为高论，见诸行事而有功。”故练识如练金，金百炼则杂气尽而精光发。“譬犹治水者，沮洳去则波流大，爇火者，秽杂除而光明盛也。是故至醇而不流于弱，至清而不流于薄也。”（《答施愚山侍读书》）

文章要有内容，并且是发别人所未发，鄙薄“无病而呻吟者”，认为“虽工吾未尝不厌”。魏禧认为，诗如“鸟鸣于春，虫鸣于夏”一样，都是“因时而触，迫于其不得已者”；当然，人也可以模仿虫鸟，达到“不春而鸟，不夏而虫”，但因失其质，仍然“不能变四时之气，选万物之情”。又如“虎豹之毛蔚然其文，狐貉之深厚为暖于人身而饰观，然而以皮为质”。“传曰：‘皮之不存，毛将焉附？’失其质者，如刳败其皮而缀虎豹之毛者也，而安得所饰？”再好的文采，没有丰富的内容，不与世道相关，不发乎真情，就如刳败其皮而缀虎豹之毛一样可笑。魏禧举屈原的例子，屈原“呼天而泣鬼神，沉冤幽怀沙而沉水，于是乎《离骚》《九歌》《九辨》之文作焉”，此后有许多人仿作，像贾谊等的诗作有人评论为工诗，魏禧不同意，他认为“失其质”而视为“无病呻吟”“虽工吾未尝不厌”。（以上均出自《听鹂轩诗序》）在这里魏禧强调的是内容的重要性。

在重立意的前提下，魏禧没有忘记文章是统一的整体，在《与彭躬庵》中说：

学者须先工意，次及格，又次及句。及其将成也，所难工者反在句。盖意，格到则俱到，而一篇止一意，格、句则自首至尾，千言百言，无不须工。譬之贫家，意、格犹制衣服，一衣可衣数百年；句如办柴米，日日缺少不得，而句之拙者，又能累意，格不工，譬如人绝柴米，并将衣服典鬻去也。

意、格、句要和谐统一于一篇文章。

魏禧之“精”

魏禧认为从生活素材到艺术成品之间要有一个艰苦的艺术提精过程。他说:“物之取精而用之少者,其发必醇;取精少而用之多,其发必薄。”(《初蓉阁诗序》)这就是说,创作一定要善于从大量生活材料当中提取那些最能反映生活本质的真谛的东西,如此,文章才显得醇厚。否则,取之不精,用之太繁,反而似大海溶滴乳,淡而无味。魏禧又用比喻来说明文之精。他说:“物之华美,莫过于金玉,盖石肥而玉瘦,铜锡肥而金瘦,惟瘦故重,重故贵。知瘦之不妨华美,则知华美不瘦之不足重。”(《日录·杂言》)“金百炼则杂气尽而金光发。”(《答施愚山侍读书》)艺术的精全在于经过了披沙拣金的过程,杂气没有了则更加精纯,如此,方能道常人所不能道,达到至醇至真的境界,“读之爽心动魄”(《日录·杂言》)。所以魏禧认为:“大家文字,必能以小见大,然小题大做,便是小家伎俩,可憎厌。”(《答孔正叔书》)既要小中见大,又不能小题大做,这就要求一定要取精熔裁,方能见得深意。“文章如用兵,贵精而不贵多……人当下脱稿,不无溢出,辟如春夏发生草木,岂得枝枝入画?”(《复罗珂雪》)

要做到精、醇,魏禧认为要从几方面入手。首先要提炼主题,不能“摘拾小事无关系处”(《日录·杂言》),应该选用什么样的主题呢?“务使显可示于天下后世,幽可质于鬼神”(《答孔正叔书》),魏禧的文学思想是为“有用于世”这个目标服务的,其革新的时代精神随处可见。魏禧批判清初的选材芜杂、立意不清的现象,“诸方动手成文,朝脱于纸,暮登于木,狼借芜杂,如满场瓦砾,中有金玉,无从着眼。何为稍自汰洗,令天下人见玉不见沙乎?古之传人传文,正不在多”(《答石潮道人书》)。

魏禧认为想要“精”除了要选用恰当的主题之外,还应该善于删减。“善作文者，能于将作时删意，未作时删题，便省却许多笔墨，能删处，乃真简矣。”（《日录·杂言》）删意删题的目的都是为了文章能够至真至醇，他引用韩愈的话“及其醇也，然后肆焉”（韩愈《答李翊书》）。只有立意醇正后，方能谈得上笔酣墨饱，洋溢才情，才能使文章充满气势，用尽量少的文字，包容尽可能大的容量。魏禧谈起自己的写作说：“余作文颇敏，顷刻数纸，特搜剔删削，每旬日不休。大较用工作之十三，琢之磨之十七也。为文有骄心怠气、疏慢苟足之情，皆不可入室。及其至处，工候所到，自然臻之。”（《与门人王愈融手简》）他说自己写文章的时候，往往要反复修改，到定稿的时候，原稿能够保存的只有十分之三了，而十分之七都是后来的删减增益而得。这种认真求实严谨的态度，对文章负责的精神，直至今天依然有其进步性。

魏禧之“新”

魏禧认为为文需要新。这需要有一定的积累才能触类旁通，从而有新意。《寄兄弟书》中说：“人一日不学问，则誊写胸间宿意，文不新鲜。……多读古人书，便自沉浸变换，发生不穷，如春春花叶，本著故树，入人眼目，辄增新妍。”而所谓的创新就是“发古人所不言”“补其不备”（《左传经世叙》）。

强调为了创新，要多疑多思，不苟同也不苟异。不要轻信古人，他说：“读古人书不疑不足以信也。予不敢废己所疑以信古人，尤不敢自信其疑。于是拟题目，与同学者考焉。”（《甘健斋轴园稿序》）不要被古人牵着鼻子走，要有自己的思想，要独立思考，反复推敲，“极古今人情事物之变”。这样你的论点才会“不苟同不苟异”。

苟同者，志识卑暗，愚不肖之过，不足身显名立而已；苟为异者，志识高明，学问能钩深索隐，则附会穿凿之处必多，足眩人听闻，移其心术者尤甚。此贤者之过，流毒所以无穷。（《与毛驰黄论于太傅书》）

这就告诉我们读书读史要深思，以古鉴今，“持循而变通之，坐可言，起可行而有效，故足贵也”，洋溢着批判继承的光芒和革新独创的时代精神。

魏禧的“新”提出要拿出自己独到的见解，特别是“自立机轴”，见识要高于庸众，以适用为本。否则你写出了文章，与大家并立无二，“亦无可作”“古人具在，而吾徒似之，不过古人之再见，顾必多其篇牍，以劳苦后世耳目，何为也！”（《宗子发文集序》）魏禧主张法古人的时候，要“持循而变通”，反对泥古不化。他说：

法，譬诸规矩，规之形圆，矩之形方，而规矩所造，为椭，为挈，为眼，为倨句磬折，一切无可名之状，纷然各出。故曰规矩者，方圆之至也。至也者，能为方圆，能不为方圆，能为不方圆者也。使天下物形不出于方，必出于圆，则其法一再用而穷。（《陆悬圃文叙》）

他还以山水为喻道：

山以不变为法，水以善变为法。今夫山，禽兽孕育飞走，草木生落，造云雨，色四时，一日之间而数变。今夫水，泻于平地，必注于龟，流其所不平，泻之万变而不失。今夫文，何独不然！故曰：变者，法也至也。此文之法也。（《陆悬圃文叙》）

魏禧按照他对“法”的这种解释，还提出了更新颖的见解，“吾辈生古人之后，当为古人子孙，不可为古人奴婢”（《日录·杂言》）。他虽然提倡为文者“以《六经》为寝庙，《左》《史》为堂奥，唐宋八大家为门户”（《答孔正叔书》），可是魏禧认为古人也有缺点，比如《左》《史》有“诬滥不经”之弊，唐宋八大家也往往“有所庇议”（《八大家文钞序》），就连他最推崇的三苏也并不是一点缺点没有，“是以三苏之论于古今为独绝，而议论之失平亦苏氏最多”（《李季子文叙》）。所以，他强烈反对"摹圣人之言,不敢称引三代以下事,不敢出本题以下之文"(《制科策上》),固守文章的八股之法,魏禧一一列举罪状加以抨击,要求废除。主张"学古人者必知古人之病而力洗涤之"。不然的话,"吾既自有其病而又益以古人之病,则天下之病皆萃于吾一人之身,其尚可以为人乎哉!"(《八大家文钞序》)因此,提出学习古人,又不株守古人,还要敢于胜过古人,向老师学习,一定要胜过老师才能如师,他说:"向之学者,必有以胜古人,而后学古人可学而至。故曰:智过其师,乃能如师。卑卑而守之,循循而效之,虽声实并至,其去古人则已远矣!"(《答孔正叔书》)魏禧总结说,要"与时俱进",这是很精辟的观点。

从以上的文学思想和实践来看,魏禧是主张文学一定要"有用于世"的,要发挥针砭时弊、有利民生的社会作用,为了让这个社会功能更好地为世人所接受,主张通过"积理练识"的途径,丰富生活经验,增长社会见闻,提高认识生活的能力,锤炼对生活的独到见解。魏禧在这方面所做的有益的探索和总结,反映出他的朴素的唯物主义观点,对推动当时清初的古文创作、反映时代的精神风貌方面,起着一定的作用。所以说,魏禧的文学理论与实践是时代变革的产物,它的价值既属于自己的时代,更属于以后的时代,这就是不朽。

魏禧之"气"

中国古代文论素来重视"养气",到明清时期更是对养气说全面发展。魏禧将"养气"与"积理"分开,"吾则以为养气之功在于集义,文章之能事在于积理"(《宗子发文集序》)。养气重在"集义",即提高道德修养。与前人主张的以"气"运才不同,魏禧强调以才御"气"。

气之静也,必资于理,理不实则气馁,其动也,挟才以行,才不大则气狭隘,然而才与理者,气之所冯,而不可以言气。才于气为尤近,能知乎才与气者之为异者，则知文矣。

夫得其气则泯小大，易强弱，禽兽木石可以相为制，而况载道之文乎？(《论世堂文集序》)

这里对“气”与“才”“理”的关系阐述得极为精确，“气”是临文创作的精神状态，虽与“集义”所产生的道德品质有关，但主要由“积理”所生。理实则气充，若于理熟虑能通则气盛，于理昏昧窒塞则气馁。然则虽理实气充，欲因文明道尚需因才以发之，因此才亦影响到“气”“才不大则气狭隘”，若才大理实则“气”能盛，而“气之盛者，法有所不能施”(《彭躬庵文集序》)，能不为法度所拘，挥洒自如地因文明道。这就和韩愈的“气盛言宜”说完全相同了。因为韩愈的“气励则言之短长与声之高下者皆宜”(韩愈《答李翊书》)，本就意味着文艺创作能不拘于法而又自合于法，而且韩愈的“气盛”也来自于明道积理与积学练艺以长才两方面。

作者只要有真挚而充沛的内在感受——“气盛”，不一定有法而依然可以写出天下之至文来：

当其元气所鼓动，性情所发，亦间有其不能自主之时……而益见其大。……兴会所至，感悲愤愉乐之激发，得意疾书，浩然自快其志，此一时也，虽劝以爵禄不肯移，惧以斧钺不肯止，又安有左氏、司马迁、班固、韩、柳、欧阳、苏在其意中哉！(《答计甫草书》)

如果没有这种“气”，那么即使是“记览之博，如食者之餐稻粱，啖旨馐也，方丈之珍，一食辄饱，而无气以运之，则必积滞而生疾……气不足故也”(《赖古堂集叙》)。“然后知气之盛者，法有所不得施。而躬庵之文，则又非未始有法者。”(《彭躬庵文集序》)魏禧引用韩子的话：“及其醇也，然后肆焉。”魏禧认为醇而不肆，因循守旧就是因为没有

元气鼓动,“非不能肆,不敢肆也”。“盖奉古人法度,犹贤有司奉朝廷律令,循循缩缩,守之而不敢过。”作者用自然界做了比喻:

春生,夏长,秋杀,冬藏者,天地之法度也。哀乐喜怒中其节,圣人之法度也。盖天敌之生杀,圣人之哀乐,当其元气所鼓动,性情所发,亦间有其不能自主之时,然世不以病天地圣人而益以见其大,文章亦然。(《答计甫草书》)

当然这里的“法不得施”并不是就没有法,而是一种循着自然规律的法度,是法的最高境界。这种理解,远远超过了复古派,比唐宋派的理解也要进步。

“养气”,魏禧还特别突出刚大的精神力量。“士生斯世,阳气孤微,如败柱、朽楹,榱栋欲下,使非得一二刚确不挠之夫相与枝柱,则大厦瓦解,人无所庇。”(《复徐叔亨》)“才足任天下事者,肆应不穷,整暇而若无事,然必刚气以为之本。无刚气自托和平,即不为乡愿,必且萎蘼游移,临大节不能守,当大难不能济,遇大疑不能决,至于见善而用之不力,见恶人去之不尽。人于文章亦然。”(《俞右吉文集叙》)这种至刚至大之慨,充塞于天地间,如此学问成,则文章亦成。

少年作文,当使才气怒发,奇思绎络,如入梓泽,如观沓潮,如骏马驰坂,健鹘摩空,要令横绝一时,然后和以大雅,洒以平淡,归于至醇,而犹有隐然不可驯之气,不可淹抑之光,斯为至尔。(《与友人》)

文章只有有真气才能流传千古,“人之能载万物者,莫如文章,天之文,地之理,圣人之道,非文章不得。然而无以举之则文之散灭也已久,故圣人不作,六经之文绝,然其气未尝绝也”(《论世堂文集序》)。苏子瞻“以气特闻”,自语:“吾文如斛泉源,不择地皆可出,在平地一日千里无难,及其与山石曲折,随物赋形而不自知也,行乎其所当行,止乎其所不得不止。”任王谷也说:“天下之文最患于无真气。”(《任王谷文集序》)张岱在《陶庵梦忆》(卷四《祁止祥癖》)有云:“人无癖不可与交,以其无深情也;人无疵不可与交,以其无真气也。”有真气的文章,“……严气正性,不肯毫发自假借,亦不肯毫发假借于人,而发为文章,正大雄刚,专以理气自胜。三百年祖德不绝如线,使天下忠臣义士有所依倚以传者……”(《与杨友石》)

不仅文章需要有至刚至大之气,诗也需“养气”。魏禧认为首先诗要有清气。

昔人有言:诗清物也。古人诗,壮丽,质朴,澹逸,奥衍,苍秀不同致,然莫不有淑清之气与山川云物相接,故其言尝浮于世而不没。今之诗亦然。予览今人诗,未暇遽论意格所运,句字工拙之故,必先揽其气之清浊,然后知其为诗人也。(《汪秋浦诗引》)

魏禧的“清气”论显然是对晚明心学的一种继承,但却是更加完善。晚明文风心学的流行,文人对自我价值的提升,使明末文坛对前后七子的强调复古拟古,为文须遵循古人格调的文风提出质疑,并伴随着士人个性的张扬,在文学及社会上呈现任情放诞且强调个性化的风气,在这风气下对作品要求要有不同于世俗的表现,因此在品评诗文时要求注意诗的情性和特性,认为有什么样的情性,自然会产生什么样的格调,不但不用模拟古人格调,更要发展出其独特个性,可见文人对当时诗坛的陈腐风气十分厌恶,希望一切接近“自然”“真情”。至于如何能接近自然,文人提出“真情”的观念来矫正。“真情”是指诗风情性的自然流露且不加雕饰,这是朴直且直抒胸臆的表现,有自然流露的精神特质,用未经雕琢的字句与语言,去展现的自然质朴的文风特质。因此在对诗歌的品评上也强调要有清新艳丽的格调,提倡“清”为诗学的风格特色。

古今劳臣思妇,感而生叹,夫叹之于诗,亦不远矣,何难即形而为诗乎?尝有一言数语,真笃凄婉,如猿之必啸而后已者,非尽系乎才也,叹所至也。[①]

明末清初的周亮工在其《赖古堂集》提出他的观点:

诗清物也。其体好逸,劳则否;其地喜净,秽则否;其境取幽,杂则否;其味宜淡,浓则否;其游止贵旷,拘则否。(《简远堂近诗序》《赖古堂集》)

由于这样的诗论指导,所以其诗到后期,基本脱离了现实社会生活,"我辈文字到极无烟火之处, 便是机锋。"(《答同年严孔昭书》)[②]魏禧没有按照他的思路论诗,只是汲取其论诗的真情与自然,较周更进步。

其次,诗还要有静气。《许士重诗叙》中说:

山静而草木生,人静而思虑生。诗之为物,触于境,感于事,而勃然发诸言,是动物也,然非有静气以为之根,则嚣然杂出,不能自成其文理。虽工于句字,侈于文,而真意消亡,无复可以言诗。

群籁兢作,而境愈寂。

于是叹静者之一无所有而无所不有也。

这里的"静"不是一般意义的没有声音,相当于理智,他看到了真正的情是在理智支配下的情。

当然,魏禧认为能养成自己的"至刚至大"之气,或者"清气""静气"都是不容易的,并且气能移人。

① (明)谭元春,陈杏珍标校.谭元春集[M].上海:上海古籍出版社,1998:618.
② (清)周亮工.赖古堂集[M].上海:上海古籍出版社,1979.

习之移人，贤者能持，而气之移人，贤者不觉。故与富人久居，则有财气，与贵人久居，则有势气，初非有心依倚，居养所移，不言而喻也。士不幸为贵人所尊厚，敬我顺我者居多，侮我逆我者少，积渐久之，好上凌人，殆将不免。(《日录》)

如何不为所移？“当以深山静穆之气洗之，以学问深苦之力持之，要使语言举动，和平淡漠，若未尝身与其人其事者，乃可湔涤贵势之气。”(《日录》)

这就涉及如何锻炼“气”。魏禧先从妇人女子谈起。

或曰：妇人女子，一言之忿，不难引绳吞药，及遇暴客，心知身辱名丧，反贪生不能自全，其故何也？曰：死，人所同畏，不畏死者，全恃气耳。忿之所激，气因而强，气强则轻生；威之所逼，气因而怯，气怯则畏死。故凡恃才者用多则才竭，恃气者历久则气衰，即血性用事者亦有久而衰竭，驯至变其初心之时。故必明理精义，以学问补之，师友夹持之，然后可以积而日生，用而不穷，久而不敝也。(《日录》)

这里其实提到了真正的养气应该是蕴于内的，便是读书积学来陶养之。故胸多卷轴，蕴成真气，使自己的性情学养相融为一，发之诗文，学养均从性情中自然流露出来，“用而不穷，久而不敝”，这才是真诗文。乾嘉时期的张问陶的“一气如云自卷舒”[①]正是对作家含蕴万卷之后的真气的精神状态的最恰当的描述。

用之学问，则以调养心气为主。《与谢约斋》说：“能于横逆之来不愤激，于逆耳之言不嫌忤，于烦杂之境不燥乱，则此中学问得力与否，便自可考。故养心气者，不只在静中得力，而须以平心察理，小心耐事，夹辅成之也。”这里将“养气”与“察理”“耐事”联系在一起，自然有

① 张问陶.论诗十二绝句[A].船山诗草[M].北京：中华书局，1986.

儒家的道德品质、精神人格内涵。可见，儒家的“温柔敦厚”便是养气的主要内涵。但这也不是绝对的。如果是“聪俊者”那就“当教其脚踏实地”，这样可以“静中得力”；若是“敦朴者”“当引其心向空处”，何也？“盖敦朴者资性当滞于有，每见现前，守成规，少高朗阔大之意，故须引向空处，发其天机，荡其志气，乃有入路。”“或问：何谓空处？曰：无是事作是事想，不当境作当境想，高怀古人，远忆名山大川之类是也。”

魏禧的“养气”说由于结合到创作，就“气”与“理”“才”的关系展开，不仅对前人思想有所发展，而且避免了泛论“养气”为文的凌盛蹈空之弊。而自韩愈开始的道艺双修的“养气”论，经宋元理学家的重道轻艺，明人的于“养气”中析出“穷理”，至魏禧的合“气”“理”“才”而论“养气”走过了一个回旋发展的过程，因而变得更加完善了。

辩证思想

魏禧对传统的艺术手法，结合自己的艺术实践，就多方面的问题进行了颇为辩证的探索，见解独到，思路开阔，概括通达。他曾在《日录·里言》中说过一句很精辟的话，“论事晰理从相同处分得开，相异处通得合”，充分反映了他艺术观的通达而不板滞、灵活而不片面。说明他在分析、观察问题时，已经看到了事物间的矛盾，能够同中求异，发现矛盾，又能异中求同，看到统一。所以他无论看人或者论文，都能注意“长短不相盖，或于长中见短，或于短中见长”。这就使他的艺术见解比较全面。

他认为任何事物都有两面性。所以“术者，君子所以成其仁，小人所以成其恶”“故明智近于变诈，深沉近于奸鸷，果断近于残忍。辟之刀剑，贼杀人者此刀，兵杀贼者亦此刀。能善用之，则操贼之刀可以卫民；不善用之，则操兵之刀即以作贼”。“盖忠信之人，患其无刀，不忧其作贼也。”(《与友人》)《与伯兄》中又说：“人以我为能生人，则必有以我为能杀人者。”

对于世人几代都固执一说的《易》，魏禧做了很好的辩证阐述，他说：

《易》之为义，变易而不易者也，故取象于日月，日月有定位，而昼夜寒暑之推迁，其变无有穷极。惟变易故天下之人可各以其意为说；惟不易，故众说杂陈，无不可以明。……且夫理数象占，皆《易》之为道，然守一者遗二，主此者非彼，故其说皆可以明《易》，而执其说则皆不可明《易》。辟诸人身，外而目，耳，口，鼻，足，手，内而脏腑，血脉，无一非人，使徒具其一，则皆不可以为人。（《周易辩叙》）

同样，对于理学之争，魏禧也从其相同相异处解释精确：

朱、陆学本无异，因累辨而后异生。但求相济，初不必相非，昔贤之失，亦吾党前车之鉴也。至于宋、明儒者，各有宗旨，拈题固是各人学问得力处，要莫地于主敬二字，不可颠扑。贵堂师友，讲求持循，皆此二字最为的确，愚谓今日亦不更拈“畏天命”二字，特作宗旨，盖主敬中已具有之，而不立名目，尤可以化从来道学家门户蹊径之见，息天下之争。（《与甘健斋》）

因思朱、陆同异，当日纷纭，亦缘互有误解，不肯平心反观，遂致议论日多，此吾前车之鉴也。（《答恽逊庵杨组玉》）

《日录》中提到近世有于八股中定人人品福泽者，怎么解释呢？魏禧认为：

此人固神识，此文又必发于性情，不由模拟得者，然千万之中未可一二遇也。古人如宋之问诗极清高，人品乃极卑秽；徐摛文极浮薄，政事乃极精详，如此者多矣。近如崇祯末年浙中三名公文，绮缛浊杂，伤理害体，几于眯目病风，每意节操二字必不可望于此人。及予游浙，则知一公于浙陷时家居自经死，二公皆失节闭户，生死高风，故君子不以人废言,亦不可以言废人。语云:"盖棺论定。"人宜自勉,及毋轻量人也。

辩证地说明了"君子不以人废言,亦不以言废人"的道理。下面对前文没有详细阐述的一些问题,再从辩证思想的角度进行简单分析。

《朱锡鬯文集叙》中说到虚与实的关系,"天下之理,以实为体,以虚为用。是故风触于虚而声作,水激于虚而澜生。博学者惟思自用其实,故窒抑烦懑而无以运之"。这里面提到的虚实其实是文学的真实性与艺术性的问题。要以真实性为基础,以艺术性为手段,否则就如"附涂粉泽",即使"施以绘彩""则几何其能久也",是经不住时间的考验的。(《唐刑若诗序》)

主张创作要有感而发,情胜于文。他说:"哀死之文,情胜其文,非无文也,情至而文以至焉。……必工于文以为情,则文不工。……"就是说,有真情实感,就能感情激荡,文思奔放,不求文而文至,不求哀而哀至。但是在真实性的基础上,魏禧也主张高度的艺术技巧。魏禧读西汉文及唐宋八大家文:

乃见其妙,文似无间架、无针线,然错综曲折,照应牵拂最巧妙。但文古朴,法不易见……非为八家起伏转折路途可寻耳……拙处愈俊,生处愈韵,朴处愈华,直处愈曲折,粗处愈文雅。……

可见,魏禧对于那种结构不显斧凿之痕、自然天成的艺术手法是极力推崇的。

在《恽逊庵先生文集序》中魏禧谈到文章要明理适事相统一。

言事莫尚汉,言理莫尚宋。核事者每谬于理,宗理者迂阔不切事。其实相乖离,其文亦终无有能合者。先生(指恽逊庵)以宋为体,以汉为气,深切明刚,皆足见诸行事,以正人心之惑溺,而救国家之败,此非可以文章求也。

魏禧还认为：

有其志无其学，有其学无其识，有其识无其事，则文皆弗极于工。

有志而无学，犹耕者之冀总秷而不菑畲，是谓虚而不实。有学而无识，犹作室者固垣墉而不牖户也，是谓塞而不通。有识而无事，犹浮海者之望三神仙，不至而返也，是谓似而不真。

虚而不实者，其文疏，不足以征事。塞而不通者，其文密，不足以达意。似而不真者，其文疑，不足以适用。天下之文得其一，失其一，故其为合也甚难。非不知也，才短而学薄，不足于识，不錬于事，志之而弗能故也。(《恽逊庵先生文集序》)

这其中，"识"是第一要素，"识"从哪里来呢？途径有三：见闻、揣摩、阅历，也就是多行多思(《日录》有关条目)。

魏禧承认并不是所有的文章都是惊世骇俗之功用，但大小学问"均不可废，大以立其本，小以适于用。故圣人诏学《诗》，曰'迩之事父，远之事君'。又曰'多识于鸟兽草木之名'。盖学不可以一端废如此"(《岭南适笔序》)。

对于质与文的辩证关系，魏禧在《张无择文集序》中谈及文章之质，就如"玉之璞""木之朴"。"玉必璞而珪璋出，木必朴而钟虡成。《记》曰：甘受和，白受采，忠信之人，可与学礼。质之谓也。""文人之文文胜其质，学者之文质胜其文。然得其一皆足以自名。"在《曹氏金石表序》中进一步阐述文质关系，"文章本以明道纪事，而非有法度文采以辅之，则不可传与后世。古之作者必兼此二美，故后人尊而尚之，虽断缺消释其点画，苟有存必宝之不敢弃"。

魏禧提出此与彼的"两兼之美"，也就是司空图所说的"味外之旨”“韵外之致”，以表现此景与彼情、此事与彼意、实写与虚写、可见与不见、说与不说及说而又说的区别与联系。他曾以此来评价欧阳修的文章，说“欧文之妙，只是说而不说，说而又说，是以极吞吐往复、参差离合之致”(《日录·杂言》)。说而不说，是笔未到意到、言有尽而意无穷的体味之美；说而又说，是笔饱墨酣、痛快淋漓之情。对创作者来说，既惜墨如金又泼墨如洗，极兴尽意；对审美者来说，则荡气回肠，韵味无穷，达到忘情的艺术境界。

这些美学思想都是以“经世致用”“有用于世”为核心，文中一定会有所融合，它不是孤立的。魏禧的“尚真”包含有“立本”中的艺术真实性，也包括真情、真气等；“本”是文章的根基，它的取舍除了根据思想之外，还有艺术上的需要，这就需要简练，也就是“精”，精不仅表现在文字上，还有主题，对主题的删减，让主题更新颖，又涉及“新”的问题，各个问题是环环相扣的。

其他如有关精与简的关系、起伏关系、法古与泥古等关系，在前文都有介绍，就不一一阐述。但已见魏禧的朴素的辩证观点，这对推动清初散文创作，摆脱模拟化的倾向，反映时代风貌，联系现实社会，起着一定作用。

魏禧作为易堂九子的领袖，他的文论观点基本上代表了九子们在明末清初的文学审美倾向。魏禧以其气节精神及创作实力，广交天下名士奇人，如前所说方以智、李天植、屈大均、顾祖禹、恽敬、施闰章、汪琬、归庄等。在某种程度上说，魏禧的文艺美学思想是在综采众长、析史会今的过程中渐次明晰有所创新的，从一个侧面体现了清初文风与文论的水准，对后世也产生了深远的影响。

第三章 文学思想的时代性与地域特色

除了在文中重点论述的魏禧的人生经历、处世思想影响其文学思想的形成,还有重要的原因就是时代背景定格了魏禧的创作思维。他的作品及文学思想都打上了时代的烙印,反映出时代的精神来。

一、时代精神

明末遗民中素来有气节的人,在抗清战争退入低潮后,便改换另一种方式,以口诛笔伐作为武器,继续不懈地斗争。不仅在书本上,而且从实践阅历中鼓励下一代,蔚然成为清初具有一定影响力的学派。

清初的学风崇尚实事求是的"真"的精神,具有朴素的辩证思想,比如陆世仪等尊崇程、朱,可是他们能注意到农民的生活并且具体分析程、朱、陆、王思想的优劣，有独到见解。黄宗羲对王学是取其长弃其短，吕留良尊崇朱学，却批评朱子之学“辱身枉己”。这种求“真”的精神对魏禧的影响表现在其能实事求是地分析各种心学的优劣，并认为其“殊途同归”。魏禧喜苏洵，但他并不盲目追随，而是挑出他的毛病，“洵贤者，工于文，智足以文其辨，其害于人心尤甚，故吾恶之。吾非恶智，恶其凿也”(《书苏文公高帝后》)。对于唐宋八大家，魏禧也是将优点和短处罗列出来，并不盲目崇拜。

明末学者这种气节与风格在文学艺术上最主要的表现是真性情，不主张模仿。顾、黄、王诸家，都有这种见解。作品艺术风格虽然各具特色，作品内容大多是于平实处抒发真性情和所怀抱的民族气节。或记叙南明王朝抗清的史迹，或抒写对亡明的思念，或揭露清统治者对人民的罪行，或呵斥变节降清者丑恶的行径，大都充满了苍凉悲壮、激动人心的强烈的正义感。这在魏禧的传记及诗歌中都有表现，目的都是借以振聋发聩，唤醒民众，改变山河。

在当时“天崩地裂”的时代变化中，进步的学者同情人民，扶持正义，坚持真理，提倡经世致用之学，实事求是，提倡民主学说，有朴素的唯物论的思想，顾炎武、方以智、孙奇逢、刁包等都是这时的代表人物。九子们在这种时代背景下形成了他们的讲学之风。以经世致用为宗，评论古今成败得失，认为学问必须通过阅历和实践，不能师心自用，闭门造车绝不能出门合辙。

明末的学人皆重视实践，面对那些“愧无半策匡时艰，惟余一死报君恩”[①]的行为，他们讥笑和惋惜。光有气节而没有关乎国计民生的途径是没有用的。于是他们主张实际调查，提出可以具体实行的措施和意见，以为当世之务后世之资。顾炎武、王夫之等都有这方面的研究。魏禧的《制科策》《制荒策》《变法》等都是这种思想的结果。

① 颜元.四存编·性理评[A].北京：中华书局，1987.

在这种情况下，不少富有民主思想的学者开始对明朝的灭亡进行思考，认识到清廷固然惨无人道，但不是明朝的昏庸无能，也不致如此。黄宗羲在《明夷待访录》中指出："天下之治乱，不在一姓之兴止，而在万民之忧乐。"吕留良在《四书讲义》卷三十七说："君臣以义合，但志不同，道不行便可去。"顾炎武更是提出了著名的论断，他说：

有亡国，有亡天下。亡国与亡天下奚辨？曰易姓改号，谓之亡国；仁义充塞而至于率兽食人，人之相食，谓之亡天下。……是故知保天下，然后知保其国。保国者，其君其臣，肉食者谋之；保天下者，匹夫之贱均与有责焉耳。(《日知录》卷十三《正始》)

这一段与魏禧在《留侯论》中的间接表白多么相似。魏禧说"忠臣以兴复为急，虽杀身殃民而无悔。仁人以救民为重，故通权达节以择主""且夫天下公器非一人一姓之私也。天为民而立君，故能救生民于水火，则天以为子，而天下戴之以为父"。所谓"国家兴亡，匹夫有责"。

魏禧思想是对清初"经世致用"学术思想的总结。顾炎武提出"六经之旨，当世之务"(《与人书二十五》)的主张，在与朋友的信中说："君子之为学，以明道也，以救世也……有王者起，将以见诸行事，以跻斯世于治古之隆，而未敢为今人道也。"[①]王夫之《读通鉴论》卷十七也说："夫读书将何以为哉？辨其大义以立修己治人之体也，察其微言以善精义入神之用也，乃善读者，有得于心而正之以书者鲜矣。"这提出了读书人立品的问题，明末学者唐甄在其《潜书·潜存》中说得更明显，他说："夫不忧世之不我知，而伤天下之民不遂其生，郁结于中不可以已，发而为言，有见则言，有闻则言……根于心

① 顾炎武.顾亭林诗文集[M].北京：中华书局，1983：98.

而致之行,如在其位而谋其政,非虚言也。"

古人云:"文章合于时而作,诗歌合于事而作。"刘勰在《文心雕龙·时序》中说:"文变染乎世情,兴废系于时序。"魏禧提出的文章"有用于世",并不是首倡,顾炎武在其《日知录》中有一则,题目就是"文须有益于天下"。这里的"文",不该是狭隘的诗歌或者文章,泛指一切著述。这也是当时有志于恢复的仁人志士的愿望,他们认为明亡的原因就是"空谈心性",动摇了整个传统的根基。所以,顾炎武就提出:"君子之为学,以明道,以救世。"(《与人书二十五》)

站在两种社会制度交替的边缘上,魏禧也如此说:"是故言不关于世道,识不越于庸众,则虽有奇文,可以无作。"(《答蔡生书》)魏禧大量的诗文著作都是揭露社会黑暗,反映民生疾苦的,挽救国家和民族的危亡是当务之急,"国家兴亡,匹夫有责",魏禧正是以其敏锐的感受,适应历史发展的需要,唱出了时代的先声。这不是他个人的,这是属于整个时代的。

论史鉴今

这种思想在其政论史论中体现得最完美,而且也是魏禧一直引以为豪的,并写下了《左传经世钞》。在《与诸子世杰论文书》中云:"吾好穷古今治乱得失,长议论,吾文集颇工论策。"魏禧同时代的人认可的也首先是魏禧的论策。例如,杨敏芳在《续论跋》中说:"魏叔子天资高迈,好学不倦,经子百家之书无不贯穿,而尤长于论史。"

魏禧的老师也是其姐夫、"易堂九子"之一邱维屏对魏禧的评价也在于论史。他说魏禧"于当世议论风发之文,涤瑕研精,钩抉无遗,其先正钜公亦遭厌弃焉"(《魏冰叔集序》)。魏禧一生无子,但他很乐观地说,自己有三男,大男是《左传经世钞》,二男是《日录》,三男是《文集》。"易堂九子"之一的曾灿对《左传经世钞》的评价更是了得，他说：

每出示数则，怵然如震雷暴起于左方，惊魂动魄；既而择思，则又如饥得食，如寒得衣，心安而体顺，始叹此书盖自有左氏数千余年之所绝无而仅有者也。

好似有些夸张。有趣的是魏禧本人也这样譬喻："文之至者，当如稻草粱可以食天下之饥，布帛可以衣天下之寒。下为来学所秉承，上为兴王所取法，则一立言之间，德与功已具。"

我们用《正统论》来讨论魏禧在论文中所表现出来的时代性。魏禧作《正统论》三篇，其中"上篇统引三家（欧阳修、苏轼、郑思肖）之说，而辨苏氏处最详；中篇单辨欧阳之说；下篇又以余意发明郑氏之说"，对欧阳修的正统论进行批评，魏禧是开先声者。魏禧对欧阳修论正统从现实统治出发、不顾当中道德意义极为不满，故魏禧《正统论》中多非议欧阳修之语。欧阳修认同秦的正统地位，认为秦"德虽不足，而其功力尚不优于魏晋乎？"[①]从政治上的一统作考虑，指秦的功业伟大，应纳入正统。魏禧非之曰："周无幽、厉之罪，天秦有桀、纣之恶，取之以诈力，守之以残暴，恶在其为正统也。"秦身为诸侯之一，理应屏藩周室，然而秦竟然以下犯上，中违君臣上下之礼；加上周室并无大过，根据魏禧"篡正为逆、夺不正非逆"的主张，秦之举必然属于篡夺，故不可能入于正统。这其实就是暗指明清。明朝并无大罪，而满清入关确实是以诈力取得，而以残暴守之，与暴秦有何两样？

至于两晋的问题，欧阳修以正统予西晋，而东晋则黜之，谓"琅琊起江表，位非嗣君，正非继世，徒以晋之臣子有不忘晋之心，发于忠义而功不就"，并不承认晋元帝的血统，魏禧对此亦大加非议，有

① 欧阳修．欧阳修全集［M］．北京：中华书局，2001：267.

曰:“牛氏之通,出于暧昧,庸或有污蔑以快私怨者,故寻常闺门,君子所不道,况执其莫须有之事而绝人之宗、削人之国哉?是非良史之法也。”

魏禧认为元帝非晋室血统之说只出于传闻,一方面重新肯定其王室血统,同时又对欧阳修执此说论史做出讽刺。魏禧进而论曰:“夫义得为正统者,其子孙虽甚微,不可不存以为正。……奈何既以正统与西晋,而其子孙尚有天下之半者,乃以偏安斥乎?”

魏禧认为欧阳修既以正统予西晋,则作为其子孙的东晋理应得承祖宗之统,而欧阳修竟予彼而不予此,实自乱其例,亦大违正统之旨。更重要的是,魏禧甚至认为就算西晋不能入于正统,东晋凭自身的“德行”仍足以有之,论曰:“(晋)虽其始不正,前后相承,而元帝……当灭亡之余,有特起之势,又以子孙复其祖业,义不得不进之于正统。”

魏禧推崇偏安政权光复祖业,与当时南明偏处一隅大有关系,希望借此鼓励士气。而面对欧阳修论正统只以实际权力所在为依归,魏禧难免要竭力否定其说了。

魏禧一方面申明正统的定义重在“正”,不在“统”,另一方面亦与清初南明与清廷对抗的环境相呼应,盖当时清政府的力量日盛,相反南明几个小朝廷仍处于混乱的局面,面对内忧外患,“光复祖业”之日,根本遥遥无期,从实际政治力量而论,南明根本无法争取正统的地位。故只有从道德、文化的角度论之,强调中华文明远较清人的文化为高,从道统的角度着眼,力图为南明在政治意识形态层面争取合法的地位,可谓聊胜于无而已。

最后谈郑思肖。无论郑思肖《心史》是否伪书,郑氏之说对清初文人的影响力仍是相当大的。郑氏认为古今正统只有三皇、五帝、三代、两汉、蜀汉及宋代能当之[①],其对正统的予夺,所本者有二,其一

① 郑思肖.郑思肖集[M].上海:上海古籍出版社,1991:134.

为夷夏之别，有曰："夷狄行中国之事曰'僭'，人臣篡人君之位曰'逆'，斯二者天理必诛。"郑氏认为夷狄入主如同逆臣篡主，二者皆不得列于正统。其二为复仇大义，曰："以正而得国，则篡之者逆也，如逆莽、逆操篡汉之类是也；不以正而得国，则夺之者非也，汉取嬴政之国、唐取杨坚之国、大宋取柴宗训之国是也。"

在郑氏心目中，则凡为前君讨贼复仇而后得天下者，皆可以为正统。郑氏这种具强烈遗民意识的正统观念对清初论正统者影响极大，其中强调复仇、讨逆的论点尤为时人所吸收，形成清初论正统的一大特点。

魏禧尝对郑氏之说的背景做分析，谓：

郑氏身当宋亡，发愤于《心史》，虽元魏（北魏）之修礼乐、兴制度，亦所不取，其尊宋之极，至于黜唐，夫以为不正而得国，则陈桥之变，与隋禅唐何异？……非古今之公论。

魏禧认为郑氏面对外族入侵，加上其遗民的身份，故其论颇偏激。然而事实上，魏禧对郑氏之说甚为赞同，誉之为"忠臣之心，义士之见"，而在分别欧阳修、苏轼及郑思肖三家论正统时，魏禧亦指"郑氏为尤正"，将郑氏的成就置于欧阳修与苏轼之上，可见魏禧对其推崇之意。魏禧的正统论在一定程度上直接承继郑氏之说，故魏禧自谓："吾故折中欧阳子正统有时而绝、郑氏篡正为逆、夺不正非逆之说，以明三统。"魏禧发扬郑氏之说，而清初直接发自魏禧的正统讨论甚多，郑氏的正统论亦透过魏禧及对魏禧的响应更深入论者心中。

同时代的钱澄之对此也有叙述，他在讨论东晋的正统论时对欧阳修也有非词。

若晋既予以正统矣，琅琊为晋帝之子，怀、愍继殒，江表代兴，兄终弟及，而谓非嗣非继，于得与平王比。……则谓所立者非平王，遂不足以继周统乎？使无平王，即奸命之携王，亦正统也。[①]

钱氏强调正统朝代子孙承继先祖正统地位的合法性，在危急关头，只要能维系王室，即使非嗣君也可以承继正统。钱氏这种汲汲于为正统之子孙确立承继正统的合法地位的心态与南明的情况互为呼应，在外族入侵之际，“存明”已成为遗民的最大责任。王夫之、叶燮也有这方面的论述，基本与魏禧同，可见这是当时的一种时代反映。

魏禧长于见识议论及有意于用世的写作特点，也突出地表现在其他的论说策议中。其短篇史论，尤有特色，抓住一人一事，揽古鉴今；笔力挺变，尺幅中如有龙蛇不可控攫。例如，《留侯论》踔厉风发，堪与苏轼相敌；《伊尹论》赞吊民伐罪而不拘君臣之序，洗发剀切，逻辑严密；《陈胜论》驰骤顿挫，一语破的；《晁错论》千委万曲，辨析精详，皆各得其妙。魏禧在论中纵横捭阖，旁征博引，对历史中的人物事件做了全新的解释，令人耳目一新。值得注意的是，明清之际志史者甚多，经世之学主要以志史表现出来。其实这些遗民的读史志史，读的就是自己的人生态度，读的就是所处的社会；分析古人的同时，也分析了时人。所以在对魏禧政论文进行研究的时候，一定要注意和现实联系起来，分析他的时代性。

充满时代气息的两大主题

魏禧的明遗民身份加深了其诗文在反映社会生活时的深度和广度，而更为可贵的是他能够跳出一己之苦难，关注国家生民的共同命运，这就使得他的文学理论与实践脱离了狭隘的忧生之嗟，而充

① 钱澄之.正统论上[A].田间文集[M].合肥：黄山书社，1998(3)：46.

满了强烈的道德情感和爱国主义思想,对现实的揭露和对忠臣义士的讴歌是魏禧文学实践中充满时代气息的两大主题。

传记文中描绘有明季酷烈的朝政,对大吏贪纵、小吏肥削、细民无依、官逼民反的阶级矛盾有着清醒的认识,它的必然倒台的历史命运是注定的。传记中更多的是他深抱亡国之痛,为抗敌殉国和坚持志节之士作传,如《江天一传》《明御史何公家传》。有些传记写山林隐逸、侠客壮士的义行异事。例如,《高士汪沨传》《大铁椎传》,题材不同,一系行踪飘忽、清高磊落的隐士,一系勇武非凡、不为世用的力士。魏禧既推崇前者耻于事清的操守,复将后者比之博浪沙椎击秦皇的侠客。其写作用意是显而易见的。他如,《卖酒者传》《瓶庵小传》《独弈先生传》《谢廷诏传》等,记述某些市井奇人的所作所为,寓意精深,饶有兴趣。总之,他的传记文风格多样,章法不一,最能表现他师承古人而不依傍古人、文随意尽、善变为法的创作态度。

魏禧的诗歌的一个重要内容是抒发国破家亡的悲愤之情,以及反清复仇的坚贞之志。比如,在《伤怀诗》中直接抒发感情:"北风漠漠,寒云千里。瞻望昊天,涕泣不已。"再比如,《重登燕子矶》说自己"不知故国几男子,剩有乾坤一腐儒"。诗中还大胆讴歌站在抗清复国斗争前沿的忠臣义士,如《拜杨文正公墓》《悼杨廷麟》等。诗中还广泛而深刻地反映了当时战乱和自然灾害给人民带来的疾苦,揭露了清朝统治阶级残酷地掠夺和剥削人民的罪恶行径,如《拥被五首》《从军行》等,特别是《卖薪行》一诗中所描写的情景,使人感觉到是杜甫《石壕吏》的再现,不同的是社会更黑暗,封建统治阶级奴役人民的手段更毒辣更残忍罢了。诗中还揭露了官逼民反的社会现实,《出郭行》就是这类作品。与友人相和之诗也很多,认为"人生无师友,有如盲者行"。也有以诗铭志者,如《赋得老骥伏枥,志在千里》等。

在魏禧的杂记小品文中我们依然可以看出魏禧的遗民角色,并显露出自己的人生态度,无论记叙、抒情还是议论都带着鲜明的个性。

魏禧的杂记小品文主要集中在《文集》的卷十六"记"中,共41篇文章,总体上分为"记物"和"记事"两大类。其中记物类14篇,记事类27篇。在这些杂记文中魏禧的叙记文也常写遗民志士,哀"贤人凋丧,同志寂寥",感情激昂而又低回往复,兼有欧、苏之长。他于哀情文主张文贵质朴,不必以痛哭见哀;以为韩愈《祭十二郎文》工于文而情以微,因而他以叙事为抒情,如《哭莱阳姜公昆山归君文》,情事惝恍,缠绵悲怆,即体现了这一特点。魏禧叙记文无论状物写景,还是叙事记人,都显得摇曳生姿,意味无穷。他的《吾庐饮酒记》《白渡泛舟记》以叙事为山灵添色,《吾庐记》以记人使题旨生辉。魏禧还有大量画记,不仅描风镂影,且以议论画意取胜。《燎衣图记》细碎叙写而勾连绳贯,笔笔变化,无一雷同。著意之处如画龙点睛,不著意之处似颊上三毛,神态自现;《画猫记》感而讽之,取喻深刻而转折无迹。魏禧叙记文能将寻常题材写得不落俗套,往往得益于议论,翻空出奇,令人耳目一新。

教育思想的时代精神

教育重在德。魏禧针对现实的"朝廷补廪却重文而轻行,天下之士何为不相率修文也?虚名熏心,实行丧阙,厥有繇至",提出试士"举德行""凡考试各州县,举德行醇正可为表示者……上于学政"。但现实中有很多是"以势""以贿""以情""使举主举人不当"的,如何杜绝这种恶习呢?魏禧又加一条,"诸州县举不当人者,从以贪庸之罚"(《廪膳生议》)。

孔子说,三人行,必有我师焉。那么向老师学习什么呢?魏禧认为首要的是学习做人的道理,也就是德。"师也者,师其德。"(《师友行辈议》)有德的目的是为"古今当世之务"。所以在教学实践当中,魏禧亲自制定馆教条例，直言不讳地对学生说自己以传授“立身经世”为己任。他要求来门下读书的学生，第一就要立志，他说：“古今天地间止有此身，安肯碌碌甘为人下？”应该“上者忠孝信义为俊杰奇伟之人，次亦谨言慎行不失乡里长者”。第二，要“肃规”，严格遵守馆规馆章。第三，要“勤课”，就是要勤奋学习，特别强调学生定期反省在馆在家的行事得失。第四是“广益”，就是提倡学生阙疑多问。他号召学生“毋蓄疑而不问于师，毋耻不能不问同辈”。只要“勤学虚心”“自然事事有得”。

魏禧对自己的要求也非常严格，他称自己“不勤为教育三：曰人之所不能，曰事之所难行，曰己之所未尝为者”。他还说：“伊川先生有言‘人有三不幸’，余谓学业粗成为人经师为四不幸。”就是说，教学生的知识，必须是自己亲身经历过的，必须自己弄通，决不以“门外汉”冒充“知识里手”。这不仅是师德问题，也体现了魏禧的实事求是的精神。

重视儿童教育。曾经：

摭古奇童子为《童鉴》二编以示子弟，大约不下五六百人，其德业光明俊伟至于蕃祉老寿不可胜数；而初终易辙，不克大成立于时，声施后世者，亦往往而有。则岂非聪明之气易销铄而不足恃，器识远大者非学问积累难于成功，而当时父兄之所以教化长养之者，或非其道与？

魏禧举张汤一例说明从小教育的重要性。“深恨丞之不善教以陷其子。”“盖汤有过人之才，使丞知教术，见其子磔鼠堂下传爰书时，不使书狱而就儒者学，柔以诗书，渐摹以仁义，消其残刻之心，而变化其狱吏之气，则汤岂必以酷吏死哉？”“是以古奇童子克成大器者，莫不有父兄师友教道之力，辟犹治三钟之金而使干将莫邪为之锻，剪羁千里之马而王良造父御之也。”这些都是针对当时的八股取士、读书人皓首穷经的埋身场屋之弊提出的，希望废除八股，勒之以论策。只有这样，才能人尽其才，适于实用。

考试重在天下利害。这种思想集中在他青年时代写的《制科策》中。在这篇文章中，他在抨击八股取士的弊端之后，指出科举制度培养出来的人"有身登甲第年期耄，不识古今传国之世次，不知当时州郡之名，兵马财赋之数者"。他大声疾呼："废八股，而勒之以论策。"因为这样一变，"使得人尽其才，适于实用，以救其败"。他还详细设计，凡试策"试州县者，策以县之利害。乡试策以其乡，会试策以天下之利害"。这里的"利害"，当指解决国计民生的大政。在考试中，从"州县""省""中央"都以此贯穿始终。他还提出，在国家非常时期，可学当年的汉武帝下诏募使西域那样"另设一科，悬格以募异人"。

在县学中，童子应试"小学"。所以魏禧主张，一个人在孩提时代，就要在家教中抓"小学"的学习。所谓"小学"，是古代教之"六艺"的"小学"。他说"天下之乱，繇风俗坏，风俗坏，繇小学废"。他认为，"小学"能使"孝亲敬长，奉法守礼。童而习之，外柔其筋骨，而内植其心"。可见，魏禧认为对儿童的教育应该是全面的。因为"六艺"包括"礼"（典章制度）、"乐"（音乐）、"射"（武艺）、"御"（驾车）、"书"（历史）、"数"（算章）。有文有理，能文能武，有学问有技能。

魏禧长达几十年的教学实践中，一贯讲求"古今当世之务""兵农礼乐""鳃鳃然以致用"。一生读史，酷爱《左传》，写出了《左传经世叙》；用了不少精力，研读《孙子兵法》，写出了《兵谋》《兵法》两巨篇。其中包含着大量的剑拔弩张的战争史实和舌枪唇剑的外交斗争经验，渗透着他经世致用的苦心孤诣。

作家的文学思想都是因时代而决定，同时又反映时代的。好的作品是应该反映时代精神的。这也是魏禧一生的追求。

二、江山之助

自然地理环境

古人认为，人们的风俗习惯乃至性格人品和其所处的自然环境有密切关系。《淮南子·地形训》提出“土地各以其类生”之说：

轻土多利；重土多迟。清水音小；浊水音大。湍水人轻，迟水人重。中土多圣人，皆像其气，皆应其类。……是故坚土人刚，弱土人肥，垆土人大，沙土人细。息土人美，秏土人丑。

所谓的“皆像其气，皆应其类”还是有其合理性的。特定的自然地理环境既然影响着人们的性格品质和风俗，对于作家的审美理想，也自然产生潜移默化的作用。作家受自然地域景观的熏陶，受“水土”“地气”的感召，从而产生一种与地理风貌相似的审美理想。就如清代的孔尚任所说：

盖山川风土者，诗人性情之根底也。得其云霞则灵，得其泉脉则秀，得其冈陵则厚，得其林莽烟火则健。（《孔尚任诗文集》卷六《古铁斋诗序》）

这其实是《淮南子》“土地各以其类生”说法在审美理论中的发挥。沈德潜则更为明确地说：“余尝观古人诗，得江山之助者，诗之品格每肖其所处之地。”（《归愚文钞余集》卷一《艿庄诗序》）自然风貌影响了作家的审美观，从而使其创作呈现出和自然风貌相似的风格，这就是“江山之助”。

王勃在《滕王阁序》中说江西“物华天宝，人杰地灵”，未免有些夸张，然而却是极好的预言，以“匡庐奇秀甲天下”的庐山为代表的江西山水钟灵毓秀，这就不消说了，单是宁都多的是山和飞瀑，我们看，“峰头皆石，望如阵云”“四面皆崇山，长松交蔽……”“周围石栏俯视悬崖如在天际”“飞瀑雷陈”“山间云气蒙蒙，悬崖飞瀑”。

潘世恩在《易堂九子文钞序》以九子之所居地翠微峰作比，慨叹无穷地说：

翠微峰峰然孤耸，拔地千丈，上入云腹，巉岩黝黑，壁立无所依附，若伟人杰士，洁身逃世，俯仰云壑，瞻瞩古今，有超然高迈之概，益慨然想见古之豪杰。①

魏禧每每说到翠微峰的时候，都很骄傲，《与李翰林书》说：“禧隐居金精翠微山，奇石四十里，为古神仙宅，自谓足终老。”

刘献廷《广阳杂记》中记载：

江西风土与江南迥异。江南山水树木，虽美丽而有富贵闺阁气，与吾辈性格不相浃洽。江西则皆森秀竦插，有超然选举之致。吾谓目中所见山水，当以此为第一。他日纵不能卜居，亦当流寓一二载，以洗涤尘秽，开拓其心胸，死无恨矣。②

方以智“禅游江西”，住这里十二三年之久，江右必有他不忍离去的理由。几乎每一处的奇山异水都会蕴含着深厚的文化积淀，他们与自然山水交相辉映，互为彰显。

魏禧得“江山之助”者，莫过于他的杂记小品文，为我们创造出一个意与境谐、情与景会的画面。比如他的《翠微峰记》，极写翠微之

① 彭玉雯.易堂九子文钞[M].清道光十七年(1837)刻本.

② 刘献廷.广阳杂记[M].卷4，北京：中华书局，1997：188.

"奇险",起笔如峰削,峭拔挺立:

> 四面削起四十余丈,西面金精者,苍翠袤延如列屏,东面城大赤如赭,中经坼,自山根至绝顶,若斧劈然,或曰长沙王吴芮之所凿也。张丽英飞升,盖即其处。相传自上古来,无或登而居者。

然后就写魏禧住处勺庭之美:"云中莲叶秋池艳,天半桃花春井香。"写九子们到来后给翠微增添了无限生机,佳境中又有了人的气息、书的芳香。于是易堂诸子们高洁的品格与翠微的峻峭融而为一:

> 盖此峰迤逦竟里,旁无援辅。自下仰之,如孤剑削空,从天而仆,上则歧而三之,中高右缩左展结屋者,必山翼。山中灌木,郁勃阴森,见者疑有虎豹。然自猿猱飞凫而外,则皆不能至焉。

翠微峰的清秀挺拔,诸子们的清高绝俗,"奇峰""奇人""奇文"并出。

再如《吾庐饮酒记》,记叙在魏礼屋子里饮酒的经过。先从仲春时月夜缥缈恍惚的光景写来,"远山四周,堑若堤岸,烟月沉浸空濛。下视阁顶,若巨石巉岩立澄波中",大家都陶醉在这幽美如画的山景中,"凭栏相对,寂寥无数",突然,隐约处,"彭躬庵负杖独来……若游鱼出于水际",魏禧"顾彭子曰:'乐乎?'彭子漫应曰:'子非鱼,安之鱼之乐?'诸人乃大笑"。就在众人开怀畅饮之际,只听山中传来儿啼声,"凄凄然若杜宇鸣夜半"。真是绘声绘色,一波未平,一波又起,极尽委婉曲折之妙,如入仙境,这份优雅宁静的景致烘托出九子的高洁的人格,不能不说,这得力于江山之助。魏禧长期生活其间,受其感召,潜移默化,在审美过程中,心物交融,物我同一。

人文地理环境

与自然景物相比，地域的人文环境对于作家的创作影响更为巨大。一个地方的政治、经济、文化、民风、民俗、民情等都属于人文地理环境。古代有采诗的官，主要目的是观风俗、知得失。明代的屠隆将民风与文学的关系解释为“声以俗移”说。这个“俗”不是一般的习俗，它是一种传统文化心理积淀，表现为一种文化氛围，任何作家都难以超越它。

江西之民除尚朴实之外，大都有一种劲健的性格，尤其是赣州之民，“风气错糅，人多劲健尚义”①，“人物之伉健，大概去南渐近，得天地阳气之偏，不可以刑威慑而可以礼义动”②。最有趣的要数与赣有关最早的材料《山海经》的记载：“南方有赣巨人，人面长臂，黑身有毛，反踵，见人笑亦笑，唇蔽其面，因即逃也。”这是一个憨厚愚赣的形象。据《江西通志》中云：“山峭水驶，生其地者谊多暴急，然秉性率皆仁慈，刚狠者不数见。”江西的省河称赣江，“赣”的一个意思就是刚直。“赣江十八滩”“赣石三百里”，这在东南各大川中是罕见的。江西边界武夷、南岭、罗霄、幕阜诸大山，山高谷深，陡峭多石。处在这样的山水围抱之中，人的性格自与别处不同，“硬”的成分要多一些。况且有众多理学家和忠臣义士的熏陶，欲其不硬，可乎？

江西士大夫的特征，用苏轼在《刚说》中的一个词比较准确，就是“刚而能仁”。“峭直刚介”“临大节而不可夺”，无非是“富贵不能淫，贫贱不能移，威武不能屈”。举世皆浊，独能高尚其志、清白其身的徐稚、陶潜，虽然没有惊天地、泣鬼神的举动，但外柔内刚、软中见硬的功夫是尽人皆知的。宋代以下，凡遇历史性的大事件，当存亡绝续的

---

① 同治.赣州府志[M].卷二十 风俗，中国地方志集成.江西府县志辑，1974.

② 同治.南安府志[M].卷二十 风俗，中国地方志集成.江西府县志辑，1974.

大关头，江西人物多能经受考验，表现凛凛正气，铮铮铁骨。

史料多处记载赣兵“精劲”，这应该不是偶然的。《续资治通鉴》中记录赣兵“勇悍”“有人驾驭役使，必能得死力”。然后又介绍“殿前司左翼军统制陈敏，生长赣土，天资忠勇，其民亦畏而爱之，所统之兵，近出田舍，且宜占籍，遂为精劲……”[①]《宋史》中也有“赣兵精劲，善走……”[②]的记载。还有一个例子也可以证明：“李仲谦大有，新喻人，靖康初为赣守，京城戒严，即调赣卒勤王。诸郡以承平日久，士卒懵不知兵。及当调发，间有冠葛巾扶杖而行者，观者莫不窃笑。惟赣卒独勇锐，器械亦精明。……”[③]

金人破建康，杨邦乂宁死不屈，元人灭宋，文天祥从容殉国，秦桧误国，胡铨奋身上章请诛此奸贼，虽遭贬谪而不悔。为了民族大义和国家命运，他们置个人生死荣辱于度外；明成祖取代建文帝，宁殉故主不拜新帝的所谓“建文死事诸臣”，江西居多（十五人）。黄子澄、练子宁、胡闰、周是修诸人至身死族灭。虽然是愚忠，“其愚不可及也”；魏忠贤弄权，一些人趋附唯恐不及，一些人敢怒而不敢言。第一个出来揭发他的罪恶，因而被廷杖而死的硬汉是南昌人万火景。

弘光朝覆灭后，赣州之役原是绝望的抵抗，黄宗羲却说：“赣州之守与死者，皆三百年以来国家之元气也。”[④]对赣州的精神气节给予充分肯定。

久之，这种勇锐就发展成为一种精神，或者是一种地域精神。《明史》说：“自南郡失守，列郡风靡。而赣以弹丸，独凭孤城，誓死拒命。岂其兵力果足恃哉，激于义而众心固也。”[⑤]

---

① 续资治通鉴[M].南京：江苏古籍出版社，1996(132).

② (元)脱脱.宋史[M].上海：上海古籍出版社，1988(402).

③ (宋)曾敏行.独醒[M].上海：上海古籍出版社，1986.

④ 黄宗羲.行朝录[A].黄宗羲全集[M]. 杭州：浙江古籍出版社，1985：173.

⑤ 张廷玉.明史[M].卷二百七十八，上海：上海古籍出版社，1988.

乾隆四十七年刊本《赣州府志》卷2《地理志风土》记载："赣州府风近闽、粤，而人抗志励节，有勇好斗，轻生敢死。"明清之际这一仗，为"轻生敢死"做了注脚。据陆世仪《江右纪变》，三日清军攻入赣州后，"乡勇犹巷战久之。四日黎明，北人大至，城上发炮皆裂，遂陷"[①]。当时有一个来自宁都的青年，本来可以逃生的，却选择了与杨廷麟同死。[②]无独有偶，《清史稿》中记载了有关宁都乡民的事迹，讲的是宋必达任江西宁都知县时，为百姓做了不少好事。

以粤引不中额，被论罢职，宁都人哭而送之，饯贻皆不受，间道赴南昌，中途为贼所得，胁降不屈，系旬有七日。忽夜半有数十人持兵逾垣入，曰："宋爷安在？吾等皆宁都民。"拥而出，乃得脱。

这段文字将江西，尤其是宁都人的仁义诠释得淋漓尽致。

诸如此类，事迹不同，意义各异，骨头硬则是他们的共同特征。苏轼有一篇《刚说》，表扬宁都人孙立节"刚而能仁"。孙立节不赞成王安石新法，因而遭受贬谪，在地方上为百姓做了好事。苏轼单单拈出一个"刚"字为题，说明他对江西大夫的"硬"劲有深刻的印象。王安石变法成为众矢之的，但他毫不动摇，认准了的事就雷厉风行、百折不回地干下去。勇于任事，不为身谋，这种政治家的"大刚"远胜于匹夫之硬。

从《江西通史》中的《宋代江西进士统计表》可以发现，由于特殊的地理位置，地处江西南部的赣州，崇山峻岭，交通很不发达，使其经济、文化等方面自然受到限制，故其在文化教育方面远远落后于其他各州。就中举进士而言，除赣县以外，其余9县人数均极少，宁都的正规进士竟然没有一人，但是特奏进士却有45人。所谓特奏进

① 黄宗羲.行朝录[A].黄宗羲全集[M].杭州：浙江古籍出版社，1985：173.
② 邱维屏.别驾杨公传[A].邱邦士先生文集[M].卷15.清抄本.

士,是朝廷对连续参加科举不中的士子的一种恩赐。《续资治通鉴长编》卷一百一十四,正月癸未条:

景祐元年(公元1034年)诏书规定:进士五举年十五,诸科六举年六十,尝经殿试,进士三举,诸科五举,及尝预先朝御试,曾试文不合格,毋辄黜,皆以名闻。自是士之潦倒不第者,皆觊觎一官,老死不止。

可见举子在追求仕进方面的巨大努力,百折不挠。①

此种地域风格,对魏禧的影响是明显的。就其人格来讲刚直雄壮,不迎合权贵,有气节。"闻甲申之变,禧闻号恸……日哭临县庭,居则愤惋叱咤。"②康熙己未以博学宏词坚辞不赴,此种气节当属刚者。不仅是魏禧,"士望谓世知禧辞鸿博能舍翰林,而不知其能舍性命,际瑞之死,子世杰从之,禧之死,妻谢从之。易堂之教,不以温饱其身家,攫拾荣名。夸严世俗为宠幸,从死者非为孝烈立名,盖欲以愧世之畏死不前者"③。这种气象正因为表现为一种刚气而正大。

在文学上,其古文辞,"凌厉雄健……遇忠孝节烈事则益感慨激昂,摹画淋漓,其议论伟如也""刚劲之气可以辟易万夫"。尤其在他的传记文中,故国之思蓬勃喷发,不可遏止,其文传主多半都是临危不惧、视死如归、有气节有操守的人,如我们熟悉的《大铁椎传》中的无名侠客、《谢廷诏传》中勇敢杀敌的谢廷诏。他还刻画了战争中的女性。例如,《项节母家传》写节母在匪盗横行的乱世以死护儿,写得英姿勃发,令人起敬。

闽人郑方坤在《穆堂诗钞》小传中谓:

① 陈文华、陈荣华主编.江西通史[M].江西:江西人民出版社,1999:383.

② 凌雪修纂.南天痕列传[M].周俊富辑.明代传记丛刊[M].台北:明文书局,1991,1.

③ 邓之诚.清诗纪事初编[M].八卷,台北:明文书局,1991(8):022-221.

> 要其(李绂,子巨来,别号穆堂,临川人)一生所瓣香者,不出其乡而奄有前古,于文取庐陵、南丰,于制义取临川两大,于命世之志取介甫,于学术取象山。香火情深,此豫章人习气。[①]

江西文化的传承从此可见一斑。重视修身,砥砺节操,文节俱高,这是江西文化的精华,也是江西人士的主流形象。从东汉人徐稚的特立独行到东晋人陶潜的不为五斗米折腰,宋人王安石的"三不足畏",再到明人文天祥的"留取丹心照汗青",他们的遗风流韵,绵延后世。

鉴于江西人的言行实践,南宋嘉定年间,蜀人李道傅评论说:

> 窃观国朝文章之士,特盛于江西,如欧阳文忠公、王文公、集贤殿学士刘公兄弟、中书舍人曾公兄弟、李公泰伯、刘公恕、黄公庭坚……此八九公所以光明俊伟,著于时而垂于后者,非以其文,以其节也。盖文不高则不传;文高矣,而节不能与俱高,则虽传而不久。[②]

从北宋至南宋,江西文节俱高者"世不乏人",杨万里就是"有是文而有是节者"。李道传是为了杨万里的谥号问题说这番话的,点出了欧阳修、王安石、刘敞、刘放、曾巩、曾肇、李靓、刘恕、黄庭坚诸人,以便证明他的论点。朝中大臣议论后同意他的看法,宁宗皇帝赐杨万里谥号"文节"。这说明宋代的社会舆论,公认江西人士有文节俱高的长处。[③]

如此的"文章节义之邦",出现魏禧等易堂九子的浩然正气,义不仕清就很正常了。可贵的是这种节义还表现在其积极进取、锲而不舍的人生观。正是王勃《滕王阁序》中所抒发的进取精神:"老当益壮,宁移白首之心;穷且益坚,不坠青云之志。酌贪泉而觉爽,处涸辙

---

① 郑方坤.国朝名家诗钞小传·穆堂诗钞小传[M].北京:中华书局,1991.

② 转引自许怀林.江西历史文化特征概说[J].江西广播电视大学学报,1999(2):37.

③ 许怀林.江西历史文化特征概说[J].江西广播电视大学学报,1999(2):37.

以犹欢。”晋代鄱阳湖内史虞溥提倡文化教育，教导学生：“学者不患才不及，而患志不立。”[①]魏禧的教育思想几乎与之同。曾巩又提出这种志，不光是“正心修身”，还应提高到“为国家天下之大务”来认识，使读书人跳出谋私利的圈子。[②]事功与学问主要在江西的王守仁，魏禧更是推崇，认为：“姚江王文成公以道学之事功，为三百年一人。洒北宋以来儒者之耻。”对魏禧的“经世致用”思想的形成不无影响。

江西文化的另一个特点是有很强的独创性，经常在学术上别开生面。朱熹批评说：“江西士风好为奇论，耻与人同，每立异以求胜。”（《朱子语类辑略》卷七）殊不知“好奇”“立异”往往是人的可贵之处和成功的条件。比如，陶渊明的“田园诗”，王安石的“新学”，欧阳修的“古文革新运动”，黄庭坚的“江西诗派”，杨万里的“活脱”特色等，这些都鼓励了魏禧的文学思想的独特见解，成为清初的领袖级人物。魏禧反对“株守古人之法”，认为“其弊为优孟衣冠”（《宗子发文集序》）。所以他主张法古而不泥古，宣称“吾辈生古人之后，当为古人子孙，不可为古人奴婢”（《日录·杂言》）。所谓做子孙，即既能守业也能创业，在继承传统的基础上，革新创造；当奴婢，即不敢越雷池一步，亦步亦趋，分毫不差。对于法古和泥古，魏禧有一生动比喻：“模拟者，如人好香，遍体便佩香囊，沉酣而不模拟者，如人日夕往香肆中，衣带间无一毫香物，却通身香气迎人也。”（《日录·杂言》）这种形象的概括本身不仅包括深刻的哲理，而且深具美的魅力。

有人曾将魏禧三兄弟比作三苏，魏禧认为个人的人品文品都是不同的，不必模拟古人，这样比也唐突了古人。“人各自成其，我虽兄弟至亲不期相类，何事高拟以辱古人。”[③]这种“耻与人同”的见解应

① 房玄龄.虞溥传[A].晋书[M].上海：上海古籍出版社，1988(82).

② 曾巩.宜黄县县学记[A].曾巩集[M].中华书局，1984(17)：11.

③ 王晫.今世说[M].台北：明文书局，1991(8)：18-35.

该算是具有独创性。

江西文化的发展是以文化教育、人才培养为先行的。本来，科举制度造成了整个社会获取文化知识的利益激励机制，扩大了文化知识与教育的覆盖面。在科举制度下，政治权利、社会地位与经济利益这些社会稀缺资源的取得，是需要社会成员以获取社会的主流知识文化为基础的，这就最大限度地调动了各种教育资源与发展教育的积极性。资料表明，从晚唐五代直至元、明、清三代，江西的书院教育在全国都是最突出的，周利《宋元明清书院概况》中介绍，宋代书院总数 203 所，江西占其中的 80 所，江西在南宋时期建有大小书院 150 多所。清人李渔曾在《兴鲁书院记》中评说："江西名书院甲于天下。"书院数量之多，书院规模之大，书院教育质量之高，在宋代都以江西居首。明代江西新建 164 所。在某种意义上也可以说书院教育的发达是江西文化持续发展的一个重要原因和标志。

正是有了这样良好的学风才有了宋明的科甲之盛、仕宦之盛。魏禧兄弟三个被称为出名的"宁都三魏"，他们后代又被称为"小三魏"，与这个地域性特色不无关系。

魏禧的教育制度的建立与朱熹的学规有相似之处。理学之大成者朱熹创修了白鹿洞书院，制定了白鹿书院教规和一些制度，是谓《白鹿洞书院学规》。朱熹提出了五教之目："父子有亲，君臣有义，夫妇有别，长幼有序，朋友有信。"为学之序："博学之，审问之，慎思之，明辨之，笃行之。"修身之要："言忠信，行笃教，惩忿窒欲，迁善改过。"处事之要："正其谊不谋其利，明其道不计其功。"接物之要："己所不欲，勿施于人，行有不得，反求诸己。"朱熹还有自己的一套教育方法，比如提出居教、持志、循序渐进、熟读精思、虚心涵泳、切己体察，着紧处用力的读书原则，并且提倡师生之间的质疑问难，相互磋切，能者为师。这些皆对魏禧有不小的影响。

淳熙二年（1175）朱熹与陆九渊、陆九龄兄弟在信州鹅湖寺展开了辩论，这就是著名的“鹅湖之会”。这次的辩论持续了三天，谁也没有说服谁。不过这次辩论虽然没有达到统一，但双方都未心存芥蒂，而是增进了之间的了解和体谅。这种学术交流的逸事对魏禧有一定的影响。490 年后，清康熙四年（1665）四月，又在江西，有了另外三大派辩论，这就是“程山之会”，魏禧、谢文洊、宋之盛为代表的三大学派的辩论。他们互相评阅，质疑问难。虽未解决两派分歧，但并无党同伐异之弊。特别是宋之盛，回答律历及星次等难题，与谢文洊门人甘京讨论尸祭丧礼，极得魏禧称赞。魏禧把这次会讲比作鹅湖、鹿洞之会。虽然三派主张有歧同，但由于都面临异族统治，故能声气相求，取长补短，促进了学术的发展。魏禧认为治学无异同，只要不是偏执一端，都可“合为一”。比如，“朱、陆之说纷纭于后世，弟窃以为诚明明诚，朱、陆之学原无异同，而异同特生于其辨”（《复谢约斋书》）。

事实上，很少有作家终生困守一地，局限于原来的地域范围。中国古人素来读万卷书，还要行万里路的。南方的作家可以领略北国风光，北方的作家也可以欣赏杏花春雨。这样不同的地域风貌与风土人情必然丰富作家的审美感受，以开拓其更为健全的风格。

魏禧曾经说过：

文章视人好尚，与风土所渐披。古之能文者，多游历山川名都大邑，以补风土之不足，而变化其天资。司马迁，龙门人。纵横江南、沅湘、彭蠡之汇，故其文奇恣荡轶，得南方江海烟云草木之气为多。（《曾廷闻文集序》）

魏禧认为司马迁是北方人，游历了南方之后，感受到了南方的江海烟云草木之气，所以其文奇幻荡轶。他认为任何地域对作家都是有局限的，只有游历，“补风土之不足，而变化其天资”，弥补地域的局限，开拓和变化自己的风格，作家才能自我超越。魏禧的四次交游应该是对自己风格的一次开拓。这种理论显然比先前的更通达更辩证，把“江山之助”提高到一个新的认识高度。

明清之际，变故迭起，江山易代，是一个山崩地坼的时代。作家身遭丧乱，浮沉于社会大潮中，亲睹了血与火的搏战(有些甚至亲自参与)，所见所闻了许多可歌可泣的人和事，使他们的思想受到深刻刺激，积之于心，发而为文，使诗文创作在深度和广度上都呈现出新境界，具有鲜明的时代性。清初的作家不负历史的使命，以他们多姿多彩的作品，一扫当时死气沉沉的文坛，具有承前启后的里程碑的意义。魏禧就是这样一位佼佼者。

魏禧文学思想中的“经世致用”，文章的“有用于世”，以及他提出的“积理练识”，与顾炎武的主张如出一辙。虽然尊崇的依然是儒学，但对之已经进行了改造或新的阐释，表达了进步的思想和要求。比如，对于理学家一味宣扬的“身心性命”的“理”，顾炎武加以分析，指出“古之所谓理学，经学也”“今之所谓理学，禅学也”(《与施愚山书》)。又说：“古人之所谓存心者，存此心于当用之地也。后世之所谓存心者，摄此心于空寂之境也。”这就实际上否定了理学家之理和“心性”之学。到魏禧的时候，则言：“为文之道，欲卓然自立天下，在于积理而练识。”这里的“理”与理学家的“理”是不同的，指的是“关系天下国家之故”“达当世之务以适于用”。魏禧追求的文之不朽，指文章“言依忠孝，语关治乱”。可见，这里的儒学已经不是明代儒学了，而是有切世用的经世致用之学。

不论是思想，还是文章题材，反映的问题都是亲历的时事与当务之急。其关心国计民生，描绘社会生活的画面和政治风云的巨变，表述忧国忧民的炽烈感情，都体现了强烈的时代精神。

作为江西宁都的作家，魏禧在其诗文中为我们展示了其特殊的地域空间背景，也就是我们熟悉的宁都金精山翠微峰，以及上面的“易堂”。在第一章我们特别地介绍过它，其自然环境与人文环境对魏禧等人都是有影响的,使他们作品带有特定的地域文化色彩。

江西的学风传承,江西的书院教育,造就了江西一代代庞大的“文化人群”,实际上造成了江西一种持之久远的重视文化教育的风气和习俗,造成了文化传统的“薪火相传”。从东晋的陶渊明,到进士第一的卢肇以及被称为“郑鹧鸪”的郑谷,到了两宋,江西在作家数量上跃居全国前列,比如被后人奉为古文模范的“唐宋八大家”中有宋人六人,江西就有欧阳修、王安石和曾巩,其中欧阳修更在宋六家中据核心地位,成为当时文坛领袖和开一代文学风气的宗师。其影响延至黄庭坚,吕本中作《江西诗社宗派图》尊其为“江西诗派”之祖,影响深远。南宋时号称“中兴四大诗人”的“陆、范、杨、尤”中的杨万里也是江西人。“元诗四大家”中,江西的有虞集、范椁、揭傒斯三人。明代江西的诗文继续繁荣,有宗之为“西江派”的刘崧,还有后来领袖文坛的台阁诗人杨士奇。明中叶后江西成为戏曲创作中心,其中临川汤显祖以一本《牡丹亭》成为戏曲作家之翘楚。明末清初,江西文学虽然比起江、浙的繁盛略显落寂,但作家数量居全国前列。

江西的书院教育在全国都是突出的,在某种意义上说,“书院”教育的发达是江西文化持续发展的一个重要原因和标志。非常有影响的就有李觏主讲的“盱江书院”,朱熹主持重建的白鹿洞书院,陆九渊创建的象山书院,还有朱熹、吕祖谦、陆九渊等一代重要思想家聚集讲学的鹅湖书院等。至元、明、清三代,江西开设的“书院”数量一直领先于全国。[①]

庞大的“文化人群”是古代江西文学发展的基础,也造就了“文学传统”的薪火相传。由此,使人想到丹纳那段著名的话:

艺术家本身,连同他所产生的全部作品,也不是孤立的。有一个包括艺术家在内的总体,比艺术家更广大,就是他所隶属的同时同

① 白新良.中国古代书院发展史[M].天津:天津大学出版社,1995.

地的艺术宗派或艺术家家族。例如莎士比亚,初看似乎是从天上掉下来的奇迹,从别个星球上来的陨石,但在他的周围,我们发现十来个优秀的剧作家……都用同样的风格、同样的思想感情写作……到了今日,他们同时代的大宗师的荣誉似乎把他们湮没了,但要了解那位大师,仍然需要把这些有才能的作家集中在他的周围,因为他只是其中最高的一根枝条,只是这个艺术家庭中最显赫的一个代表。①

所以说,了解江西地域文化,可以使我们更全面、更细致地了解魏禧。

① 丹纳著,傅雷译.艺术哲学[M].北京:人民文学出版社,1983:8-9.

第四章 相关考辨

一、魏禧字号及卒年考

关于卒年

对于魏禧的生年无疑义，各本均定为明熹宗天启四年甲子春正月十三日(1624 年 3 月 2 日)，但是卒年就说法不一了。以公历纪年，卒于 1680 年有之，卒于 1681 年有之。以历史纪年，卒于康熙十九年有之，康熙二十年有之，康熙二十一年有之。邵长衡《魏禧传》中写：

康熙十七年，诏中外举博学宏词，禧亦在举中，被征，以疾辞……乃放归。后二年，赴维扬故人约舟至仪真，暴心气病，一夕卒，年五十有七。①

《清史稿》中《魏禧传》的文字与邵长衡的几乎一样，孙静庵的《明遗民录》中《魏禧传》②也如是说。按“后二年”算，应是康熙十九年(1680)卒。从卒“年五十有七”来推断，魏禧的卒年也是1680年(古人的年龄是按虚岁来算的)。《魏叔子文集》中《祭伯兄文》又：“戊午二月朔有五日……吾今已五十有五。”戊午年是1678年，此时禧55岁(从此也可证明古人的年龄是按虚岁算的)，57岁卒，当在后二年，即1680年。与季子在《先叔兄纪略》中说到魏禧的卒年相符：“庚申十一月十七日从无锡赴维扬，故人约舟至仪真，忽发心气病，一夕卒。……享年五十有七。”③庚申年是康熙十九年即1680年，季子的说法应该是比较可靠的。温聚民的《魏叔子年谱》中魏禧的生卒年是根据季子的说法编写的。④但奇怪的是季子在《长儿世效三十一岁己丑腊月示记》又有“辛酉吾叔子变于仪真”，辛酉年是康熙二十年即1681年。

其实出现这样误差是忽略了公历和中国历史纪年的时间的不同。康熙十九年庚申十一月十一日为公历的1680年12月31日，而魏禧卒于康熙十一月十七日，照此推算，应该是公历的1681年1月6日。既然今人所编写的文学史中文学家的生卒年是按公历来算的，那么魏禧的卒年的正确写法当是1681年。中华书局出版，胡守仁、姚品文、王能宪校点的《魏叔子文集》“前言”中介绍“卒于清康熙二十一年(一六八一)”⑤。公历是对的，但历史纪年无疑是错了，应当是“卒于清康熙十九年十一月十七日(1681年1月6日)”。

① 邵长衡. 魏禧传[A].碑传集[M].北京：中华书局，1973(136).

② 孙静庵著，傅有道参校.明遗民录[M].杭州：浙江古籍出版社，1985.

③ 宁都三魏全集[M].季子文集，收于四库禁毁书丛刊·集部·6第241.

④ 温聚民编.魏叔子年谱[M].北京：商务印书局发行，民国二十五年一月初版.

⑤ 魏禧著，胡守仁、姚品文、王能宪校点.魏叔子文集[M].北京：中华书局，2003.

再者，季子所说的“辛酉吾叔子变于仪真”之故，在于季子所采用的是干支纪年而不是年号。“易堂九子”大部分都是遗民，为表示气节，文章都不署清朝皇帝的年号，只用干支纪年。清圣祖康熙十九年是从1680年1月31日至1681年2月17日，[①]横跨了庚申和辛酉两个纪年，所以季子也是说辛酉年。

这是一个细节问题，就中西历的对照来说，公元的某年不是和我国某年号的某年完整地同在一年以内，常有我国某年之尾是公元某年之初。比如南宋岳飞，卒于绍兴十一年十二月二十九日，绍兴十一年是1141年，但是十二月二十九日就已经是公历的1142年1月27日了，所以岳飞的卒年是1142年而不是1141年。我们在读古文的时候，应当细校这些差别。

关于名字

所谓“名”，是社会上个人的特称，即个人在社会上所使用的符号。“字”往往是名的解释和补充，是与“名”相表里的，所以又称“表字”。《礼记·檀弓上》说：“幼名、冠字。”《疏》云：“始生三月而始加名，故云幼名，年二十有为父之道，朋友等类不可复呼其名，故冠而加字。”[②]又《仪礼·士冠礼》：“冠而字之，敬其名也。君父之前称名，他人则称字也。”由此可见，名是幼时起的，供长辈呼唤。男子到了二十岁成人，要举行冠礼。这标志着本人要出仕，进入社会。女子长大后也要离开母家而许嫁，未许嫁的叫“未字”，亦可叫“待字”。十五岁许嫁时，举行笄礼，也要取字，供朋友呼唤。

在上古，早期的人名一般都很朴实，如夏商两代留下的人名孔甲、

① 万国鼎编，万斯年、陈梦家补订.中国历史纪年表[M].北京：中华书局，1987.

② 杨天宇.礼记译注[M].上海：上海古籍出版社，1997：108.

履癸、外丙、雍己、盘庚、武丁、小辛等，都以干支命人名，可能与当时人重视时辰的观念有关。后来随着社会的进步，语言文字的发展，意识观念的加强，人名越来越复杂，给人起名也成了一门学问。取名时，要对其所包容的内涵慎重考虑，反复斟酌。《左传·桓公六年》记载着春秋时代命名的五个原则："名有五，有信、有义、有象、有假、有类。"这是鲁国大夫申儒在回答桓公问名时提出来的，意思是：或根据其出身特点，或从追慕祥瑞、托物喻志、褒扬德行、寄托父辈期望等几个方面比照取名。同时提出七不，"不以国、不以官、不以山川、不以隐疾、不以畜牲、不以器币"[①]来取名。

古人命名重取义、重内涵的做法，几千年来一直延续至今。古人取表字也十分讲究，如常见的有按兄弟行辈中长幼排行的次第取字，如孔子排行老二，所以字仲尼，他还有个哥哥为老大，字孟跛。最典型的要属三国时东吴孙氏弟兄了。孙策为长子取字伯符；孙权为次子取字仲谋；孙翊排行老三，取字叔弼；孙匡排行老四，取字季佐。

还有在表字上用"子"的情况很多，因为"子"在古代是男子的美称或尊称。所以人们喜欢用它，如孔桩，字子思；仲由，字子路；司马迁，字子长；曹植，字子建；苏轼，字子瞻；杜甫，字子美；袁枚，字子才。

这些表字虽然常见，但是与本名联系不大，实际上伯、仲、叔、季和子，还不是真正的表字，而他们后面的那个字如"策""权""思""长""美"等才是表字的主要成分。这个主要成分与本名意义是有联系的。

魏禧在其文集中不止一次地谈论到字的含义。在《黄圣木字说》中有：

黄君名楷仲，舅氏字曰圣木。……木者春德，于性为仁。圣，仁为大，木质，故生而不穷。故圣人曰："刚毅木讷，近仁。"虽然木从绳则正，后从谏则圣，圣然后可以楷模万物。

① 王守谦，金秀珍，王凤春译注.左传全译[M].贵阳：贵州人民出版社，1991：82.

魏禧还为其弟子赖韦改过“字”，赖韦原来叫“赖英”，魏禧认为不好，“英有忠信之资，然短于才，性弛缓，遇事苋决不断，韦固其质也，于是更其名曰韦。”(《赖韦名字说》)

在《孔建字说》中，魏禧命孔建以字曰“造侯”。来于《传》曰：

天造草昧，宜建侯而不宁。草昧，天之势也。故治者，天心所欲；乱者，天所不得已。然天欲大治，必开之以大乱。万木百草，夭乔于春夏，而不有秋风之振槁，大冬霜雪之摧落，则陈者不可去，新者不可来。故不大乱则不能大治者势也，亦天意也。

相似的还有《熊养及字说》《阎氏三子字说》等。

了解了有关古人的名和字的常识，我们来看魏禧的名字。魏禧，名禧，是取祥和之意。兄祥弟礼都有这个意思。但是魏禧的字就有几种说法：一是字冰叔，又字凝叔；二是字凝叔，一字叔子；三是字叔子，一字冰叔；四是字凝叔(或只写冰叔)。其实只有第四种是正确的。

首先，叔子不是他的字。前面已经说过，古代的兄弟排序按伯、仲、叔、季。《魏叔子文集》中《先伯兄墓志铭》说：“先征君生子五：二、五殇。东房为长，次禧，次礼，并先母曾孺人出。”《魏季子文集》中《先叔兄纪略》云：“征君生子五。其二夭。故以伯叔纪行。”“先生《叔子集》行于世，世又称‘魏叔子’云。”既然无人称谓际瑞和魏礼的字为伯子、季子，那就没有理由称“叔子”是魏禧的表字(后面对此有论述)。他真正的字在排序的叔前面的“凝”字。

其次，“冰”与“凝”在古代是一个字。季子在《纪略》中称魏禧字“凝叔”，宋之盛在《髻山文钞》中的《童鉴叙》中也称“魏凝叔”[1]。但在世杰编次的《魏叔子文集》中都写“宁都魏禧魏冰叔著”。“易堂九子”

① 温聚民编.魏叔子年谱[M].北京：商务印书馆，1936.

之一，魏禧的姐夫邱维屏所作的序中也称魏禧为"冰叔"[①]。林益确在《朱中尉集》中写给魏禧的诗称其为"魏冰叔"等。如果魏禧有两个字，季子不会不知道，家人和亲朋好友都混而用之，只有一种可能，这两个字是同一个字。《说文解字》中解释，"𣲍水坚也，从仌从水，鱼陵切。臣铉等曰：今作笔陵切，以为冰冻之冰。凝俗冰从疑"。《康熙字典》有"冰，古文仌，[集韵][正韵]从鱼陵切音凝同凝。[正韵]古文并作仌，凝作冰，后人以冰代仌，以凝伐冰。《唐书·韦思谦传》'涕泗冰须'（注）谓涕著须而凝也。[李商隐诗]'碧玉冰寒桨'。凝，[说文]水坚也，本作冰。从水从仌。[②]"《汉语大字典》解释道："冰，后来写作凝。凝俗冰。[段玉裁注]以冰代仌乃别制凝字，经典凡凝字皆冰之变也。"还特别强调"冰，音凝，níng"。所以，魏禧的字或者写作"凝叔"或者写作"冰叔"，但绝不可以同时写上。读音都为"níng"。[③]

关于号

《颜氏家训》中说："古者，名以正体，字以表德。"[④]古人很重视名字。同样，对号，也是很重视的。《异号类编·序》曰：

别号之兴，大抵始于周秦之际，瑰奇之士，不得志于时，放浪形骸，兀奡自喜，假言托喻，用晦其名。然而其人既有著述以自见，则闻于当时，传诸后世，其名虽晦，其号益彰，鬼谷鹖冠之流，盖其著也。自是以后，通人慕之，竞相标尚。[⑤]

① 魏禧著，胡守仁、姚品文、王能宪校点.魏叔子文集[M].北京：中华书局，2003.
② 张玉书等编.康熙字典[M].上海：上海书店，1984.
③ 汉语大字典编辑委员会.汉语大字典[M].四川辞书出版社，1993：295.
④ 颜之推.颜氏家训[M].上海：上海古籍出版社，1992.
⑤ 史梦兰编.异号类编[M].古风主编《辞书集成》.北京：团结出版社，1993.

号是人的别称，所以又叫“别号”。号的实用性很强，除供人呼唤外，还用作文章、书籍、字画的署名。如卢仝《玉川子诗集》、杜牧《樊川文集》《松雪六体千字文》、老莲《荷花鸳鸯图》等。起号之风，源于何时，文献资料上没有详细记载，大概在春秋战国时就有了。像“老聃”“鬼谷子”等，可视为我国最早的别号。

“号”的形成有两种情况：一是使用者本人起的。二是他人所起得到公认的。封建社会的中上层人物，尤其是文人雅士，总喜欢给自己起个号。正因为“号”是自己起的，所以它不像姓名、表字那样要受家族、宗法、礼仪以及行辈的限制，可以自由地抒发和标榜使用者的志向和情趣，因此出现了许许多多各式各样的别号，比如有的带有鲜明的时代印记，唐宋时期好佛，于是称“居士”的就很多。如“青莲居士”（李白），“东坡居士”（苏轼）等。元朝崇道，叫“道人”的就甚多，如“惺惺道人”（乔吉），“松雪道人”（赵孟頫）等；有些则带有强烈的抒情色彩，如以示不忘宋室的宋人郑思肖，宋亡后隐居苏州，自号“所南”；词人辛弃疾，重视农业，做官时提倡力田，奖励耕战，晚年退居农村，“更从老农以学稼”，自号“稼轩”；爱国诗人陆游，忧世愤俗，被权贵讥为不守礼法，他就自号“放翁”；还有些则有深刻的寓意。尤其在明清易代之际，有些遗民的号不只是一种简单的符号，而是一种情怀或信念。从一些人的号你可知易代之际遗民自我命号的严肃性。比如，吴炎更号“赤民”，谈迁改号为“观若”，方以智、归庄更是屡改其字号。明朝末年画家朱耷，在明亡时取号“八大山人”。“八大”二字连写，似哭非哭，似笑非笑，寓哭笑不得意，来寄托自己怀念故国的悲愤之情。明末清初太原著名学者傅山，自号“朱衣道人”。明亡后，衣朱衣，居土穴中，清廷几次请他赴京应博学鸿词科试，都被他拒绝，坚决不与清廷合作。“朱衣”表面看是红色的，实际上是明朝的象征，因为明朝皇帝姓朱，红是明的意思，寄寓着对明朝的深厚感情。

还有一种“号”叫“外号”、“绰号”或“诨号”。它有极强的表义性，

不但可以增强人们对各类人物的记忆，是名、字、号以外的一种补充，而且往往是人物面貌性格特征的一种写照或折光。《水浒传》一百单八将惟妙惟肖的绰号给读者留下了极为深刻难忘的印象。宋朝时人们因为宋祁写了"红杏枝头春意闹"的诗句，便称他为"红杏尚书"；唐代诗人温庭筠文思敏捷，八叉手而成八韵，人们便称他为"温八叉"。这种"绰号"雅而不俗。

魏禧的号也存在这两种情况。自己起的号应该是"叔子"和"裕斋"。"叔子"主要是用于朋友的称呼和作品的署名，而"裕斋"的含义，据季子说："欲自进于宽裕也。"[①]魏禧的天真烂漫与坦率于此可见。学者常称魏禧为"勺庭先生"，乃是因为"门前有池，颜其居曰勺庭，学者称'勺庭先生'"[②]。魏禧在其文集中的《勺庭闲居叙》中也说过"勺庭"，并解释说"余以荐瘥，侨于翠微，乃营昌丘，物土作屋，迭石阻池，名曰勺庭，志小也"[③]。可见这主要是朋友们根据魏禧的住所而起的，也属于一种别号。

综上所述，对于魏禧的生卒年及字号的阐述应该是：魏禧，生于明熹宗天启四年甲子春正月十三日（1642 年 3 月 2 日），卒于清康熙十九年十一月十七日（1681 年 1 月 6 日），名禧，字凝叔（或冰叔），号叔子、裕斋，世称"勺庭先生"。

二、魏禧交游考

魏禧最为人称道的是他的文论及"经世致用"思想。这些理论和

---

① 宁都三魏全集·季子文集[M].四库禁毁书丛刊.

② 清史稿·文苑传·魏禧[M].上海：上海古籍出版社，1988：1522.

③ 魏禧著，胡守仁、姚品文、王能宪校点.魏叔子文集[M].北京：中华书局，2003.

思想散见于他的文章当中,《魏叔子文集》的“书”“序”“叙”“文”“墓志铭”很大一部分是为他在出游过程中结识的友人和友人的亲人们所作。总体来说亦占其文集的40%强,其400多首诗中,80%多是游历时所作。所以对其交游进行考证,更有利于我们研究其文学思想的形成。

在那个时代,交游被作为士人的造就条件。明清之际的遗民大都有交游的历史,有的竟然栖在客乡达十六七年之久,也有的就客死他乡,比如我们要研究的魏禧;至于像顾炎武的客游不归者,也大有人在。明清之际这些士人的客游,因了时势的推动,因了动荡时代的提示,当然也因了地域壁垒的破坏这一背景。关于这种时势的推动,赵园先生在她的《易堂寻踪》中有很好的叙述,她说:

> 危机,患难,确也将“友”之一伦对于士人的意义,成倍地扩大了。易代不仅提供了紧张感,也提供了对于友情的道义支持,孤危,孤绝,孤即是“危”即“绝”。于是守望相助,以沫相濡,这类故事似乎随处可闻。

赵园先生还举了若干事例:

> 如吴应箕与刘城,熊开元与金声,陆世仪与陈瑚,各有一段可泣的故事。北方如孙奇逢和孙承宗、鹿善继相互间的激赏渴慕,也正如易堂诸子似的情见于辞。鹿善继就说过,“欲使当世悠悠者,知风尘外别有一段古道交情。”(《答杨明宇书》,《认真草》卷8)[①]

魏禧先后四次客游,长短不一,目的地基本在江浙一带(当时江浙一带是反清最为激烈的地方)。出游期间,每至一处,必定游览山川都邑,开阔胸志,凭吊忠烈遗迹,赋诗抒怀。

---

① 赵园.易堂寻踪[M].南昌:江西教育出版社,2001:31.

魏禧出游的最重要的目的之一是扩大自己及易堂的影响，魏禧在翠微峰待了16年才出游，“海内耆旧凋落殆尽，往往不得识面”(《书禹航三严先生崇祀录后》，以下选自《魏叔子文集》者皆只录题目)。因此唯恐不及如面，尤其是吴越人物，魏禧对此一游再游，一发而不可收。自己“泛彭泽航太湖者逾十反”(《陈介夫诗序》)。朱彝尊也说：“叔子居易堂读书且二十年，天下无知叔子者。一旦乘扁舟下吴越，海内论文者，交推其能，若竹之解于箨而骤干夫烟霄也。”(《看竹图书》)比如王夫之知道魏禧此人就是依赖方以智的推介，谈到“青原极丸老人”(即方以智)有书札来，其中提到魏、林“亦鼎鼎非此世界中人”。[1]屈大均用“邻女窈窕姿，将老犹珠玑”及“秉节乃不终，媒妁持为市”来称赞魏禧的高风亮节。[2]

二是交友造士，“庶几交天下之奇人”(《上郭天门老师书》)。魏禧所结交的人基本都是遗民，以文会友，或以气节相尚。同时我们看到，在那时师道衰敝，“父子有秦越，朋友无胶漆”(《魏叔子诗集·乙巳正月雪中送门人熊颐归清江》)。“今之言古道厚道者，锲薄而已矣。所谓‘刎颈之交’，见利害则能刎彼友之颈耳。”[3]魏禧的交游无不风味古老，处处表现出对合乎理想的伦理意识的自觉追求。

不排除魏禧交游之初有谋事的念头，《上某抚军书》道：

某……壬午南归，又方三年，杜户未出。然此三年间，天下之变方兴未定，生民之水火深热而未知所底。环视海内，其足以定危乱，救生民，作中原之气者，唯河内诸将相耳。爰于今七月……负担南行，欲亲诣京洛，开口一言天下事。

---

① 王夫之.船山全书·搔首问[M].长沙：岳麓出版社，1992(12)：824.

② 屈大均.赠魏处士冰叔.转引自孙定芳.清初明遗民“云游”行为及其意蕴[J].人文杂志，2005(3).

③ 魏季子文集卷8·与黎媿曾观察书.宁都三魏全集[M].四库禁毁书丛刊集部.

魏禧死后，他的学生、清代有名的文学家梁份，为其所作的祭文提到：

昔夫子居庐陵万山中，份褐衣水行日夜百十里，就区画大事。其后成败不失锱铢，此惟份知之，未尝与人言者，意将见诸行事，使苍生实被其泽，而夫子亦因以不朽。天乎！何当斯时而不假以年不得行其志，则岂一人之不幸哉？[①]

然而随着清朝政权的稳定，遗民们这种思想慢慢地就消减了，魏禧在《答翟韩城书》中说到乙酉年“天下休息，年和谷丰，万里升平，亦何有万分一足以厝意”。从魏禧的交游中我们可以看出清初时代的变化，后死遗民中，有机会于康熙朝遭逢盛世，无疑是交织着欣喜与苦痛的，在《魏叔子诗集·纪梦》一诗中有记与诸生讲学，自己上座厉声曰：“汝今温饱谁之德？”魏禧天真，无意于掩藏心中的矛盾。

由于魏禧的家世、出身、经历、个性等原因，决定了他一生交游的范围和层次不能与同时代的其他学者如顾炎武、李二曲等人相比。通过魏禧的四次出游使我们对其政治理想、生活志趣、创作态度有了更全面的认识，也可以看出魏禧在当时的影响和地位。通过交友造士魏禧将他的经世致用思想用于实践，在实践中总结出积理练识的文学理论。

顾炎武曾声称：“独学无友，则孤陋而难成；久处一方，则习染而不自觉……若既不出户，又不读书，则是面墙之士……”[②]“拒守一城，无豪杰之士可与公论，如此则志不能帅气，而衰钝随之。”[③]王夫之

① 邱国坤.易堂九子年谱[M].南昌：江西高校出版社，1990：122.

② 顾炎武.与人书一.顾炎武诗文集[M].北京：中华书局，1983：90.

③ 顾炎武.与人书十一.顾炎武诗文集[M].中华书局，1983：93-94.

也说:“离群索居,则虽有高贤,睹面而失之。君子友天下之善士,而鄙夫日嚅嗫于户庭妇子之间。”①魏禧在《李翰林书》中说:“禧隐居金精翠微山,奇石四十里,为古神仙之宅,自谓足终老。然当披《蜀图志》,则是顾盆盎中物,不得望部娄。”魏禧又说:“壬寅之际,私念闭户自封,不可以广。故欲一游吴越,就诸君以正所说。”(《上郭天门老师书》)的确,结交同道中的高士奇才,和他们互通声息,彼此间切磋,以求得心理上的安慰也是魏禧出游的主要目的之一。

康熙元年(1662)夏,在山居16年后,魏禧以孱弱之躯踏上客游历程。在魏禧出游前,易堂诸子已先后外出游历。如魏际瑞早在庚寅城破后就开始游幕当道,魏礼、彭士望、邱维屏、曾灿也游历不止。在福建、江浙一带已经造成一定的影响,而且此前一次偶然的机会,游历江西的武进士邹祈谟读到“三魏”的文章,叹曰:“‘今乃有如是文字乎?’于是携去,注乡贯名字,逢人辄称说……”(《答友人论选〈文统〉书》)并且推荐给蜀名士陈玉璐奋洲,三魏的文章得以刊入陈氏所辑《文统》。从此,“三魏”文名渐及人文涌盛的江浙地区,这为其客游创设了良好的环境。

第一次出游

从康熙元年(1662)夏到康熙二年(1663)冬,历时一年。这次出游他从宁都出发,夏六月客南州,寓樟惠通寺。

壬寅(1662)六月,在南州相见叶子,“叶子之父,死义者也”。“相见(叶子)南州,因道前事以砺其卒。”(《魏叔子诗集·拙哉行为叶子作有序》)

壬寅七月,同林确斋造访兰谷,相见日公于堂,并写诗云“天下凡

① 王夫之.船山全书·周易内传[M].第一册,卷二上,长沙:岳麓书社,1988:158

毛皆践士，此松以石为坛车”“众草视之不敢逼，独有幽兰与之娱”“万丈壑底冲风吹，石上松兰赤如血”(《魏叔子诗集·石松诗赠日公有序》)，叹服日公之高节。

后登庐山，然后顺长江而下，寻至广陵客刘氏涉园。云“辛丑(1661)余游新城……明年(1662)余游广陵，与子山同客刘氏涉园”。涂子山是当时的“狂人”“所与游少当意者”。但当魏禧读其《空青集》，“为之点次所违覆，而中者十有九”(《涂子山空青集叙》)时，子山甚是折服，于是当魏禧于癸卯年(1663)再游广陵时，“子山出余所点次，曰子其可无一言？”

是年秋，他到高邮访高士黄山黄鸣岐先生并结为忘年交。二年(1663)二月，他重返高邮祝黄鸣岐七十大寿。《黄山七十诗跋》言其想见黄山之切，以至于“夜半舟发，予舍去，独上岸立风露中，质明，短衣垢面，款黄山门，遂作《揖黄君诗》”。黄先生在魏禧的眼中是什么样子的呢？“貌敦庞淳朴，口不言人过失，不祀非圣之鬼，不侥非望之福，颇好论儒学，礼敬儒者。”(《朱中尉诗集·癸卯三月送魏叔子至高邮寿黄山翁七十》)

癸卯十月，客秦邮，见刘雪舫。魏禧“执其手相痛哭，呕血数升然后罢”。刘雪舫父母于甲申三月之变中殉难。时年刘雪舫才15岁，“但其所纪殉难本末……一言一事莫不条理委悉，使读者如目见耳闻而悲愤感激，勃然作其忠义之气。呜呼，若刘君者岂常人哉！”此等“忠臣孝子之子若第，虽庸人犹将爱敬之，而又况刘君之贤乎？”(《赠北平刘雪舫叙》)

癸卯年，客游杭州，访高士汪魏美于湖上，谢弗见。禧留书曰：“吾宁都魏禧也，欲与子握手一痛哭耳！”“握手一痛哭”五个字真真掷地有声，让人凛然，怨不得“沨省书大惊，一见若平生欢。临别，执手涕下”(《清史稿》卷五百一·列传二百八十八)，两人遂为兄弟交，常“卧谈至鸡鸣，或更起不肯休”。汪魏美国变后便独身游止，家人不得其所，足不及城市，不交游者 20 年。得到魏禧的书信后，经常会"走逆旅中相见""常出就余"，魏禧叹其"热肠固如是"(《与杭州汪魏美书自记》)。沨尝从愚庵和尚究出世法，禧曰："君事愚庵谨，岂有意为其弟子耶？"沨曰："吾甚敬愚庵，然今之志士，多为释氏牵去，此吾所以不屑也。"(《清史稿》卷五百一·列传二百八十八)，在《高士汪沨传》也有同样的记载)汪沨的思想在魏禧的《送孙无言归黄山叙》中也有表述，魏禧并不赞成归隐，"不得与衣草食木者同其寂灭"。魏禧认为："夫君子立言，必取其关于世道民生，虽伏处岩穴，犹将任天下之责，而况其为士大夫者乎？"(《郑礼部集序》)

这次交游魏禧会同林时益登上梅花岭，拜谒史可法墓。在《朱中尉集》中林时益有《同魏冰叔梅花岭拜史忠襄公墓诗》。"秋尽天寒夜不霜，短衣大帽拜忠襄"。

癸卯十月，他抵达南京，登雨花台，赋诗抒发亡国之痛。诗曰：

生平四十老柴荆，此日麻鞋拜故京。谁使山河全破碎？可堪剪伐到园陵？牛羊践履多新草，冠盖从容半旧卿。歌泣不成天已莫，悲风日夜起江声。(《魏叔子诗集·登雨花台恭望诗》)

冬。魏禧返回宁都。

此次交游，魏禧结交了很多义士，著名的有涂子山、黄鸣岐、刘雪舫、汪沨等，这些人无一不是气节高标，而见面之后也总是先痛哭，这一哭，是为国家哭，国破家亡之际"惺惺惜惺惺"之情油然而生。从上一首诗的"多新草""半旧卿"，可见国破家亡之际，气节之士鲜见，唯其鲜见，才更令人起敬。魏禧曾经客舍题诗一首，最能表达他此刻的心情：

珍重天涯一敝裘，寒霜如雪压行舟。囊中剩有江湖气，归卧西山百尺楼。(《魏叔子诗集·癸卯十一月客舍题壁》)

虽是“不惜歌者苦,但伤知音稀”,但在一年的游历中,魏禧毕竟还是理解了不遇“知音”的伤情。这伤情是那样强烈地震撼了他——因为他自己也正是一位不遇“知音”的苦苦寻觅者呵!共同的命运,把诗人和众多义士的心联结在了一起。魏禧从心底发出热切的呼唤,希望自己的江湖气能和知音一起“奋翅起高飞”。

第二次出游

魏禧47岁开始第二次出游,从康熙九年(1670)到康熙十二年(1673)夏。这次交游更为广阔。康熙九年(1670)庚戌,二月他取道南丰,三月经新城,四月至程山,秋九月,参加西陵文士的登高之会,十月抵扬州,十一月自扬州归。十年(1671)辛亥,春至杭州,四月客扬州,六月客昆陵,交高士恽逊庵,九月访李天植于平湖,十二月返广陵,是岁与朱彝尊先生定交。十一年(1672)壬子,春客昆陵,六月至吴门,交高士归庄。中秋曾在虎丘宴集,“故交新知,咸用欣慨”,九月从常熟访毛扆,参观汲古阁藏书,十一月自吴门治装南归。十二年癸丑夏,四月客桂山,直到秋八月返回山中养病。这次出游是四次当中时间最长、行程最远、访友最多的。

这次出游,魏禧参加了三次大规模的聚会,第一次是康熙九年(1670)庚戌,秋九月,参加西陵文士的登高聚会,对于聚会的盛况,魏禧记曰:

庚戌秋,山阳黄大宗游西陵,九日为登高之会,游未畅。大宗乃仿古为展重阳,客集而天雨。大宗曰:“吾再展以日二十九,可哉?”期日舟徙杂进,诸名士闻风而来会,三会皆有诗。……璀璨拉杂彬彬然。呜呼,盛哉!(《游京口南山诗引》)

第二次是康熙十年(1671)辛亥,夏五月:

禹航严公颢招饮广陵寓室，同集者有长安王筑夫、三元孙豹人，歙县程穆倩、休宁汪舟次、泰州邓孝威、嘉兴计甫草、吴县浦潜夫、乌江董方南、钱塘章淇上、孙嘉客、居亭主人、云南朱云卿等起饮酒赋诗，尽欢而散。(《魏叔子诗集·辛亥端阳宴集诗》)

第三次是康熙十一年(1672)壬子中秋，魏禧参加虎丘聚会。与会者有广陵宗子发、云间张带三、越九许葵园，沈偾园、吴六益、朱雪田、张梅岩等。当时，“越九移尊可中亭畔，觥筹既交，吟咏遂发。……会者自百里至数千里，故交新知，咸用欣慨”(《虎丘中秋宴集诗序》)。

这三次聚会使魏禧的眼界更宽，同这些著名的学者诗人切磋文字，交流学术，既受到激发，也扩大了影响。

除了在聚会中相识的好友，魏禧还拜访了一些著名的遗民学者，辛亥夏四月，客游扬州时，应李砺园之邀和宗子发一道游金、焦。在这时，魏禧还去访了何雍南和程千一。“游京口者，山必曰金、焦，友必曰何、程。”“二子之为朋友也，学同业，居同财，疾病患难同扶持，出入同交游，数十年未之有变，世以管、鲍目之。乙亥之难，京口被兵火，雍南将逃死，纡回烈焰中，逾数时，求千一，既得，然后同去。”“二子推是以往，岂惟文章，虽济天下之事可也。”(《京口二家文选序》)这种朋友之交是魏禧所激赏的，也是魏禧诗文中百转千回诉说的。

康熙十年(1671)，六月，客昆陵，交高士恽逊庵。“辛亥余客昆陵，先生与之忘年交，出文集示余而命之序。”恽逊庵先生是一个高士，而非隐者，这是魏禧给下的定义。

少负材，四十不遇，受业山阴刘念台先生之门。世乱，挈其子隐天台山中，揣摩当世之务。适闽，亲在行间，历艰危患难，濒于九死。……先生世变逃乎禅，或者非之，余以为合义，盖僧服而蔬食，不交当世者垂三十年。……先生性岩岩，与人寡合，年逾七十志不挫，独好吾兄弟以为可与言。虽然，先生高士，非隐者也，是亦惟吾兄弟知之。(《恽逊

庵先生文集序》)

在扬州,下邳张天枢九度、歙州鲍子韶携程山公拜访魏禧。两人相见恨晚。从几处文中,我们得知,魏禧似乎并不赞成隐居。这也体现其"经世致用"的文学思想。

秋九月,在平湖,魏禧和隐士李潜夫论交。

潜夫名天植,崇祯癸酉登贤书。甲申乙酉以来,秃顶披缁衣,二十七年不见人。家奇贫,无子,又病疝气,不能一二百步,久坐下坠,尝日仰卧读书。门无三尺之童,厨无奴婢,独老妻在室,颓然相对,无所得食。

李天植守节不屈、贫贱不移的精神使得魏禧深感敬佩,曾经激动地说:"潜夫先生身为孝廉三十九年,使肯挟其才于当世,何必不富贵?肯妄求岂无故旧仕宦足给其欲,亦何至贫困如此?老且死而不悔也。"他不忍心"亲见斯饥饿濒死亡,无以相救恤"。在自己也囊中羞涩的情况下,亦以笔二枝、磨墨一片、银五钱相赠,而且嘱曹倦圃、周青士二人合力资助李天植以度余生。但李天植坚辞不纳,于第二年三月(1672,壬子年)病逝。(《与周青士书》)

康熙十一年(1672)壬子,夏六月至吴门,交高士归元恭。对此,魏禧记曰:

吾年未三十时闻归震川先生有曾孙庄,抱高节,负才使气,善骂人……及数游吴、越,人颇名其狂,予愿交之,而动辄相失。壬子夏,侨吴门,元公闻之,趋过予。予方畏暑,未之报。元公则四、五至不为嫌,每至挟其文,予亦出新旧文,二人相攻谪其不足。予叹若元公者乃可以狂。

归庄在当时与顾炎武有"归奇顾怪"之称,以佯狂愤世的归庄而访魏禧四五而不为嫌，可见当时魏禧的影响。

壬子九月，禧从虞山访扆。“常熟毛君扆，承其家学，好搜集古椠本，考订讨论，正世本之失。……愿得《五经》古本训正世俗。”“禧惟扆少年穷经，志尊往圣诏来者，卒得毕所愿。而此书传四百余年，履经兵燹，幸存不毁以至于今，又获全书，标点如出一人，盖亦天下已神物也。末世多故，后此流传聚散，都不可知。”（《汲古阁元人标点五经记》）常熟毛扆是有名的藏书家，魏禧对于其“宁没己之名，而不使古人有不传之文”（《首山偶集叙》）的精神给予很高的赞扬，“故纤悉纪载，不敢避繁冗，用以示后人，彰扆之志”（《汲古阁元人标点五经记》）。

十一月，自吴门治装南归时想约华子三同行，未成。“吴门华子三，好为诗……其人重气谊可交。予至吴，相与往还。……及行，送予舟中，相与拜，子三哭不能起。”（《华子三诗叙》）魏禧两次写到子三的哭不能起，认为其是真性情人，“以子三之情为诗，诗何所不为工？”（《华子三诗叙》）

与刘毅可相知。《赠刘毅可叙》云：

休宁刘毅可以气谊闻于人，而侨家芜湖。予数游江南，过之弗值也。毅可善游，取贵于公卿，往往为州郡重客，故家居日少。壬子仲冬，予在吴门，治装归，而毅可忽款门来相见，握手甚欢。……（毅可）方与友人期观唐、宋、明法书，遽辞之而同予溯舟上。舟大风不前，自吴门达芜湖迁延凡二十日，予与毅可益相知，虽怀归急，不觉其行之迟也。……毅可与友曾止山交最善，道毅可性笃孝，年二十时尝刲亏股疗其母疾而不敢闻于人，四方赠言罕及者。呜呼！毅可之不徒以气谊贵也久矣，而况以技乎？

还有一些属于高士奇人。比如陈子灿，“子灿年二十八，好武事，予授以《左氏》兵谋兵法。因问数游南北，逢异人乎？子灿为述大铁椎，作《大铁椎传》”(《大铁椎传》序)。庚戌(1670)十一月,魏禧从广陵回来,与陈子灿同舟。没有陈子灿,就没有后世著名的《大铁椎传》。

辛亥年,魏禧与朱彝尊定交于江都,相遇戴苍于扬州。《曝书亭集》中有《看竹图记》云:“宁都魏叔子与予定交江都,时岁在辛亥,明年予将返秀水,钱塘戴苍为书烟雨归耕图,叔子适至题其卷,于是叔子亦返金精之山,苍为传写作看竹图记,俾予作记。”《魏叔子文集·看竹图记》记载:“戴生名苍,字葭湄,西陵人,写人婉婉如生,笔文秀绝天下矣。”“予方毁服急装,而戴生为予写山居像……予亦自惊为绝似……衣领右弛见胸,尤得神解。不知戴生何自知之?”

这个时候,随着局势的日趋稳定,有不少学者不甘贫贱,变节做了贰臣,不仅是“冠盖从容半旧卿”,几乎是“满朝文武皆旧识”了,像天植那样“老且死而不悔”者更让人钦佩。所以当魏禧重登燕子矶时,颇有感慨:“不知故国几男子,剩有乾坤一腐儒”(《魏叔子诗集·庚戌九月雨后重登燕子矶》)。

康熙十二年(1673)夏返回翠微峰,在外三年整。

第三次出游

康熙十五年丙辰(1676),当时三藩之乱正酣,为“聊观时故”(《寄兄弟书》)魏禧不顾多病体衰,仍然“经常他处”,此次出游,由于闻伯兄凶信而提前南归,一年多的时间。这次他由庐陵动身(客富田,避云坞,过亦庵),四月至泰和,后顺江而下,七月至扬州,十月抵苏州。十二月,他在无锡获知魏际瑞为韩大任所杀的凶信,匆匆上路,于次年春抵家。

魏禧曾经交代了此次他出游的原因之一:

三年中江闽峰起,百姓流离死转,殆百万不尽数。吾高居翠微峰,目不见奔窜事,何况困苦。匀庭风日清佳,花竹池台,左右映带,读书游卧，兼妻妾奴婢之奉，真天上人乐。又兄弟并方崎岖，禧独食饮被服，缓带踩履，恐薄祜无足享受，故力疾触暑，经营他处，聊观时故，亦稍自劳苦，希同患之情，以消清福，折灾凶耳。(《寄兄弟书》)

丙辰秋，与彭躬庵在富田相见，此时见到了王竹亭。“(王)以能古文而名于时，天下非常之士则独称其志识。”同魏禧相见，“所言皆天下伟人大事，并恨相得晚”(《王竹亭文集序》)。

丁巳四月在泰和客孟昉的时候，谈及欧阳文忠子孙欧阳介庵，虽未曾谋面但心向往之，借去岁的七十大寿而写此文，介庵先生居山中，“隐处而歌先王之风垂四十年”。魏禧感慨“天下刚德者多褊戾，优柔和平者，临节而失守，古今类然”。而介庵“居平恂恂未尝臧否人物。及临大事决公议，毅然守之正而执之固”，“喜施与，不侵然诺，好儒先之学，言规而行矩，诸君子则又不啻其口出”，“吾因是以复孟昉，欲使孟昉通于介庵，从诸君子后登堂执爵而望其颜色可乎？”(《欧阳介庵七十寿序》)

丁巳孟冬十月，魏禧将自广陵到吴门，与于实庭、王正子赋诗，魏禧为之叙。魏禧赞于实庭诗“清华而多姿，若春风桃李，而垂柳飏其上，清溪带其下也”(《树德堂诗叙》)。

这次出游，魏禧欲要拜信国祠墓，认为“文信国之乡，必有遗民剩夫隐伏未见”(《欧阳介庵七十寿序》)，只因兵势没能去成，深以为恨。九月的时候，避兵过亦庵礼药地大师爪发塔，赞颂大师“灯传千古心，溪流万里水”(《丙辰九月避兵过亦庵礼药地大师爪发塔又作》)。

康熙十七年，戊午(1687)回到山中。“丁巳十二月发扬州……得先伯兄凶问，遽归。明年春到山……不复意人世事。”(《哭吴秉季文》)由于伯子的凶信，提前抵家。

第三次游历，魏禧并不是非走不可，且身体衰弱，又有兵祸。然为“聊观时故”并且欲和兄弟们共患难，执意出游。

第四次出游

康熙十九年庚申(1680),这时魏禧已经百病缠身,衰弱不堪,长期在瑞金、泰和等地就医。夏四月,他在南昌就医,病稍稍见好转,即顺江赴江苏,七月抵苏州,在吴门的时候,曾经写了《二集自序》,谈及其外集与初集了无进境,认为是"少壮疏学,又衰老多病,不能博览穷思,鲜所新得"。因而想到若能等到甲子年(1684)自己过了六十岁了,就将"焚弃笔砚,萧闲怡颐适,待天年之尽"(《二集自序》)。可惜,魏禧没有等到这个时候便病逝了。八月再到南京,后回苏州花坞。这一次他的病更厉害了,在给儿子的信中,提到自出门后三次大病。庚申八月朔日,有《寄儿子世侃书》,如同交代后事一般对世侃的学业、婚姻、家庭、生活等提出了要求,甚至写到了若洪水泛滥,当谨慎出门的话,也许冥冥之中,魏禧已经有了某种预兆。是年十一月,他仍强力支持,离桃花坞前往无锡,舟至仪真时溘然长逝,享年五十七岁。《魏季子文集·先叔兄纪略》记载"庚申十一月十七日,从无锡赴维扬故人约,舟至仪真忽发心气病,一夕卒"。

在第四次出游的时候,有一种悲壮在里面,这个自认为的"乾坤一腐儒",用自己执着的一生为他的"任天下于一身,托一身于天下"做了最恰当的诠释。其实像魏禧这样客死者在明清之际不在少数,这也是时代的特点。当时其弟魏礼"一去十九月,绝不念乡里"(《辛丑仲冬过瑞金圣恩寺怀季弟在琼州》)。有人指责魏禧不禁止其弟的"好举债游,往往无故冲危难、冒险阻",魏禧的说法是,"男子在四方,岂必老田亩"(《辛丑仲冬过瑞金圣恩寺怀季弟在琼州》)。"人各以得行其志为适",倘其弟以为"客死如家,死乱如死病,江湖之死如衽席","吾不强之使守其家"(《吾庐记》),言语中流露的是一种放达的人生态度。(事实上,季子并没有客死,只有他一个人是无疾而终在翠微峰的"吾庐”的)至于顾炎武的北游,更是一往而不返。[①]其时士人主动地流寓播迁,背景里就有着一种对于生死的达观。

当然,在引述的材料中,我们也可以看到当时明清之际的遗民的生活、思想和普遍心态,从敌对、不合作到认同的转变历程。魏禧也在其中。这对于我们正确把握当时的时代性,即清朝入主中原在知识分子思想上的反映有一定的参考价值。施闰章论方文诗说:“兴会所属,冲口成篇……感时事则凄怆伤心,叙羁愁则郁纡永叹,登临则望古而奋发,交游则慕义而缠绵。”[②]正是在交游过程中对这些“时事”“羁愁”“登临”的兴发,展现了易代之际特殊时代遗民群体的独特的人生选择,也形成其独特的“经世致用”的文学思想及理论。

全面了解一个文学家,要知人论世。连字号生卒年都搞不清楚,不是严谨的作风。况且古人命名重取义、重内涵的做法一直至今。尤其在易代之际,字号就不只是一种简单的符号了,而是一种情怀和信念,如朱耷的“八大山人”、傅山的“朱衣道人”。魏禧的字经常被人弄混,作者经过考证,认为“冰叔”和“凝叔”其实是一个意思,因为古代的“冰”和“凝”是一个字。魏禧的号“裕斋”,则是“自进于宽裕也”。这种宽裕,不仅是物质,更多的是精神。

明清之际的遗民大都有交游的经历,这也是一种时代性。魏禧的交游概括起来有三点:借凭吊抒己之怀,发故国之思。比如,魏禧客赣州时谋改葬杨廷麟,1662年曾和林时益拜谒史可法墓,又曾登雨花台、燕子矶等。二是阴结豪杰。在清朝前期,魏禧的交游肯定有欲恢复故国的愿望,我们通过他的学生梁份的祭文可知(见交游考)。所结交

① 这种现象,也非唯乱世为然。归有光《张通参次室钮孺人墓碣》曰张氏“父子皆好游名山水,不问家事。孺人独勤于治生,故于祭祀、婚丧、饮酒、伏腊之费,不至乏绝。公常出游,一岁中,还家率不过一二月”,只不过乱世的游而不归更有一种轻于生死的意味。

② 施闰章.西江游草序[M].方文.嵞山集[M].上海:上海古籍出版社,1979:761.

的文人，程山七子、北田五子，方以智、屈大均、姜宸英、朱彝尊、顾祖禹、归庄等名士，皆以气节名于当世，在文学史上有一定的地位，在抗清斗争中亦有一定的影响。三是大量创作诗文。魏禧的文集当中的“书”“序”“叙”“文”“铭”等，很多是为在交游过程中结交的朋友或朋友的亲人所作；诗歌更有不少的游历诗。如果抽去这些交游之作，其文集将会显得非常单薄。

魏禧四次交游的时间长短不一，但基本上集中在江浙一带遗民相对较多、反清较为激烈的地方。在游历过程中，目睹了自然灾害与战争灾害给人民带来的苦难，增加了他对现实的认识，对民生疾苦有了更深刻的了解，有了丰富的创作素材，写出很多现实性和人民性的作品，洋溢着一种时代气息。不仅如此，结交的大批志士文人，相互交换作品，讨论文学创作，与他们的唱和之中，作品呈现出多样性和丰富性。扬长避短，拓展了思维，提高了创作能力，并且使作品得以传播，也提高了声誉，为其在文学上争得一席之地打下了坚实的基础。所以，对其交游的考证应该是其文学创作及思想的一个重要部分，应给予重视。

结束语

一个时代有一个时代的文学。清朝是我国历史上最后一个封建王朝,封建制度业已式微,但这并不意味着文学的发展必定随之没落。文学的兴衰并非总与社会运动的轨辙同步,文学的繁荣受惠于时代。社会兴旺或衰败都能为文学提供丰富生动的题材,愈是动荡的时代,作家愈是受尽磨难,愈能感受人民的悲欢,领悟人生的价值,往往能写出思想深刻的好作品来。“艰难困苦,庸玉汝于成。”时代的沧桑巨变,带给作家生活的不幸,但同时又会成为其文学创作的动力。这是文学史上常见的事实。明清之际,社会变乱迭起,民不聊生,烽火连天,面对亡国的惨祸及复国无望的悲痛,不能不使具有忧患意识和民族自尊心的志士仁人痛心疾首,刺激他们在九死一生中做痛定思痛的反省,从而形诸笔墨,留下血泪心声。魏禧就是其中的一位。

清初堪称开一代风气的,当推黄宗羲、王夫之、顾炎武这三位思想敏锐的思想家、学问家、作家。他们著述广泛,学问博大精深,他们创造了一种联系实际、关注社会现实的良好的文化氛围，提出了一种进步的思想规范，起到了领袖群伦的积极作用，魏禧、侯方域、汪琬，都直接受到了他们学术思想影响，而成为一代名家。在《清史稿》中对三个人的评价很有道理，评魏禧为“策士之文”、侯方域是“才人之文”、汪琬为“儒者之文”。

魏禧所谓“策士之文”，当指的是那些类似策论的篇章，均系有益世道，刻意结撰，有为而发。这与他的“经世致用”思想及“积理练识”理论有关，“好穷古今治乱得失”。不仅在策论中，就连魏禧的“传”“诗”中都表达其家国之痛，志在恢复、报效故国的赤诚之心，真可使顽夫廉，而懦夫以立志。所以清人尚镕才称其“以经济有用之学，显天下百年”，不为过也。

通过前几章的讨论，我们可以归纳出魏禧文学思想的一些特点：

一、魏禧注重将人品与文章的文品统一结合，把作者的“立身”当作“本中之本”，落脚于文章的“立意”，即“正人心之惑溺，而救国家之败”。这些都共同建筑在“有用于世”的思想基础上。要求艺术性与思想性相结合，对我们今天的创作，仍有学习借鉴意义。

二、魏禧“积理练识”要求为文者广见闻，识时务。它的提出有明清易代、异族入主中原的时代背景。作为深受传统儒学浸染、积极参加拒清的士人，对于造成民族危亡、复国无望的原委，有不断反思、不断积累和深化其认知的要求。故云：“为文之道，欲卓然自立于天下，在于积理而练识。”所谓“练识者，博学于文，而知理之要，练于物务，识时之所宜”。而“练识如练金”，表明“练”与“炼道”“炼金”，都是指提炼之意，针对的是对家国时势的识鉴，有“痛定思痛”的内蕴。以此为文，则作家的情怀、操持和见识，作品的思想深度、品位可知。

三、对于“立本”“尚真”“气盛”等美学思想，魏禧提出了许多超出前人的见解，显示了不灭的思想光华。在哲学领域内不时迸发的辩证思想的火花，也灌溉当世后世。例如，他在强调尊法古人，又反对成为古人的奴婢，处理作品的真实性与艺术性、起与伏、繁与简、虚与实、说与不说等方面，都注意到了彼此间相互依存、相互影响的关系，克服了顾此失彼的片面性。所以，有些学者把魏禧归入了古代哲学家的行列，将他的《日录》列为古代主要哲学著作，是有道理的。[①]

四、魏禧强调"心体而躬行"，即注重道德实践。这是魏禧进步的地方。为了使"经世致用"之学能真正经帮济世，必须通过"躬行"的功夫。魏禧所倡导的"躬行"，强调要就"事""物"上亲自实际地去做。例如，要知礼，就不能只靠熟读礼书，必须"跪拜周旋，捧玉爵，执布帛，亲手下一番，方知礼就是如此，知礼斯至矣"（《日录·杂说》）。于是，根据"躬行"的观点，魏禧对"格物"做了新的解释，他说："格即手格猛兽之格，手格杀之格。"认为"格"就是亲自动手去接触事物，即"犯手实做其事"。只有这样，方能"致知"。故曰："手格其物，而后知至。"（《甘健斋轴园稿序》）这种唯物主义的观点无疑也是围绕着"经世致用"思想的，不仅是道德修养的根本，而且还是世之强弱、兴亡的关键。

再比如，对待"仁术"亦即"体用"关系上，理学家认为以"体"贯"用"、"用"从"体"出。"仁"为"体"，在"术"中体现。而魏禧则以为不然，他说："予向喜'仁术'两字，初谓是理中当有此番委曲，久之理上多了几许安排，又久之理外生出各种诈伪，便把'仁'字放空，却把'术'字做了把柄，故日用主事，须十分兢业，常常提着'履霜坚冰'之意。"（《日录·里言》）他痛感到，若只空谈性理，而不能做平常"日间万事"，反而导致"诈伪"丛生，不如把"仁"放到一边，从日间事做起，认认真真，小心翼翼。这种注重实践的思想很得后世曾国藩的赞同。在《曾国藩日记》"同治元年四月初十日"有这样一段话：

本日见许仙屏与沅弟信中多见到语。如云为治首务爱民，爱民必先察吏，察吏要在知人，知人必慎于听言。魏叔子以孟子所言"仁术"

① 宁都直隶州志[M].清同治刻本.

“术”字最有道理,爱而知其恶,恶而知其美,即“术”字之解也。又言蹈道则为君子,违之则为小人。观人当就行事上勘察,不在虚声与言论;当以精己识为先,访人言为后,皆阅历有得之语。

五、人是社会关系的总和,也是自然关系的总和。人是社会的人,也是自然的人。时代造就了魏禧,魏禧的思想也体现了时代精神;江西宁都的自然和人文环境对魏禧品格文格的形成也起到了促进作用。翠微峰的奇绝峭拔,形成了魏禧等易堂九子们慷慨自信、性情豪迈、激昂任事的特点,文章的品格也是“才气怒发”,“隐然有不可驯之气”,“劲挺老健”,不拘一格。

与自然环境相比,地域的人文环境对于文学创作的影响更为巨大、深刻和直接。地域的文化氛围和传统,对本地域的作家起着强烈直接的影响。魏禧也曾经提出了作家与自然环境、社会环境的影响关系。一方面他很骄傲江西的优秀文化传统,也为自己“诗乡国都”宁都感到自豪,另一方面,他醒悟到僻居赣南,终不为人所知,“闭户自封”,难免会“封己自小”,认为“古之能文者,多游历山川名都大邑,以补风土之不足,而变化其天资”,弥补地域的局限,开拓和变化自己的风格。无疑,这种理论更通达和辩证。

总之,魏禧所提倡的“经世致用”的实学,提倡的“积理练识”,提倡的法古创新,提倡的“躬行”等主张,起到了开一代风气之先的历史作用。

附录：魏禧文本的版本辑录

题名	著者	出版社	附注
魏叔子文集	(清)魏禧著 / 胡守仁等校点	北京：中华书局，2003	
豫章丛书	陶福履，胡思敬原编；江西省高校古籍整理领导小组整理	南昌：江西教育出版社，2002	子部
四库未收书辑刊	四库未收书辑刊编纂委员会编.［影印本］	北京：北京出版社，2000	叁辑.壹册
四库禁毁书丛刊	四库禁毁书丛刊编纂委员会编；王钟翰主编.［影印本］	北京：北京出版社，2000	集部.4
魏禧文选	(清)魏禧著；胡云翼选注	上海：北新书局，1937	列代名人诗文选注
昭代丛书	(清)张潮辑	刻本，后印.清乾隆间	
昭代丛书	(清)张潮辑；(清)杨复吉，(清)沈楙德续辑	刻本：吴江沈氏世楷堂，清道光间	
守山阁丛书	(清)钱熙祚辑	刻本：金山钱氏，清道光二十四年(1844)	
宁都三魏全集	(清)魏际瑞，(清)魏禧，(清)魏礼等撰	刻本：谢庭绶·绂园书塾，清道光二十五年(1845)	易堂原版(道光本)
宁都三魏全集	(清)魏际瑞，(清)魏禧，(清)魏礼等撰	康熙三年，家刻本	最早的版本，易堂藏本(康熙本)
经传简本	周学熙辑	刻本，民国二十一年(1932).周氏师古堂所编书 / 周学熙辑	

续表

题名	著者	出版社	附注
墨海金壶	(清)张海鹏辑	影印本.上海:上海博古斋,民国十年(1921)	
魏禧文论选注	(清)魏禧著;周书文等编	南昌:江西人民出版社,1984	
丛书集成续编.59,社会科学类:地方自治、军事学、军制、战术	王德毅等编	影印本.台北:新文丰出版公司,1989	
丛书集成续编25,总类:考据名言	王德毅等编	影印本.台北:新文丰出版公司,1989	
清代笔记小说.四十二	周光培编	影印本.石家庄:河北教育出版社,1996	历代笔记小说集成
诸子集成续编.十二	四川大学古籍整理研究所,中华诸子宝藏编纂委员会编	影印本.成都:四川人民出版社,1998	中华诸子宝藏
魏叔子年谱	温聚民著	影印本.上海:上海书店,1992	民国丛书.第四编.历史·地理类;85
魏叔子(禧)先生年谱/梁质人(份)先生年谱	温聚民著/汤中著	影印本.台北:文海出版社,1931	近代中国史料丛刊续编.第九十四辑
魏叔子文钞	(清)魏禧著;王文濡选辑	上海:中华书局,1936	中国文学精华
魏叔子文钞	(清)魏禧著	手抄本	赣图本
国朝三家文钞	(清)宋荦,(清)许汝霖辑	刻本.清康熙间	

续表

题名	著者	出版社	附注
侯方域魏禧传	(清)邵长蘅撰	铅印本.上海:商务印书馆，民国四年，(1915)	旧小说.己集.清
易堂九子散文选注	戴存仁，邱国坤选注	广州：花城出版社，2001	
易堂九子文钞:二十一卷	(清)彭玉雯辑	刻本. 清道光十七年,(1837)	
易堂九子年谱	邱国坤著	南昌:江西高校出版社，1990.5	江西历史人物研究系列

参考文献

◎ 资料

[1] 赵尔巽等.清史稿·文苑传[M].上海:上海古籍出版社,1988.

[2] 清史编委会.清代人物传稿[M].北京:中华书局,1991.

[3] 张舜徽.清人文集别录[M].北京:中华书局铅印本,1983.

[4] 魏禧等.宁都三魏全集[M].四库禁毁书丛刊集部,2000.

[5] 魏禧,胡守仁等校点.魏叔子文集[M].北京:中华书局,2003.

[6] 邱维屏.邱邦士文集[M].民国胡思敬辑.豫章丛书[M].豫章丛书编刻局刊本.

[7] 李腾蛟.半庐文稿[M].民国胡思敬辑.豫章丛书[M]豫章丛书编刻局刊本.

[8] 曾灿.六松堂[M].民国胡思敬辑.豫章丛书[M]豫章丛书编刻局刊本.

[9] 林时益.朱中尉集[M].民国胡思敬辑.豫章丛书[M]豫章丛书编刻局刊本.

[10] 彭任.草亭文集[M].民国胡思敬辑.豫章丛书[M]豫章丛书编刻局刊本.

[11] 刘绎等纂修.江西通志[M]清光绪六年刊本,木刻本,卷四十九,舆地略.卷七,山川略.

[12] 曾国藩.江西通志[M].木刻本.卷176:烈女传.卷177:寓贤.卷169:列传.

[13] 赣州府志[M].清同治十二年刊本.

[14] 郑昌龄等修纂.宁都县志[M].清乾隆六年刊本,台北成文出版社有限公司印行.

[15] 宁都县地方志编纂委员会办公室编.翠微峰志[M].见民国胡思敬辑.豫章丛书[M].南昌:江西人民出版社,1994.

[16] 凌雪修纂.南天痕列传[M].周俊富辑.明代传记丛刊[M].台北:明文书局,1991,1.

[17] 陈鼎.留溪外传[M].周俊富辑.明代传记丛刊[M].台北:明文书局,1991,1.

[18] 邵念鲁.思复堂文集碑传[M].周俊富辑.明代传记丛刊[M].台北:明文书局,1991,1.

[19] 徐世昌.清儒学案小传.宁都三魏学案[M].周俊富辑.清代传记丛刊[M],台北:明文书局,1985,5.

[20] 王藻编,钱林辑.文献征存录[M].周俊富辑.清代传记丛刊[M].台北:明文书局,1985,5.

[21] 钱仪吉.碑传集[M].周俊富辑.清代传记丛刊[M].台北:明文书局,1985,5.

[22] 邵长衡.青门全集[M].光绪武进常氏重刊本.

[23] 周在梁、周在浚辑.结邻集[M].见赖古堂全集 [M].卷十四,石印本,上海国学扶轮社印行.

[24] 杨钟羲著.雪桥诗话[M].雪桥诗话三集[M].雪桥诗话余集[M].癸丑季冬南林刘氏求恕斋刊本.

[25] 李集撰,李富孙、李遇春续.鹤征前录[M].周俊富辑.清代传记丛刊[M].台北:明文书局,1985,5.

[26] 秦瀛撰.乙未词科录[M].周俊富辑.清代传记丛刊[M].台北:明文书

局，1985，5.
［27］刘声木撰.国朝文学渊源考［M］.周俊富辑.清代传记丛刊［M］.台北：明文书局，1985，5.
［28］王撰.今世说［M］.周俊富辑.清代传记丛刊［M］.台北：明文书局，1985，5.
［29］易宗夔述.新世说［M］.周俊富辑.清代传记丛刊［M］.台北：明文书局，1985，5.
［30］吴德旋撰.初月楼闻见录［M］.周俊富辑.清代传记丛刊［M］.台北：明文书局，1985，5.
［31］姚永朴撰.旧闻随笔［M］.周俊富辑.清代传记丛刊［M］.台北：明文书局，1985，5.
［32］邓之诚撰.清诗纪事初编［M］.周俊富辑.清代传记丛刊［M］.台北：明文书局，1985，5.
［33］张维屏辑.国朝诗人征略初编［M］.周俊富辑.清代传记丛刊［M］.台北：明文书局，1985，5.
［34］吴修编.昭代明人尺牍小传［M］.周俊富辑.清代传记丛刊［M］.台北：明文书局，1985，5.
［35］张金检撰，祁正注.明代千遗民诗咏［M］.周俊富辑.清代传记丛刊［M］.台北：明文书局，1985，5.
［36］谢正光编.明遗民传记索引［M］.上海：上海古籍出版社，1992，5.
［37］徐鼒撰，徐承礼补遗.小腆纪传［M］.周俊富辑.清代传记丛刊［M］.台北：明文书局，1985，5.
［38］钱仪吉纂录.碑传集［M］.周俊富辑.清代传记丛刊［M］.台北：明文书局，1985，5.
［39］李桓辑.国朝耆献类征初编［M］.周俊富辑.清代传记丛刊［M］.台北：明文书局，1985，5.
［40］李元度纂.国朝先正事略［M］.周俊富辑.清代传记丛刊［M］.台北：明文书局，1985，5.
［41］宋荦.国初三家文钞序［M］.周俊富辑.清代传记丛刊［M］.台北：明文书局，1985，5.

[42] 徐斐然.国朝二十四家文钞[M].卷五,周俊富辑.清代传记丛刊[M].台北:明文书局,1985,5.
[43] 孙静庵.明遗民录[M].杭州:浙江古籍出版社,1985,1.
[44] 卓尔堪.明遗民诗[M]十六卷(上下).北京:中华书局,1961.
[45] 全祖望著,朱铸禹汇校集注.全祖望集汇校集注[M](上中下).上海:上海古籍出版社,2000.
[46] 徐秉义.明末忠烈纪实[M].杭州:浙江古籍出版社,1987.
[47] 法式善.陶庐杂录[M].北京:中华书局,1959 .
[48] 屈大均.翁山文外[M].十六卷.北京:文物出版社,1982.
[49] 黄宗羲.黄宗羲全集[M].杭州:浙江古籍出版社,1985.
[50] 中国社会科学院历史研究所清史研究室编.清史资料[M].北京:中华书局,1980—1989.
[51] 任道斌编著.方以智年谱[M].合肥:安徽教育出版社,1983.
[52] 雷梦辰.清代各省禁毁书汇考[M].北京:书目文献出版社,1989.
[53] 张维屏.松心十录[M].刻本,粤东:富文斋,清道光间.
[54] 李慈铭撰,由云龙辑.越缦堂读书记[M].北京:中华书局,2006.(学术笔记丛刊)
[55] 吴衡照撰.莲子居词话[M].铅印本.上海:国学扶轮社,民国四年(1915)(古今说部丛书.九集)
[56] 沈德潜选编,李索、王萍点校.明诗别裁集[M].石家庄:河北人民出版社,1997.
[57] 李沂撰.秋星阁诗话[M]:一卷.刻本,重修.吴江沈氏世楷堂,清道光间:吴江沈廷镛,民国八年(1919)重修.(昭代丛书)
[58] 方浚师著,盛冬铃点校.焦轩随录[M].北京:中华书局,1995.
[59] 顾炎武著,黄汝成释.日知录集释:外七种[M].影印本.上海:上海古籍出版社,1985.
[60] 唐甄著.潜书[M].北京:中国文史出版社,1999.
[61] 胡承诺撰.绎志[M].北京:中华书局,1985.
[62] 王夫之.船山全书[M].长沙:岳麓出版社,1992.
[63] 顾炎武.顾炎武诗文集[M].北京:中华书局,1983.

[64] 归有光著,周本淳点校.震川先生集[M].上海:上海古籍出版社,1981.
[65] 方文.嵞山集[M].上海:上海古籍出版社,1979.
[66] 王守仁.王阳明全集[M].上海:上海古籍出版社,1992.
[67] 郑梁.郑寒村全集·见黄稿[M].卷一,康熙间紫蟾山房刊本
[68] 陈瑚.确庵文稿[M].康熙刊本
[69] 邵长蘅.青门旅稿[M].卷三,康熙间家刊本
[70] 颜元.颜元集[M].北京:中华书局,1987.
[71] 王安石.王安石全集[M].上海:上海古籍出版社,1999.
[72] 袁宏道.袁宏道集笺校 [M].上海:上海古籍出版社,1981.
[73] 屈大均.屈大均全集[M].北京:人民文学出版社,1996.
[74] 谭元春著,陈杏珍标校.谭元春集[M].上海:上海古籍出版社,1998.
[75] 周亮工.赖古堂集[M].上海:上海古籍出版社,1979.
[76] 张问陶.船山诗草[M].北京:中华书局,1986.
[77] 万国鼎编,万斯年、陈梦家补订.中国历史纪年表[M].北京:中华书局,1978.
[78] 张玉书等编.康熙字典[M].上海:上海书店,1984.
[79] 北京汉语大字典编辑出版社.汉语大字典[M].四川辞书出版社,1993.
[80] 颜之推.颜氏家训[M].上海:上海古籍出版社,1992.
[81] 史梦兰编.异号类编[M].古风主编.辞书集成[M].北京:团结出版社,1993.
[82] 七峰道人.海角遗编[M].春风文艺出版社,1997.
[83] 皇清开国方略[M].台北:成文出版社,1968.
[84] 清世祖实录[M].台湾文献史料丛刊.台北:大通书局有限公司,1995.
[85] 魏源.康熙勘定台湾记[M].中华书局 1984.
[86] 清朝兴亡史外八种[M].北京古籍出版社,1999.
[87] 赵慎畛.榆巢杂识[M].徐怀宝点校,清代史料笔记丛刊[M].中华书局,2001.
[88] 旧五代史[M].延边:延边人民出版社,1998.
[89] 司马迁.史记 [M].天津:天津古籍出版社,1996.
[90] 历代法家著作选注[M].上海:上海人民出版社,1975.

[91] 高亨注译.商君书注译[M].北京：中华书局，1974.
[92] 萧涤非.汉魏六朝乐府文学史[M].人民文学出版社，1983.
[93] 潘光旦.潘光旦民族研究文集[M].民族出版社，1995.
[94] 吴曾，王仁湘注释.能改斋漫录[M].北京：中国商业出版社，1986.
[95] 蒋良骐.东华录[M].北京：中华书局 1950.
[96] 七峰道人.海角遗编[M].北京：华夏出版社，1995.
[97] 明季南略[M].清代野史丛书.北京古籍出版社，1992.
[98] (清)于墉撰.金沙细唾.清史资料[M].北京：中华书局，1980.
[99] 游绍尹主编.中国法制通史[M].第二卷，北京：中国政法大学出版社，1990.
[100] 留云居士.明季稗史初编[M].上海：上海书店，1988.
[101] 许国英.清鉴易知录[M].北京：北京古籍出版社，1987.
[102] 历史研究编辑部.明清人物论集[M].成都：四川人民出版社，1982.
[103] 邱国坤.易堂九子年谱[M].南昌：江西高校出版社，1990.
[104] 谢帆云.易堂九子的生平和诗文[M].北京：作家出版社，2001.
[105] 温聚民.魏叔子年潜[M].北京：中华书局，1936.
[106] 邱国坤，戴存仁.易堂九子散文选注[M].广州：花城出版社，2001.
[107] 夏允彝.幸存录[M].明季稗史初编[M].卷十四.上海：上海书店影印出版，1988.
[108] 杨天宇撰.礼记译注[M].上海：上海古籍出版社，1997.
[109] 二十五史·金史[M].上海古籍出版社，1988
[110] 二十五史·宋史[M].上海古籍出版社，1988
[111] 二十五史·元史[M].上海古籍出版社，1988.
[112] 二十五史·汉书[M].上海古籍出版社，1988.
[113] 二十五史·史记[M].上海古籍出版社，1988.
[114] 司马光.资治通鉴[M].北京银冠电子出版有限公司，2005.
[115] 二十五史[M].北京银冠电子出版有限公司，2005.
[116] “中央研究院”历史语言研究所校印.明太祖实录[M].上海书店，1999.
[117] 邓之诚.中华二千年史[M].北京：中华书局，1983.

[118] 余嘉锡.四库提要辨证[M].北京:中华书局,1985.
[119] 王夫之.薑斋诗话[M].北京:人民文学出版社,1962.
[120] 王文濡选.续古文观止[M].南昌:百花洲文艺出版社,1995.
[121] 陈田辑.明诗纪事[M].上海:上海古籍出版社,1993.
[122]葛虚存.清代名人轶事[M].扬州:江苏广陵古籍印刻社,1997.
[123] 皮锡瑞.经学通论[M].北京:中华书局,1998.
[124] 阎若璩.尚书古文疏证[M].上海:上海古籍出版社,1987.
[125] 徐珂.清稗类钞[M].北京:中华书局,2003.
[126] 尚镕.三家诗话[M].成都,清同治七年(1868),持雅堂全集.

◎ 著作

[1] 余英时.士与中国文化[M].上海:上海文艺出版社,1996,1.
[2] 阎步克.士大夫政治演出史稿[M].北京:北京大学出版社,1999.
[3] 赵园.明清之际士大夫研究[M].北京:北京大学出版社,1999.
[4] 张仲礼.中国绅士[M].上海:上海社会科学院出版社,1998.
[5] 许怀林.江西史稿[M].南昌:江西高校出版社,1993.
[6] 尚小珍.学人游幕与清代学术[M].北京:社会科学文献出版社,1999.
[7] 赵秀玲.中国乡里制度[M].北京:社会科学文献出版社,1998.
[8] 刘世南.清诗流派史[M].北京:人民文学出版社,2004,11.
[9] [伊朗]志费尼.世界征服者史[M].呼和浩特:内蒙古人民出版社,1981.
[10] [法]勒内·格鲁塞.草原帝国[M].北京:商务印书馆 1998.
[11] 萧涤非.汉魏乐府诗史[M].北京:人民文学出版社,1984.
[12] 王于飞.吴梅村生平创作考论[M].重庆:重庆出版社,2003.
[13] 钱锺书.谈艺录[M].北京:中华书局,1987.

[14] 王运熙、顾易生.中国文学批评通史[M].上海:上海古籍出版社,1996.
[15] 周伟民.明清诗歌史论[M].长春:吉林教育出版社,1995.
[16] 范纯荣编著.中国古代服装发展史[M].长春:吉林大学出版社,1989.
[17] 张德主编.心理学[M].长春:东北师范大学出版社,1987.
[18] 萧一山.清代通史[M].北京:中华书局,1982.
[19] [美]E.赫洛克.服装心理学[M].北京:北京纺织工业出版社,1986.
[20] 叶大兵,叶丽娅.头发与发饰民俗[M].沈阳:辽宁人民出版社,2000.
[21] 赵永纪.清初诗歌[M].北京:光明日报出版社,1993.
[22] 沈德潜,周准编.明诗别裁[M].上海:上海古籍出版社,1979
[23] 谢国桢.明末清初学风[M].北京:人民出版社,1982.
[24] 谢国桢.明清之际党社运动考[M].北京:中华书局,1982.
[25] 娄曾泉,颜章炮.明朝史话[M].北京:北京出版社,1984.
[26] 丁易.明代特务政治[M].北京:北京群众出版社,1983.
[27] 侯文正.傅山诗文选注[M].太原:山西人民出版社,1985.
[28] 李尚英.明末东林党[M].北京:中华书局,1983.
[29] 胡允恭.李自成 张献忠[M].南京:南京大学出版社,1986.
[30] 朱义禄.黄宗羲与中国文化[M].贵阳:贵州人民出版社,2001.
[31] 王运熙、周易生主编,王镇远、邬国平编选.清代文论选[M].北京:人民文学出版社,1999,1.
[32] 郭绍虞.中国文学批评史[M].天津:百花文艺出版社,1999,3(1),2001,4(2).
[33] 朱东润.中国文学批评史大纲[M].上海:上海古籍出版社,2001,7.
[34] 郭预衡.中国散文史[M].上海:上海古籍出版社,2000,3.
[35] 姜东阁.中国文学史纲要[M].西宁:青海人民出版社,1984,2.
[36] 赵义山、李修生主编,刘明华著.中国分体文学史散文卷[M].上海:上海古籍出版社,2001,7.
[37] 游国恩等主编.中国文学史[M].北京:中国出版集团,人民文学出版社,2004,3.

[38] 宫晓卫.清代散文[M].上海:上海书店出版社,2000,2.
[39] 萧一山.清代通史[M].北京:中华书局,1986,9.
[40] 清史研究院.清代全史[M].沈阳:辽宁人民出版社,1991,7(1),1993,11(2).
[41] 林铁均、史松主编,中国人民大学清史研究所编.清史编年[M](康熙朝).北京:中国人民大学出版社,1988,7.
[42] 刘波.中国历代著名文学家评传[M](清至近代).济南:山东教育出版社,1989.
[43] 蔡冠洛编著.清代七百名人传[M].北京:北京图书馆出版社,2008.
[44] 何修龄、张捷夫主编,清史编委会编.清代人物传稿[M].北京:中华书局,1991,4.
[45] 王运熙、顾易生主编.中国文学批评通史[M].上海:上海古籍出版社,2001.
[46] 王运熙、顾易生主编.中国文学批评史新编[M].上海:复旦大学出版社,2001.
[47] 章培恒、骆玉明主编.中国文学史[M].上海:复旦大学出版社,1996-3.
[48] 周书文.魏禧文论选注[M].南昌:江西人民出版社,1984,4.
[49] [日]青正木儿著,杨铁婴译.清代文学评论史[M].北京:中国社会科学出版社,1988.
[50] 郭绍虞,王文生.形象思维学习资料[M].兰州:甘肃师大中文系文艺理论教研组编,1978,6.
[51] 赵园.明清之际士大夫研究[M].北京:北京大学出版社,2000,2.
[52] 赵园.易堂寻踪[M].南昌:江西教育出版社,2001.
[53] 徐杰舜等著.民族新论[M].南宁:广西人民出版社,1987.
[54] 谢无量.中国大文学史[M].上海:上海书店出版社,2001.

◎ 论文

[1] 赵世瑜.社会动荡与地方士绅——以明末清初山西阳城陈氏为例[J].清史研究,1999(2):33-39.

[2] 王思治,刘风云.论清初“遗民”反清态度的转变[J].社会科学战线,1989(1).

[3] 葛尔晋.清代实学思潮的历史演变[J].文史哲,1988(5):38-45.

[4] 孟贻信.试论清初的江南政策[J].吉林大学社会科学学报,1990(3):27-34.

[5] 邱国坤,戴存仁.魏禧教育思想初探[J].江西师范大学学报,1984(4):78-83.

[6] 胡迎建. 清初江西三大学派歧同述略 [J]. 江西社会科学,1996(12):34-37.

[7] 支金平.魏禧论兵探析[J].南昌:江西师范大学,2005.

[8] 廖华生.清初士人:道德追求与社会责任——以宁都魏氏一门为例江西[D].硕士学位论文,江西师范大学,2002.

[9] 郭春林.魏禧的杂记文评述[J].赣南师范学院学报,2005,26(2):64-67.

[10] 黄明娣,朱昌彻.魏禧社会启蒙思想初探[J].赣南师范学院学报,2001(2):45-48.

[11] 钟俊昆,刘信波.魏禧文艺美学思想初探[J].江西社会科学,2003(10):50-52.

[12] 黄明娣.魏禧伦理思想初探[J].赣南师范学院学报,2003(2):32-34.

[13] 秦良.论彭士望的散文[J].江西教育学院学报,2002,23(4):54-58.

[14] 黄明娣.略论魏禧军事著作中的哲学思想[J].赣南师范学院学报,2000(5):27-30.

[15] 朱昌彻.魏禧之为[J].赣南师范学院学报,2000(5):31-33.

[16] 赵园. 明清之际士人游幕及有关的经验表述——以易堂诸子为例[J].黄河科技大学学报,2004,(2):112-122;2004(3):89-90.
[17] 王检生.易堂九子与清初文稿[J].南方文物,2003(1):74-76.
[18] 赵园. 明清之际士人的豪杰向慕与理想人格追寻——以易堂诸子为例[J].甘肃社会科学,2004(6):74-81.
[19] 周建华."易堂九子"的思想内核是宋明理学[J].赣南师范学院学报,2003(2):27-31.
[20] 张云龙.清初散文三大家研究[D].博士学位论文,山东大学,1999.
[21] 赵向南.清初十作家传记研究[D].硕士学位论文,苏州大学,2002.
[22] 姚澄清,张天岳.清初文学家魏禧祖籍在广昌[J].南方文物,1983(4):89-90.
[23] 唐庄增.魏禧救荒政策之研究[J].经济杂志,1930(1).
[24] 万陆.魏禧美学思想探微[J].江西社会科学,1984(3):95-98.
[25] 曾李安.魏禧与易堂九子[J].南方文物,1986(1):127-128.
[26] 祁海文.试论明清时代古代文论"养气"说的理论发展[J].松辽学刊(社会科学版),1997(2):10-16.
[27] 姚品文.试谈发现的清抄本《魏叔子文钞》[J].江西师范大学学报(哲学社会科学版),1999,32(1):93-96.
[28] 胡守仁校点.《魏禧集》前言[J].江西师范大学学报(哲学社会科学版),1991,24(3):53-55.
[29] 王天白.一壶天地画图中——宁都翠微峰、金精洞[J].江西教育,1989-Z1:36.
[30] 余仁.在"行走"中探求[J].出版发行研究,2002(7):26.
[31] 刘劲峰.宁都发现《宁都三魏全集》易堂刻本[J].江西教育,1983(1):54.
[32] 戴存仁,邱国坤.魏禧与易堂学馆[J].江西教育,1986(1):96.
[33] 周书文.论魏禧的文学批评理论与文学批评实践[J].古代文学理论研究,1983(10).
[34] 赵明.魏禧与《兵迹》[J].南方文物,2001(1):49.
[35] 邓水衡.魏禧[J].江西社会科学,1981(1):129-131.

[36] 邓水衡.经世济用 树人育才——魏禧的教育思想和实践[J].江西教育科研,1993(4):65-66.

[37] 吴中胜. 清前期赣南家族文学评述 [J]. 赣南师范学院学报,2003(1):53-54.

[38] 张兵.明清易代与清初遗民诗[J].江海学刊,2000(2):149-154.

[39] 萧宿蓉.清风杨波,细瀫微澜——论魏禧杂记小品的艺术风格[J].赣南师范学院学报,1990(1):29-35.

[40] 万陆."易堂九子"散文流派论[J].江西社会科学,1989(5):111-115.

[41] 郭春林.魏禧的杂记文评述[J].赣南师范学院学报,2005(2):60-63.

[42] 张贤蓉.魏禧爱国思想探析[J].赣南师范学院学报,1985(3):60-71.

[43] 戴存仁,邱国坤.任天下于一身,托一身于天下[J].江西大学学报(哲学社会版),1986(1):81-86

[44] 赵园.乱世友道——明清之际有关"朋友"一伦的言说的分析[J].甘肃社会科学,2006(1):77-83

[45] 李瑄.天地之元气:明遗民的文学本质观[J].浙江学刊,2006(1):95-102.

[46] 万陆.试论魏禧"积理练识"说的思想本质[J].江西社会科学,1982(5):118-120.

[47] 钟俊昆.客家文化背景下的宁都文学叙论[J].赣南师范学院学报,2005(5):52-55.

[48] 邱国坤.易堂九子年谱要录[J].江西教育学院,1987(3):54-60.